अहमद नदीम क़ासमी
की
गिनी चुनी कहानियाँ

अहमद नदीम क़ासमी
की
गिनी चुनी कहानियाँ

अहमद नदीम क़ासमी

चयन एवं अनुवाद

ख़ुर्शीद आलम

वाणी प्रकाशन

वाणी प्रकाशन
4695, 21-ए, दरियागंज, नयी दिल्ली 110 002

शाखा
अशोक राजपथ, पटना 800 004

फ़ोन: +91 11 23273167 फ़ैक्स: +91 11 23275710

www.vaniprakashan.in
vaniprakashan@gmail.com

AHMAD NADEEM QASMI
KI GINEE CHUNEE KAHANIYAN
by Ahmad Nadeem Qasmi
Selected & Translated by Khursheed Alam

ISBN : 978-93-5000-823-2
Collection of Short Stories

प्रथम संस्करण

मूल्य : ₹ 200

आर. टेक ऑफ़सेट, दिल्ली-110095 में मुद्रित

वाणी प्रकाशन का लोगो मक़बूल फ़िदा हुसेन की कूची से

भूमिका

अहमद नदीम क़ासमी बड़े कहानीकार थे या बड़े शायर, यह कहना बहुत मुश्किल है। दुनियाए अदब में कम ही ऐसी विभूतियाँ होती हैं जो अदब की कई विधाओं पर समान अधिकार रखती हैं, उनमें से एक नाम अहमद नदीम क़ासमी का है। अहमद नदीम क़ासमी ने सन् 1937 से शायरी और अफ़साना निगारी शुरू की। वह सन् 1949 में थोड़े समय के लिए अंजुमन तरक्क़ी पसन्द मुसन्निफ़ीन के जनरल सेक्रेट्री भी बनाये गये। सन् 1951 में उन्हें पब्लिक सेफ़्टी एक्ट के अधीन नज़रबंद किया गया। सन् 1954 में उन्होंने अंजुमन के पद से इस्तीफ़ा दे दिया, उसके बाद वे अंजुमन तरक्क़ी पसन्द मुसन्निफ़ीन से भी अलग हो गये।

अहमद नदीम क़ासमी के लगभग डेढ़ दर्जन कहानियों के संग्रह प्रकाशित होकर ख्याति पा चुके हैं जिनमें चौपाल, बगोले, तुलू व ग़ुरुब, सैलाब, गरदाब, आँचल, आसपास, कपास के फूल, दरो-दीवारी, सन्नाटा, बाज़ारे हयात, बर्गे हिना, घर से घर तक, नीला पत्थर और कोहे पैमा वग़ैरह उल्लेखनीय हैं।

क़ासमी साहब की अधिकतर कहानियों के प्लाट और पात्र ग्राम्य जीवन को चित्रित करते हैं। जिस तरह प्रेमचन्द ने उत्तर प्रदेश के ग्राम्य जीवन को अपना केन्द्र बिन्दु बनाया उसी तरह क़ासमी साहब की कहानियाँ भी पश्चिमी पंजाब के गाँवों की ज़िन्दगी के आसपास घूमती हैं और उन्होंने बड़े मोहक ढंग से उस ग्राम्य जीवन को चित्रित किया है जहाँ उनका बचपन बीता था और जिसकी मिट्टी की सुगंध उनकी रग-रग में समायी हुई थी और यह गाँव में रहने का प्रभाव ही था कि उन्हें ग़रीब और बेबस किसानों से हमदर्दी और लूट-खसोट व शोषण करने वाले ज़मींदारों और जागीरदारों से घृणा हो गयी।

क़ासमी साहब तरक्क़ी पसन्द तहरीक से सम्बद्ध रहते हुए भी कुछ तरक्क़ी पसन्दों के उन विचारों से सहमत नहीं थे जो मज़हब, ख़ुदा की मुख़ालिफ़त और नास्तिकता के विश्वास को ही प्रगतिशीलता मानते हैं। हाँ, वे मार्क्सवाद से ज़रूर प्रभावित थे और वे भी देश के ग़रीबों को जागीरदारों और पूँजीपतियों के शिकंजे से निजात दिलाकर एक बराबरी और न्याय पर आधारित व्यवस्था के इच्छुक थे।

कहानियों की तरह शायरी में भी उनका स्थान बहुत ऊँचा रहा है। जोश मलीहाबादी जैसा शायर जो बहुत कम ही किसी की तारीफ़ करता है, वे भी उनकी

शायरी के प्रशंसक थे। आरम्भ में क़ासमी साहब ने भी आम शायरों की तरह रूमानी अन्दाज़ व शैली को अपनाया लेकिन उसमें क्रमशः परिवर्तन होता गया और उस मक़ाम तक उनकी शायरी पहुँच गयी जहाँ उनकी शायरी ने यथार्थवादी सिद्धान्त अपना लिया और वे इंसानियत दोस्ती और सामाजिक समानता व इंसाफ के अलमबरदार बन गये और साथ ही उसमें विस्तार और गहराई भी आ गयी। उनमें एक ख़ूबी ये भी थी कि वे अच्छे शायर के साथ-साथ अच्छे इंसान भी थे।

इस सबके अतिरिक्त क़ासमी साहब ने एक पत्रकार की भूमिका भी बहुत सलीक़े से निभाई है। इस क्षेत्र में भी उनकी सेवाओं को भुलाया न जा सकेगा। आरम्भ में अपने दौर का मशहूर उर्दू मासिक 'अदबे लतीफ़' के सम्पादक रहे, फिर उसके बाद 'नक़ूश', 'सवेरा', 'सहर' और दैनिक 'इमरोज़' जैसे प्रतिष्ठित समाचार पत्रों एवं पत्रिकाओं से सम्बद्ध रहे। सन् 1963 में उन्होंने अपनी निजी पत्रिका 'फ़ुनून' निकालना शुरू किया जिसके 140 अंक उनके जीवन में प्रकाशित हो चुके थे और जिसे उर्दू दुनिया में एक सम्मान की दृष्टि से देखा जाता है।

प्रस्तुत कहानी संग्रह में उनकी कुछ गिनी-चुनी कहानियों का समावेश है, यह मेरी व्यक्तिगत पसन्द है, इस आशय के साथ कि पाठक भी मेरे चयन का समर्थन करेंगे। क़ासमी साहब के ही एक शेर से अपनी बात ख़त्म करता हूँ :

कौन कहता है कि मौत आयी तो मर जाऊँगा
मैं तो दरिया हूँ समन्दर में उतर जाऊँगा

11.1.2011

– डॉ. ख़ुर्शीद आलम
मुम्बई

अनुक्रम

परमेशर सिंह

अख़तर अपनी माँ से यूँ अचानक बिछड़ गया जैसे भागते हुए किसी जेब से रुपया गिर पड़े। अभी था और अभी ग़ायब। खोजबीन हुई मगर बस इस हद तक कि लुटे-पिटे क़ाफ़िले के अन्तिम छोर पर एक हंगामा साबुन की झाग की तरह उठा और बैठ गया, ''कहीं आ ही रहा होगा।'' किसी ने कह दिया, ''हज़ारों का तो क़ाफ़िला है।'' अख़तर की माँ इस तसल्ली की लाठी थामे पाकिस्तान की तरफ रेंगती चली आयी थी। 'आ ही रहा होगा', वह सोचती, 'कोई तितली पकड़ने निकल गया होगा और फ़िर माँ को न पाकर रोया होगा और फिर। फिर अब कहीं आ ही रहा होगा। समझदार है, पाँच साल से कुछ ऊपर हो चुका है। आ जायेगा, वहाँ पाकिस्तान में ज़रा ठिकाने से बैठूँगी तो ढूँढ लूँगी।'

लेकिन अख़तर तो सरहद से कोई पन्द्रह मील दूर उधर यूँ ही बस अकारण इतने बड़े क़ाफ़िले से कट गया था। अपनी माँ के ख़याल के मुताबिक़ उसने तितली का पीछा किया या किसी खेत में से गन्ने तोड़ने गया और तोड़ता रह गया। बहरहाल वह जब रोता-चिल्लाता एक तरफ भागा जा रहा था तो सिखों ने उसे घेर लिया था और अख़तर ने तैश में आकर कहा था, ''मैं नारा-ए-तकबीर मारूँगा,'' और यह कहकर सहम गया था।

सारे सिख सहसा हँस पड़े थे, सिवा एक सिख के, जिसका नाम परमेशर सिंह था। ढीली-ढाली पगड़ी में से उसके उलझे हुए केश झाँक रहे थे और जूड़ा तो बिलकुल नंगा था। वह बोला, ''हँसो नहीं यारो, इस बच्चे को भी तो वाहे गुरु ने पैदा किया है। जिसने तुम्हें और तुम्हारे बच्चों को पैदा किया है।''

एक नौजवान सिख जिसने अब तक अपनी किरपाण निकाल ली थी, बोला, ''ज़रा ठहर परमेशर, किरपाण अपना धर्म पूरा कर ले, फिर हम अपने धर्म की बात करेंगे।''

''मारो नहीं यारो,'' परमेशर सिंह की आवाज़ में पुकार थी, ''इसे मारो नहीं,'' और वह बुरी तरह हाँफ रहा था।

अख़तर के पास आकर वह घुटनों के बल बैठ गया और बोला, ''नाम क्या है तुम्हारा?''

"अख़तर..." अब की अख़तर की आवाज़ भर्राई हुई नहीं थी।

"अख़तर बेटे..." परमेशर सिंह ने बड़े प्यार से कहा, "ज़रा मेरी अँगुलियों में झाँको तो..."

अख़तर ज़रा सा झुक गया। परमेशर सिंह ने दोनों हाथों में ज़रा सी झिर्री पैदा की और तुरन्त बन्द कर ली, "आहा!" अख़तर ने ताली बजाकर अपने हाथों को परमेशर सिंह के हाथों की तरह बन्द कर लिया और आँसुओं में मुस्करा कर बोला, "तितली।"

"लोगे?" परमेशर सिंह ने पूछा।

"हाँ!" अख़तर ने अपने हाथों को मला।

"लो।" परमेशर सिंह ने अपने हाथों को खोला। अख़तर ने तितली को पकड़ने की कोशिश की मगर वह रास्ता पाते ही उड़ गयी और अख़तर की अँगुलियों के पोरों पर अपने पंखों के रंगों के कण छोड़ गयी। अख़तर उदास हो गया और परमेशर सिंह दूसरे सिखों की तरफ देखकर बोला, "सब बच्चे एक से क्यों होते हैं यारो! कतरि की तितली भी उड़ जाती थी तो यों ही मुँह लटका लेता था।"

"परमेशर सिंह तो आधा पागल हो गया है।" नौजवान सिख ने नाराज़गी से कहा और फिर सारा गिरोह वापस जाने लगा।

परमेशर सिंह ने अख़तर को किनारे पर बिठा लिया और जब उसी तरफ चलने लगा जिधर दूसरे सिख गये थे तो अख़तर फफक-फफक कर रोने लगा, "हम अम्मा पास जायेंगे। अम्मा पास जायेंगे।" परमेशर सिंह ने हाथ उठाकर उसे थपकने की कोशिश की मगर अख़तर ने उसका हाथ झटक दिया। फिर जब परमेशर सिंह ने उससे ये कहा कि "हाँ, हाँ बेटे, तुम्हें तुम्हारी अम्मा पास लिये चलता हूँ" तो अख़तर चुप हो गया। सिर्फ कभी-कभी सिसक लेता था और परमेशर सिंह की थपकियों को बड़ी नागवारी से बर्दाश्त करता जा रहा था।

परमेशर सिंह उसे अपने घर में ले आया। पहले यह किसी मुसलमान का घर था। लुटा-पिटा परमेशर सिंह जब लाहौर से ज़िला अमृतसर में आया था तो गाँव वालों ने उसे यह मकान अलॉट कर दिया था। वह अपनी पत्नी और बेटी सहित जब इस चारदीवारी में दाख़िल हुआ था, ठिठक कर रह गया था। इतनी ज़रा सा तो है। और इसे भी तो वाहे गुरु जी ने पैदा किया है जिसने...

"पूछ लेते हैं इसी से..." एक सिख और बोला। फिर उसने सहमे हुए अख़तर के पास जाकर कहा... "बोलो तुम्हें किसने पैदा किया है? ख़ुदा ने कि वाहे गुरु जी ने?"

अख़तर ने अपने मुँह की सारी खुश्की को निगलने की कोशिश की जो उसकी ज़बान की नोक से लेकर उसकी नाभि तक फैल चुकी थी। आँखें झपक कर उसने उन आँसुओं को गिरा देना चाहा जो रेत की तरह उसके पपोटों में खटक रहे थे।

उसने परमेशर सिंह की तरफ यूँ देखा जैसे माँ को देख रहा है। मुँह में गये हुए एक आँसू को थूक डाला और बोला, "पता नहीं।"

"लो, और सुनो..." किसी ने कहा और अख़्तर को गाली देकर हँसने लगा।

अख़्तर ने अभी अपनी बात पूरी नहीं की थी, बोला, "अम्मा तो कहती हैं मैं भूसे की कोठरी में पड़ा मिला था।"

सब सिख हँसने लगे मगर परमेशर सिंह बच्चों की तरह बिलबिलाकर कुछ यूँ रोया कि दूसरे सिख भौंचक्का से रह गये और परमेशर सिंह जैसे विलाप करने लगा... "सब बच्चे एक से होते हैं, यारो। मेरा कर्तारा भी तो यही कहता था। वह भी तो उसकी माँ को भूसे की कोठरी में पड़ा मिला था।"

किरपाण म्यान में चली गयी। सिखों ने परमेशर सिंह से अलग थोड़ी देर खुसुर-फुसुर की। फिर एक सिख आगे बढ़ा। बिलखते हुए अख़्तर की बाँहों को पकड़े चुपचाप रोते हुए परमेशर सिंह के पास आया और बोला, "ले परमेशरे... सँभाल इसे, केश बढ़वाकर इसे अपना कर्तारा बना ले... ले पकड़।"

परमेशर ने अख़्तर को यूँ झपट कर उठा लिया कि उसकी पगड़ी खुल गयी और केशों की लटें लटकने लगीं। उसने अख़्तर को पागलों की तरह चूमा, उसे अपनी छाती से चिमटाया और फिर उसकी आँखों में आँखें डालकर और मुस्करा-मुस्कराकर कुछ ऐसी बातें सोचने लगा जिन्होंने उसके चेहरे को चमका दिया, फिर उसने पलट कर दूसरे सिखों की तरफ देखा। अचानक वह अख़्तर को नीचे उतारकर सिखों की तरफ लपका, मगर उनके पास से गुज़र कर दूर तक भागा चला गया। झाड़ियों के एक झुण्ड में बन्दरों की तरह कूदता और छुपता रहा और उसके केश उसकी लपक-झपट का साथ देते रहे। दूसरे सिख हैरान खड़े देखते रहे। फिर वह एक हाथ को दूसरे हाथ में रखे भागता हुआ वापस आया। उसकी भीगी हुई दाढ़ी में फँसे हुए होठों पर मुस्कराहट थी और सुर्ख़ आँखों में चमक थी। आँखें पथरा सी गयी थीं और वह एक रहस्यमयी फुसफुसाहट में बोला था, "यहाँ कोई चीज़ क़ुरआन पढ़ रही है।"

ग्रन्थी जी और गाँव के दूसरे लोग हँस पड़े थे। परमेशर सिंह की पत्नी ने उन्हें पहले से बता दिया था कि कर्तार सिंह के बिछुड़ते ही इन्हें कुछ हो गया है, "जाने क्या हो गया है इसे," उसने कहा था। "वाहे गुरु जी झूठ न बुलवायें तो वहाँ दिन में कोई दस बार तो ये कर्तार सिंह को गधों की तरह पीट डालता था। और जब से कर्तार सिंह बिछुड़ा है तो मैं तो रो-धो कर चुप हो गयी लेकिन इसका रोने से भी मन हलका नहीं हुआ। वहाँ मजाल है जो बेटी अमर कौर को मैं ज़रा भी गुस्से से देख लेती, बिफर जाता था। कहता था, बेटी को बुरा मत कहो। ये तो एक मुसाफ़िर है बेचारी, हमारे घरौंदे में सुस्ताने बैठ गयी है। वक़्त आयेगा तो चली जायेगी। और अब अम्र कौर से ज़रा सी भी कोई ग़लती होती है तो आपे ही में नहीं रहता। यहाँ तक बक देता है कि बेटियाँ-बीवियाँ अग़वा होते सुनी थीं यारों। यह नहीं सुना था कि पाँच बरस के बेटे भी

उठ जाते हैं।"

वह एक महीने से इस घर में निवास कर रहा था। मगर हर रात उसका नियम था कि पहले सोते में बेतहाशा करवटें बदलता फिर बड़बड़ाने लगता और फिर उठ बैठता। डरी हुई फुसफुसाहट में पत्नी से कहता, "सुनती हो, यहाँ कोई चीज़ क़ुरआन पढ़ रही है..." पत्नी उसे मात्र "ऊँह!" से टाल कर सो जाती थी। मगर अमर कौर को इस फुसफुसाहट के बाद रात भर नींद न आती। उसे अँधेरे में बहुत सी परछाइयाँ हर तरफ़ बैठी क़ुरआन पढ़ती नज़र आतीं और फिर जब तनिक पौ फटता तो वह कानों में अँगुलियाँ दे लेती थी। वहाँ ज़िला लाहौर में उनका घर मस्जिद के पड़ोस ही में था और जब सुबह अज़ान होती थी तो कैसा मज़ा आता था। ऐसा लगता था कि जैसे पूरब से फूटता हुआ उजाला गाने लगा है। फिर जब उसकी पड़ोसन प्रीतम कौर को कुछ नौजवानों ने ख़राब करके चिथड़े की तरह घूरे पर फेंक दिया था तो जाने क्या हुआ कि मुअज़्ज़िन (अज़ान देने वाला) की अज़ान में भी उसे प्रीतम कौर की चीख सुनायी दे रही थी। अज़ान की कल्पना तक उसे भयभीत कर देती थी और वह यह भी भूल जाती थी कि अब उनके पड़ोस में मस्जिद नहीं है। यूँ ही कानों में अँगुलियाँ देते हुए वह सो जाती और रात भर जागते रहने के कारण दिन चढ़े तक सोती रहती थी और परमेशर सिंह इस बात पर बिगड़ जाता... "ठीक है, सोये नहीं तो और क्या करे। निकम्मी तो होती हैं ये छोकरियाँ। लड़का हो तो अब तक जाने कितने काम कर चुका होता यारो।"

परमेशर सिंह आँगन में दाख़िल हुआ तो आज नियम के विपरीत उसके होठों पर मुस्कराहट थी। उसके खुले केश कन्धे सहित उसकी पीठ और एक कन्धे पर बिखरे हुए थे और उसका एक हाथ अख़्तर की कमर थपके जा रहा था। उसकी पत्नी एक तरफ बैठी गेहूँ फटक रही थी। उसके हाथ जहाँ थे वहीं रुक गये और वह टुकुर-टुकुर परमेशर सिंह को देखने लगी। फिर वह कूदती हुई आयी और बोली,

"यह कौन है?"

परमेशर सिंह वैसे ही मुस्कराते हुए बोला... "डर नहीं बेवकूफ़... इसकी आदतें बिलकुल कर्तारे जैसी हैं। ये भी अपनी माँ को भूसे की कोठरी में पड़ा मिला था। ये भी तितलियों का आशिक़ है। इसका नाम अख़्तर है।"

"अख़्तर?" पत्नी के तेवर बदल गये।

"तुम इसे अख़्तर सिंह कह लेना," परमेशर सिंह ने स्पष्ट किया, "और फिर केशों का क्या है, दिनों में बढ़ जाते हैं। कड़ा और कछेरा पहना दो। कंघा केशों के बढ़ते ही लग जायेगा।"

"पर, ये है किसका?" पत्नी ने और स्पष्टीकरण चाहा।

"किसका है।" परमेशर सिंह ने अख़्तर को कन्धे पर से उतार कर उसे ज़मीन पर खड़ा कर दिया और उसके सर पर हाथ फेरने लगा, "वाहे गुरु जी का है, हमारा अपना है और फिर यारो, यह औरत इतना भी देख नहीं सकती कि अख़्तर के माथे

पर जो यह ज़रा सा तिल है यह कतरि ही का तिल है। कतरि को भी तो एक तिल था और यहीं था। ज़रा बड़ा था पर हम उसे यहीं तिल पर तो चूमते थे। और ये अख़्तर के कानों की लवें गुलाब के फूल की तरह गुलाबी हैं। तो यारो! यह औरत यह तक नहीं सोचती कि कतरि के कानों की लवें भी तो ऐसी ही थीं। फ़र्क़ सिर्फ़ इतना है कि वह ज़रा मोटी थीं ये ज़रा पतली हैं और...''

अख़्तर अब तक आश्चर्य के कारण खुद को रोके बैठा था। अब वह बिलबिला उठा... ''हम नहीं रहेंगे, हम अम्मा पास जायेंगे... अम्मा पास...''

परमेशर सिंह ने अख़्तर का हाथ पकड़ कर उसे पत्नी की ओर बढ़ाया... ''अरी लो। यह अम्मा के पास जाना चाहता है।''

''तो जाये...'' पत्नी की आँखों में और चेहरे पर वही आसेब आ गया था जिसे परमेशर सिंह अपनी आँखों और चेहरे से नोच कर बाहर खेतों में झटक आया था... ''डाका मारने गया था सूरमा। और उठा लाया ये हाथ भर का लौंडा। अरे कोई लड़की ही उठा लाता। तो हज़ार में न सही, एक-दो सौ में बिक जाती। इस उजड़े घर का खाट-खटोला बन जाता और फिर... पगले तुझे तो कुछ हो गया है, देखते नहीं यह लड़का मुसल्ला है? जहाँ से उठा लाये हो वहीं वापस डाल आओ। ख़बरदार जो इसने मेरे चौके में पाँव रखा।''

परमेशर सिंह ने विनती की... ''कतरि और अख़्तर को एक ही वाहे गुरु जी ने पैदा किया है, समझीं।''

''नहीं।'' अब की पत्नी चीख़ उठी, ''...मैं नहीं समझती और न कुछ समझना चाहती हूँ। मैं रात ही रात में झटका कर डालूँगी इसका, काट के फेंक दूँगी। उठा लाया है वहाँ से, ले जा इसे फेंक दे बाहर...''

''तुम्हें न फेंक दूँ बाहर...'' अब परमेशर सिंह बिगड़ गया, तुम्हारा न कर डालूँ झटका?'' वह पत्नी की ओर बढ़ा और पत्नी अपनी छाती पीटती चीखती-चिल्लाती भागी। पड़ोस से अमर कौर दौड़ आयी। उसके पीछे गली की दूसरी औरतें भी आ गयीं। मर्द भी एकत्र हो गये और परमेशर सिंह की पत्नी पिटने से बच गयी। फिर सभी ने उसे समझाया कि नेक काम है, एक मुसलमान का सिख बनाना कोई साधारण काम तो नहीं। पुराना ज़माना होता तो अब तक परमेशर सिंह गुरु मशहूर हो चुका होता। पत्नी की ढारस बँधी मगर अमर कौर एक कोने में बैठी घुटनों में सर दिये रोती रही। अचानक परमेशर सिंह की गरज ने सारी भीड़ को हिला दिया... ''अख़्तर किधर गया? वह चिढ़ गया यारो...? अख़्तर... अख़्तर...'' वह चीखता हुआ मकान के कोनों-खुदरों में झाँकता हुआ बाहर भाग गया। बच्चे खेल समझ कर उसके पीछे थे। औरतें छतों पर चढ़ गयी थीं और परमेशर सिंह गलियों में से बाहर खेतों में निकल गया था... ''अरे, मैं तो उसे अम्मा के पास ले चलता यारो। अरे, वह गया कहाँ? अख़्तर... ऐ अख़्तर...''

"मैं तुम्हारे पास नहीं आऊँगा।" पगडंडी के एक मोड़ पर ज्ञान सिंह के गन्ने के खेत की आड़ में रोते हुए अख़्तर ने परमेशर सिंह को डाँट दिया, "तुम तो सिख हो।"

"हाँ भय्या, मैं तो सिख हूँ..." परमेशर सिंह ने जैसे विवश होकर स्वीकार किया।

"तो फिर हम नहीं आयेंगे।" अख़्तर ने पुराने आँसुओं को पोंछ कर नये आँसुओं के लिए रास्ता साफ किया।

"नहीं आओगे?" परमेशर सिंह का लहजा अचानक बदल गया।

"नहीं।"

"नहीं आओगे?"

"नहीं, नहीं, नहीं।"

"कैसे नहीं आओगे?" परमेशर सिंह ने अख़्तर को कान से पकड़ा और फिर निचले होठ को दाँतों में दबाकर उसके मुँह पर चटाख से एक थप्पड़ मार दिया, "चलो!" वह कड़का।

अख़्तर यूँ सहम गया जैसे एक दम उसका सारा खून निचुड़ कर रह गया हो। फिर अचानक वह ज़मीन पर गिर कर पाँव पटकने, मिट्टी उड़ाने और बिलख-बिलख कर रोने लगा, "नहीं चलता, बस नहीं चलता। तुम सिख हो। मैं सिखों के पास नहीं जाऊँगा। मैं अपनी अम्मा के पास जाऊँगा। मैं तुम्हें मार दूँगा।"

और अब जैसे परमेशर सिंह के सहने की बारी थी। उसका भी सारा खून जैसे निचुड़ कर रह गया था। उसने अपने हाथ को दाँतों में जकड़ लिया। उसके नथुने फड़कने लगे और फिर इस ज़ोर से रोया कि खेत की परली मेंड़ पर आते हुए चन्द पड़ोसी और उनके बच्चे भी सहम कर रह गये और ठिठक गये। परमेशर सिंह घुटनों के बल अख़्तर के सामने बैठ गया। बच्चों की तरह यूँ सिसक-सिसक कर रोने लगा कि उसका निचला होठ भी बच्चों की तरह लटक आया और फिर बच्चों की सी रोती आवाज़ में बोला, "मुझे माफ़ कर दे अख़्तर, मुझे तुम्हारे ख़ुदा की क़सम मैं तुम्हारा दोस्त हूँ। तुम अकेले यहाँ से जाओगे तो तुम्हें कोई मार देगा। फिर तुम्हारी माँ पाकिस्तान से आकर मुझे मारेगी। मैं खुद जाकर तुम्हें पाकिस्तान छोड़ आऊँगा। सुना? फिर वहाँ अगर तुम्हें एक लड़का मिल जाये ना, कर्तारा नाम का तो तुम उसे इधर गाँव में छोड़ जाना। अच्छा?"

"अच्छा।" अख़्तर ने उलटे हाथों से आँसू पोंछते हुए परमेशर सिंह से सौदा कर लिया। परमेशर सिंह ने अख़्तर को कन्धे पर बिठा लिया और चला मगर एक ही क़दम उठाकर रुक गया। सामने बहुत से बच्चे और पड़ोसी खड़े उसकी सारी गतिविधियों को देख रहे थे। अधेड़ उम्र का एक पड़ोसी बोला... "रोते क्यों हो परमेशरे' कुल एक महीने की तो बात है। एक महीने में इसके केश बढ़ आयेंगे तो

बिलकुल कर्तारा लगेगा।"

कुछ कहे बिना वह तेज़-तेज़ कदम उठाने लगा। फिर एक जगह रुक कर उसने पलट कर अपने पीछे आने वाले पड़ोसियों की तरफ देखा, "तुम कितने ज़ालिम लोग हो यारो, अख़्तर को कर्तारा बनाते हो और अगर उधर कोई कतरि को अख़्तर बना ले तो? उसे ज़ालिम ही कहोगे ना?" फिर उसकी आवाज़ में गरज आ गयी, "यह लड़का मुसलमान ही रहेगा। दरबार साहब की सूँ। मैं कल ही अमृतसर जाकर इसके अंग्रेज़ी बाल बनवा लाऊँगा। तुमने मुझे समझ क्या रखा है, ख़ालसा हूँ, सीने में शेर का दिल है, मुर्गी का नहीं।"

परमेशर सिंह अपने घर में दाख़िल होकर अभी अपनी पत्नी और बेटी को अख़्तर के सेवा-सत्कार सम्बन्धी निर्देश दे ही रहा था कि गाँव का ग्रन्थी सरदार संतो सिंह अन्दर आया और बोला, "परमेशर सिंह।"

"जी।" परमेशर सिंह ने पलट कर देखा। ग्रन्थी के पीछे उसके पड़ोसी भी थे।

"देखो..." ग्रन्थी जी ने बड़े दबदबे से कहा, "कल से यह लड़का खालसे जैसी पगड़ी बाँधेगा, कड़ा पहनेगा, धर्मशाला आयेगा और इसे प्रसाद खिलाया जायेगा। इसके केशों को कैंची नहीं छुएगी। छू गयी तो कल ही से घर खाली कर दो, समझे।"

"जी।" परमेशर सिंह ने धीरे से कहा।

"हां..." ग्रन्थी जी ने अन्तिम चोट की।

"ऐसा ही होगा ग्रन्थी जी..." परमेशर सिंह की पत्नी बोली, "पहले ही इसे रातों को घर के कोने-कोने से कोई चीज़ कुरआन पढ़ती सुनाई देती है। लगता है पहले जन्म में मुसल्ला रह चुका है। अमर कौर बेटी ने तो जब से यह सुना है कि हमारे घर में मुसल्ला छोकरा आया है तो बैठी रो रही है। कहती है घर पर कोई और आफ़त आयेगी। परमेशरे ने आपका कहा न माना तो मैं भी धर्मशाले में चली आऊँगी और अमर कौर भी। फिर यह इस छोकरे को चाटे मुआ निकम्मा। वाहे गुरु जी का भी लिहाज़ नहीं करता।

"वाहे गुरु जी का लिहाज़ कौन नहीं करता गधी।" परमेशर सिंह ने ग्रन्थी जी की बात का गुस्सा पत्नी पर निकाला। फिर वह होठों ही होठों गालियाँ देता रहा। कुछ देर के बाद वह उठ कर ग्रन्थी जी के पास गया, "अच्छा, जी अच्छा," उसने कहा। ग्रन्थी जी पड़ोसियों के साथ तुरन्त वापस चले गये।

कुछ ही दिनों में अख़्तर को दूसरे सिख लड़कों से पहचानना मुश्किल हो गया। वही कानों की लवों तक कस कर बँधी हुई पगड़ी, वही हाथ का कड़ा और वही कछेरा। सिर्फ़ जब वह घर में आकर पगड़ी उतारता था तो उसके सिख न होने का रहस्य खुलता था। लेकिन उसके बाल धड़ाधड़ बढ़ रहे थे। परमेशर सिंह की पत्नी उन बालों को छूकर बहुत खुश होती, "ज़रा इधर तो आ अमर कौरे, यह देख केश बन रहे हैं। फिर एक दिन जूड़ा बनेगा, कंघा लगेगा और इसका नाम रखा जायेगा, कर्तार सिंह।"

"नहीं माँ।" अमर कौर वहीं से जवाब देती, "जैसे वाहे गुरु जी एक हैं, और ग्रन्थ साहब एक हैं और चाँद एक है—उसी तरह कर्तारा भी एक है। मेरा नन्हा-मुन्ना भाई।" वह फूट-फूट कर रो देती और मचल कर कहती, "मैं इस खिलौने से नहीं बहलूँगी माँ। मैं जानती हूँ माँ यह मुसल्ला है और जो कर्तारा होता है वह मुसल्ला नहीं होता।"

"मैं कब कहती हूँ यह सचमुच का कर्तारा है। मेरा चाँद सा लाडला बच्चा।" परमेशर सिंह की पत्नी भी रो देती। दोनों अख़तर को अकेला छोड़ कर किसी कोने में बैठ जातीं। खूब-खूब रोतीं, एक-दूसरे को तसल्लियाँ देतीं और फिर सिसक-सिसक कर रोने लगतीं। वह अपने कर्तारे के लिए रोतीं। अख़तर कुछ रोज़ अपनी माँ के लिए रोया। अब किसी और बात पर रोता। जब परमेशर सिंह शरणार्थियों की सहायता पंचायत से कुछ राशन या कपड़ा लेकर आता तो अख़तर भाग कर जाता और उसकी टाँगों से लिपट जाता और रो-रो कर कहता, "मेरे सिर पर पगड़ी बाँध दो परमो... मेरे केश बढ़ा दो। मुझे कंघा ख़रीद दो।"

परमेशर सिंह उसे छाती से लगा लेता और भर्राई हुई आवाज़ में कहता, "ये सब हो जायेगा बच्चे। सब कुछ हो जायेगा, पर एक बात कभी न होगी। वह बात कभी न होगी। वह नहीं होगा मुझ से समझे? यह केश-वेश सब बढ़ आयेंगे।"

अख़तर अपनी माँ को अब बहुत कम याद करता था। जब तक परमेशर सिंह घर में रहता वह उससे चिमटा रहता और जब वह कहीं बाहर जाता तो अख़तर उसकी पत्नी और अमर कौर को यूँ देखता रहा जैसे उनसे प्यार की भीख माँग रहा हो। परमेशर सिंह की पत्नी उसे नहलाती, उसके कपड़े धोती, और फिर उसके बालों में कंघी करते हुए रोने लगती और रोती रह जाती। अलबत्ता अमर कौर ने जब भी देखा, नाक उछाल दी। शुरू-शुरू में तो उसने अख़तर को धमोका भी जड़ दिया था मगर जब अख़तर ने परमेशर सिंह से इसकी शिकायत की तो परमेशर सिंह बिफर गया और अमर कौर को बड़ी नंगी-नंगी गालियाँ देता उसकी तरफ बढ़ा कि अगर उसकी पत्नी रास्ते में उसके पाँव न पड़ जाती तो वह बेटी को उठा कर दीवार पर से गली में पटक देता... "उल्लू की पट्ठी..." उस रोज़ उसने कड़क कर कहा था।

"सुना तो यही था कि लड़कियाँ उठ रही हैं पर यहाँ तो यह मुश्टंडी हमारे साथ लगी चली आयी और उठ गया तो पाँच साल का लड़का जिसे अभी अच्छी तरह नाक पोंछना भी नहीं आता। अजीब अन्धेर है यारो।" इस घटना के बाद अमर कौर ने अख़तर पर हाथ तो ख़ैर कभी न उठाया मगर उसकी नफ़रत बढ़ गयी।

एक दिन अख़तर को तेज़ बुखार आया। परमेशर सिंह वैद्य के पास चला गया और उसके जाने के कुछ देर बाद उसकी पत्नी पड़ोसन से पीसी हुई सौंफ माँगने चली गयी। अख़तर को प्यास लगी।

"पानी," उसने कहा। कुछ देर बाद लाल-लाल, सूजी-सूजी आँखें खोलीं।

इधर-उधर देखा और पानी का शब्द एक कराह बन कर उसके कण्ठ से निकला। कुछ देर के बाद वह लिहाफ़ को एक तरफ झटक कर उठ बैठा। अमर कौर सामने दहलीज़ पर बैठी खजूर के पत्तों से चंगेर बना रही थी... "पानी दे।" अख़्तर ने उसे डाँटा। अमर कौर ने भंवें सिकोड़ कर उसे घूर कर देखा और अपने काम में जुट गयी। अब अख़्तर चिल्लाया... "पानी देती है कि नहीं... पानी दे वर्ना मारूँगा"... अमर कौर ने इस बार उसकी ओर देखा ही नहीं। बोली... "मार तो सही, तू कर्तारा नहीं कि मैं तेरी मार सह लूँगी। मैं तो तेरी बोटी-बोटी कर डालूँगी।" अख़्तर बिलख-बिलख कर रो दिया। और आज उसने एक मुद्दत के बाद अपनी अम्मा को याद किया। फिर जब परमेशर सिंह दवा ले आया और उसकी पत्नी भी पिसी हुई सौंफ लेकर आ गयी तो अख़्तर ने रो-रो कर बुरी हालत बना ली थी और वह सिसक-सिसक कर कह रहा था, "हम तो अब अम्मा पास चलेंगे। यह अमर कौर सुअर की बच्ची तो पानी भी नहीं पिलाती। हम तो अम्मा पास जायेंगे।" परमेशर सिंह ने अमर कौर की तरफ गुस्से से देखा। वह रो रही थी और अपनी माँ से कह रही थी... "क्यों पानी पिलाऊँ? कर्तारा भी तो कहीं इसी तरह पानी माँग रहा होगा किसी से। किसी को उस पर तरस न आये तो हमें क्यों तरस आये इस पर... हाँ।"

परमेशर सिंह अख़्तर की तरफ बढ़ा और अपनी पत्नी की ओर इशारा करते हुए बोला, "यह भी तुम्हारी माँ है बेटे।"

"नहीं!" अख़्तर गुस्से से बोला, "यह तो सिख है। मेरी अम्मा तो पाँच वक़्त नमाज़ पढ़ती है और बिस्मिल्लाह कह कर पानी पिलाती है।"

परमेशर सिंह की पत्नी जल्दी से एक प्याला भर कर लायी तो अख़्तर ने प्याले को दीवार पर दे मारा और चिल्लाया, "तुम्हारे हाथ से नहीं पियेंगे।"

"ये भी तो मुझ ही सुअर की बच्ची का बाप है।" अमर कौर ने जल कर कहा।

"तो हुआ करे, " अख़्तर बोला, "तुम्हें इससे क्या?"

परमेशर सिंह के चेहरे पर धूप-छाँव जैसी विचित्र स्थितियाँ पैदा हो गयीं। वह अख़्तर की माँग पर मुस्कराया भी और रो भी दिया। फिर उसने अख़्तर को पानी पिलाया। उसके माथे को चूमा। उसकी पीठ पर हाथ फेरा। बिस्तर पर लिटा कर उसके सर को हौले-हौले खुजाता रहा और कहीं शाम को जाकर उसने करवट बदला। उस वक़्त अख़्तर का बुख़ार उतर चुका था और वह बड़े मज़े से सो रहा था।

आज बहुत अर्से के बाद रात को परमेशर सिंह भड़क उठा और बहुत धीरे से बोला, "अरी सुनती हो?... सुन रही हो, यहाँ कोई चीज़ क़ुरआन पढ़ रही है।"

पत्नी ने पहले तो इसे परमेशर सिंह की पुरानी आदत कह कर टालना चाहा मगर फिर एकदम हड़बड़ा कर उठी और अमर कौर की खाट की तरफ हाथ बढ़ाकर उसे हौले-हौले हिलाकर धीरे से बोली, "बेटी...।"

"क्या है माँ?" अमर कौर चौंक उठी।

और उसने फुसफुसाकर कहा, ''सुनो तो, सचमुच कोई चीज़ क़ुरआन पढ़ रही है।'' यह क्षणिक सन्नाटा बड़ा भयावह था। अमर कौर की चीख़ उससे भी अधिक भयानक थी और फिर अख़्तर की चीख़ भयानकतम थी।

''क्या हुआ बेटा,'' परमेशर सिंह तड़प कर उठा और अख़्तर की खाट पर जाकर उसे छाती से चिमटा लिया, ''डर गये बेटा।''

''हाँ!'' अख़्तर लिहाफ़ में से सर निकाल कर बोला, ''कोई चीज़ चीख़ी थी।''

''अमर कौर चीख़ी थी,'' परमेशर सिंह ने कहा... ''हम सब यूँ समझे जैसे कोई चीज़ यहाँ क़ुरआन पढ़ रही है।''

''मैं पढ़ रहा था,'' अख़्तर बोला।

अब भी अमर कौर के मुँह से हल्की सी चीख़ निकल गयी।

पत्नी ने जल्दी से चिराग़ जला दिया और अमर कौर की खाट पर बैठ कर वह दोनों अख़्तर को यूँ देखने लगीं जैसे वह अभी धुआँ बनकर दरवाज़े की झिर्रियों में से बाहर उड़ जायेगा और बाहर से एक डरावनी आवाज़ आयेगी, ''मैं जिन्न हूँ, मैं कल रात फिर आकर क़ुरआन पढ़ूँगा।''

''क्या पढ़ रहे थे भला?'' परमेशर सिंह ने पूछा।

''पढ़ूँ?'' अख़्तर ने पूछा।

''हाँ-हाँ।'' परमेशर सिंह ने बड़े शौक़ से कहा।

और अख़्तर 'कुलहुवल्लाहो अहद' पढ़ने लगा। 'कुफ़वन अहद' पर पहुँच कर उसने अपने गिरेबान में छुः की और फिर परमेशर सिंह की तरफ मुस्कराते हुए बोला, ''तुम्हारे सीने में भी छुः कर दूँ?''

''हाँ-हाँ!'' परमेशर सिंह ने गिरेबान का बटन खोल दिया और अख़्तर ने छुः कर दी। अब की बार अमर कौर ने बड़ी मुश्किल से चीख़ पर क़ाबू पाया।

परमेशर सिंह बोला, ''क्या नींद नहीं आती थी?''

''हाँ...'' अख़्तर बोला... ''अम्मा याद आ गयी। अम्मा कहती है नींद न आये तो तीन बार 'कुलहुवल्लाह' पढ़ो नींद आ जायेगी। अब आ रही थी, पर अमर कौर ने डरा दिया।''

''फिर से पढ़कर सो जाओ।'' परमेशर सिंह ने कहा, ''रोज़ पढ़ा करो। ऊँचे-ऊँचे पढ़ा करो। इसे भूलना नहीं वर्ना तुम्हारी अम्मा तुम्हें मारेंगी। लो अब सो जाओ!'' उसने अख़्तर को लिटाकर उसे लिहाफ़ ओढ़ा दिया। फिर चिराग़ बुझाने के लिए बढ़ा तो अमर कौर पुकारी, ''नहीं-नहीं बाबा... बुझाओ नहीं, डर लगता है।''

''जलता रहे। क्या है?'' पत्नी बोली।

और परमेशर सिंह दिया बुझा कर हँस दिया... ''पगलियाँ''... वह बोला, ''गधियाँ।'' रात के अँधेरे में अख़्तर आहिस्ता-आहिस्ता 'कुलहुवल्लाह' पढ़ता रहा। फिर कुछ देर बाद थोड़ा-थोड़ा खर्राटे लेने लगा। परमेशर सिंह भी सो गया और उसकी

पत्नी भी। मगर अमृत कौर रात भर कच्ची नींद में 'पड़ोस' की मस्जिद की अज़ान सुनती रही और डरती रही।

अब अख़्तर के अच्छे-ख़ासे केश बढ़ आये थे। नन्हे से जूड़े में कंघा भी अटक जाता था। गाँव वालों की तरह परमेशर सिंह की पत्नी भी उसे कर्तारा कहने लगी थी और उससे बहुत स्नेह का बर्ताव करती थी। मगर अमर कौर अख़्तर को यूँ देखती थी जैसे वह कोई बहुरूपिया है और अभी वह पगड़ी और केश उतार कर फेंक देगा और 'कुलहुवल्लाह' पढ़ता हुआ गायब हो जायेगा।

एक दिन परमेशर सिंह बड़ी तेज़ी से घर आया और हाँफते हुए अपनी पत्नी से पूछा, "वह कहाँ है?"

"कौन, अमर कौर?"

"नहीं।"

"कर्तारा?"

"नहीं..." फिर कुछ सोच कर बोला, "हाँ, हाँ वही कर्तारा।"

"बाहर खेलने गया है, गली में होगा।"

परमेशर सिंह वापस लपका। गली में जाकर भागने लगा। बाहर खेतों में जाकर उसकी गति और तेज़ हो गयी। फिर उसे दूर ज्ञान सिंह के गन्नों की फ़सल के पास कुछ बच्चे कबड्डी खेलते नज़र आये। खेत की ओट से उसने देखा कि अख़्तर ने एक लड़के को घुटनों तले दबा रखा है। लड़के के होठों से खून फट रहा है मगर कबड्डी-कबड्डी की रट जारी है। फिर उस लड़के ने जैसे हार मान ली और जब अख़्तर की पकड़ से छूटा तो बोला... "क्यों बे कर्तारा! तूने मेरे मुँह पर घुटना क्यों मारा है?"

"अच्छा किया जो मारा," अख़्तर अकड़ कर बोला और बिखरे हुए जूड़े की लटें सँभाल कर उनमें कंघा फँसाने लगा।

"तुम्हारे रसूल ने तुम्हें यही समझाया है?" लड़के ने व्यंग्य किया।

अख़्तर क्षण भर के लिए चकरा गया। फिर सोच कर बोला, "और क्या... तुम्हारे गुरु ने यही समझाया है?"

"मुसल्ला!" लड़के ने उसे गाली दी।

"सिखड़ा!" अख़्तर ने उसे गाली दी।

सब लड़के अख़्तर पर टूट पड़े मगर परमेशर सिंह की एक ही कड़क से मैदान साफ था। उसने अख़्तर के पगड़ी बाँधी और उसे एक तरफ ले जाकर बोला... "सुनो मेरे बेटे! मेरे पास रहोगे कि अम्मा के पास जाओगे...?"

अख़्तर कोई फैसला न कर सका। कुछ देर तक परमेशर सिंह की आँखों में आँखें डाले खड़ा रहा। फिर मुस्कराने लगा और बोला, "अम्मा पास जाऊँगा।"

"और मेरे पास नहीं रहोगे?"

परमेशर सिंह का चेहरा यूँ सुर्ख हो गया जैसे वह रो देगा।

"तुम्हारे पास भी रहूँगा?" अख़्तर ने पहेली का हल बता दिया। परमेशर सिंह ने उसे उठाकर सीने से लगा लिया और वह आँसू जो मायूसी ने आँखों में जमा किये थे, खुशी के आँसू बन कर टपक पड़े। वह बोला, "देखो बेटे! अख़्तर बेटे, आज यहाँ फौज आ रही है। यह फौजी तुम्हें मुझसे छीनने आ रहे हैं, समझे? तुम कहीं छुप जाओ। फिर जब वे चले जायेंगे ना, तो मैं तुम्हें ले आऊँगा।"

परमेशर सिंह को इस समय दूर गुबार का एक फैलता हुआ एक बगूला नजर आया। मेंड़ पर चढ़कर उसने लम्बे होते हुए बगूले को ध्यान से देखा और अचानक तड़प कर बोला, "फौजियों की लारी आ गई..." वह मेंड़ पर से कूद पड़ा और गन्ने के खेत का पूरा चक्कर काट गया।

"ज्ञाने, ओ ज्ञान सिंह!" वह चिल्लाया। ज्ञान सिंह फसल के अन्दर से निकला। उसके एक हाथ में दरांती और दूसरे हाथ में थोड़ी सी घास थी। परमेशर सिंह उसे अलग ले गया, उसे कोई बात समझाई, फिर दोनों अख़्तर के पास आये। ज्ञान सिंह ने फसल में से एक गन्ना तोड़ कर दरांती से उसके पत्ते काटे और उसे अख़्तर के हवाले करके बोला... "आओ भाई कतरि, तुम मेरे पास बैठकर गन्ना चूसो जब तक ये फौजी चले जायें। अच्छा-खासा, बना-बनाया खालसा हथियाने आये हैं, हुहं।" परमेशर सिंह ने अख़्तर से जाने की इजाज़त माँगी... "जाऊँ।"

और अख़्तर ने दाँतों में गन्ने का लम्बा सा छिलका जकड़े हुए मुस्कराने की कोशिश की। इजाज़त पाकर परमेशर सिंह गाँव की तरफ भाग गया। बगूला गाँव की तरफ बढ़ा आ रहा था।

घर जाकर उसने पत्नी और बेटी को समझाया। फिर भागमभाग ग्रन्थी जी के पास गया। उनसे बात करके इधर-उधर दूसरे लोगों को समझाता फिरा। और जब फौजियों की लारी धर्मशाले से उधर खेत में रुक गयी तो सारे फौजी और पुलिस वाले ग्रन्थी जी के पास आये। उनके साथ इलाक़े का नम्बरदार भी था। मुसलमान लड़कियों के बारे में पूछताछ होती रही। ग्रन्थी जी ने ग्रन्थ साहब की क़सम खाकर कह दिया कि इस गांव में कोई मुसलमान लड़की नहीं, "लड़के की बात दूसरी है।" कोई परमेशर सिंह के कान में फुसफुसाया और आस-पास के सिख परमेशर सिंह सहित मुस्कराने लगे। फिर एक फौजी अफसर ने गाँव वालों के सामने भाषण दिया। उसने *ममता* पर बड़ा ज़ोर दिया जो उन माँओं के दिलों में उन दिनों टीस बनकर रह गयी थी जिनकी बेटियाँ छिन गयी थीं और उन भाइयों और पतियों के प्यार की बड़ी दर्दनाक तस्वीर खींची जिनकी बहनें और पत्नियाँ उनसे हथिया ली गयी थीं. .. "और धर्म क्या है दोस्तो" उसने कहा था, "संसार का हर धर्म इंसान को इंसान बनना सिखाता है और तुम धर्म के नाम लेकर इंसान को इंसान से लड़ा देते हो। उनकी आबरू पर नाचते हो और कहते हो हम सिख हैं, हम मुसलमान हैं... हम

वाहे गुरु जी के चेले हैं, हम रसूल के ग़ुलाम हैं...''

भाषण के बाद भीड़ छँटने लगी। फौजियों के अफसर ने ग्रन्थी जी का आभार व्यक्त किया, उनसे हाथ मिलाया और लारी चली गयी।

सबसे पहले ग्रन्थी जी ने परमेशर सिंह को बधाई दी। फिर दूसरे लोगों ने परमेशर सिंह को घेर लिया और उसे मुबारकबाद देने लगे। लेकिन परमेशर सिंह लारी आने से पहले बदहवास हो रहा था तो अब लारी जाने के बाद लुटा-लुटा सा लग रहा था। फिर वह गाँव से निकल कर ज्ञान सिंह के खेत में आया। अख़्तर को कन्धे पर बिठाकर घर ले आया। खाना खिलाने के बाद उसे खाट पर लिटा कर कुछ यूँ थपका कि उसे नींद आ गयी। परमेशर सिंह देर तक खाट पर बैठा रहा। कभी दाढ़ी खुजाता और इधर-उधर देख कर फिर सोच में बैठ जाता। पड़ोस की छत पर खेलता हुआ एक बच्चा अचानक अपनी एड़ी पकड़ कर बैठ गया और सिसक-सिसक कर रोने लगा, ''हाय, इतना बड़ा काँटा उतर गया, पूरे का पूरा,'' वह चिल्लाया और फिर उसकी माँ नंगे सर ऊपर भागी। उसे गोद में बिठा लिया। फिर नीचे बेटी को पुकार कर सुई मँगवाई। काँटा निकालने के बाद उसे बेतहाशा चूमा और फिर नीचे झुक कर पुकारी, ''अरे, मेरा दुपट्टा तो ऊपर फेंक देना। कैसी बेहयाई से ऊपर भागी चली आयी।''

परमेशर सिंह ने कुछ देर बाद चौंक कर पत्नी से पूछा, ''सुनो, क्या तुम्हें कर्तारा अब भी याद आता है?''

''लो, और सुनो,'' पत्नी बोली और फिर एकदम रो दी, ''कर्तारा तो मेरे कलेजे का नासूर बन गया है परमेशरे...''

कतरि का नाम सुन कर उधर से अमर कौर उठ कर आयी और रोती हुई माँ के घुटने के पास बैठ कर रोने लगी।

परमेशर सिंह यूँ बिदक कर जल्दी से उठ बैठा जैसे उसने शीशे के बर्तनों से भरा हुआ थाल अचानक ज़मीन पर दे मारा हो।

शाम के खाने के बाद वह अख़्तर को अँगुली से पकड़े बाहर दालान में आया और बोला, ''आज तो दिन भर खूब सोये हो बेटा। चलो आज ज़रा घूमने चलते हैं। चाँदनी रात है।''

अख़्तर तुरन्त मान गया। परमेशर सिंह ने उसे कम्बल में लपेटा और कन्धे पर बिठा लिया। खेतों में आकर वह बोला, ''यह चाँद जो पूरब से निकल रहा है न बेटे, जब ये हमारे सर पर पहुँचेगा तो सुबह हो जायेगी।''

अख़्तर चाँद की तरफ देखने लगा।

यह चाँद जो यहाँ चमक रहा है ना, यह वहाँ भी चमक रहा होगा। तुम्हारी अम्मा

के देस में।''

इस बार अख़्तर ने झुक कर परमेशर सिंह को देखने की कोशिश की।

''यह चाँद हमारे सर पर होगा तो वहां तुम्हारी अम्मा के सर पर भी होगा।''

इस बार अख़्तर बोला, ''हम चाँद देख रहे हैं, तो क्या अम्मा भी चाँद को देख रही होगी।''

''हाँ।'' परमेशर सिंह की आवाज़ में गूँज थी, ''चलोगे अम्मा के पास?''

''हाँ!'' अख़्तर बोला, ''पर तुम जाते नहीं, तुम बहुत बुरे हो, तुम सिख हो।''

परमेशर सिंह बोला, ''नहीं बेटे, आज तो तुम्हें ज़रूर ले जाऊँगा। तुम्हारी अम्मा की चिट्ठी आयी है। वह कहती है मैं अख़्तर बेटे के लिए उदास हूँ।''

''मैं भी तो उदास हूँ।'' अख़्तर को जैसे कोई भूली बांत याद आ गयी।

''मैं तुम्हें तुम्हारी अम्मा ही के पास लिये जा रहा हूँ।''

''सच...?'' अख़्तर परमेशर सिंह के कन्धे पर कूदने लगा और ज़ोर-ज़ोर से बोलने लगा, ''हम अम्मा पास जा रहे हैं। परमो हमें अम्मा पास ले जायेगा। हम वहाँ से परमो को चिट्ठी लिखेंगे।''

परमेशर सिंह चुपचाप रोये जा रहा था। आँसू पोंछ कर और गला साफ करके उसने अख़्तर से पूछा, ''गाना सुनोगे?''

''हाँ।''

''पहले तुम क़ुरआन सुनाओ।''

''अच्छा,'' और अख़्तर 'कुलहुवल्लाह' पढ़ने लगा, 'कुफ़वन अहद' पर पहुँच कर उसने अपने सीने पर छुः की और बोला, ''लाओ तुम्हारे सीने पर भी छुः कर दूँ।''

रुक कर परमेशर सिंह ने गिरेबान का एक बटन खोला और ऊपर देखा। अख़्तर ने लटक कर उसके सीने पर छुः कर दी और बोला, ''अब तुम सुनाओ।''

परमेशर सिंह ने अख़्तर को दूसरे कन्धे पर बिठा लिया। उसे बच्चों का कोई गीत याद नहीं था। इसलिए उसने भाँति-भाँति के गीत गाना शुरू किये और गाते हुए तेज़-तेज़ चलने लगा। अख़्तर चुपचाप सुनता रहा।

बन्तोदास सर बन वरगा जे
बन्तोदा मुँह वरगा जे
बन्तोदा लक चित्रा जे
लोको
बन्तो दा लक चित्रा

''बन्तो कौन है?'' अख़्तर ने परमेशर सिंह को टोका।

परमेशर सिंह हँसा, फिर एक क्षण के बाद बोला, ''मेरी बीवी है ना, अमर कौर की मां, उसका नाम बन्तो है। अमर कौर का नाम भी बन्तो है, तुम्हारी अम्मा का नाम भी बन्तो ही होगा।''

"क्यों?" अख़्तर नाराज़ हो गया, "वह कोई सिख है?"

परमेशर सिंह खामोश हो गया।

चाँद बहुत ऊँचाई पर आ गया था। रात खामोश थी। कभी-कभी गन्ने के खेतों के आस-पास गीदड़ रोते और फिर सन्नाटा छा जाता। अख़्तर पहले तो गीदड़ों की आवाज़ से बहुत डरा, मगर परमेशर सिंह के समझाने से बहल गया और एक बार खामोशी के लम्बे विराम के बाद उसने परमेशर सिंह से पूछा, "अब क्यों नहीं रोते गीदड़?" परमेशर सिंह हँस दिया। फिर उसे एक कहानी याद आ गयी। यह गुरु गोविन्द सिंह की कहानी थी। लेकिन उसने बड़े ढंग से सिखों के नामों को मुसलमानों के नामों में बदल दिया और अख़्तर, "फिर-फिर?" की रट लगाता रहा और कहानी अभी जारी थी, जब अख़्तर एकदम बोला, "अरे, चाँद तो सर पर आ गया।"

परमेशर सिंह ने भी रुक कर ऊपर देखा। फिर वह पास के टीले पर चढ़कर दूर देखने लगा और बोला, "तुम्हारी अम्मा का देस जाने किधर चला गया।"

वह कुछ देर टीले पर खड़ा रहा। जब अचानक कहीं दूर से अज़ान की आवाज़ आने लगी और अख़्तर मारे खुशी के यूँ कूदा कि परमेशर सिंह बड़ी मुश्किल से उसे सँभाल सका। उसे कन्धे पर से उतार कर वह ज़मीन पर बैठ गया और खड़े हुए अख़्तर के कँधों पर हाथ रखकर बोला, "जाओ बेटे, तुम्हारी अम्मा ने पुकारा है। बस तुम इस आवाज़ की सीध में..."

"शः शः।" अख़्तर ने अपने होठों पर अँगुली रख दी और धीरे से कहा, "अज़ान के वक़्त नहीं बोलते।"

"पर मैं तो सिख हूँ बेटे।" परमेशर सिंह ने कहा।

"शः, शः।" इस बार अख़्तर ने बिगड़ कर उसे घूरा।

और परमेशर सिंह ने उसे गोद में बिठा लिया। उसके माथे को चूमा और अज़ान ख़त्म होने के बाद आस्तीनों से आँखें रगड़ कर भर्राई हुई आवाज़ में बोला, "मैं यहाँ से आगे नहीं जाऊँगा। बस तुम..."

"क्यों? क्यों नहीं आओगे?" अख़्तर ने पूछा।

"तुम्हारी अम्मा ने चिट्ठी में यही लिखा है कि अख़्तर अकेला आये।"

परमेशर सिंह ने अख़्तर को फुसलाया, "बस तुम सीधे चले जाओ। सामने एक गाँव आयेगा। वहाँ जाकर अपना नाम बताना कर्तारा नहीं, अख़्तर, फिर अपनी माँ का नाम बताना, अपने गाँव का नाम बताना, और देखो मुझे एक चिट्ठी ज़रूर लिखना।"

"लिखूँगा!" अख़्तर ने वादा किया।

"और हाँ, तुम्हें कर्तारा नाम का कोई लड़का मिले ना, तो उसे इधर भेज देना।"

"अच्छा।" परमेशर सिंह ने एक बार फिर अख़्तर का माथा चूमा और जैसे कुछ निगलकर बोला, "जाओ।"

अख़तर कुछ कदम चला मगर पलट आया, "तुम भी आ जाओ ना।"

"नहीं भई," परमेशर सिंह ने उसे समझाया, "तुम्हारी अम्मा ने चिट्ठी में यह नहीं लिखा।"

"मुझे डर लगता है।" अख़तर बोला।

"क़ुरआन क्यों नहीं पढ़ते?" परमेशर सिंह ने सलाह दी।

"अच्छा।" बात समझ में आ गयी और वह 'कुलहुवल्लाह' पढ़ता हुआ जाने लगा।

नर्म मुलायम पौ क्षितिज के घेरे पर अँधेरे से लड़ रही थी और नन्हा सा अख़तर दूर धुँधली पगडंडी पर एक लम्बे-तड़ंगे सिख जवान की तरह तेज़-तेज़ जा रहा था। परमेशर सिंह उस पर नज़रें गाड़े टीले पर बैठा रहा और जब अख़तर एक बिन्दु में बदल गया तो वहाँ से उतर आया।

अख़तर अभी गाँव के पास नहीं पहुँचा था कि दो सिपाही लपक कर आये और उसे रोककर बोले, "कौन हो तुम?"

"अख़तर।" वह यूँ बोला जैसे सारी दुनिया उसका नाम जानती हो।

"अख़तर?" दोनों सिपाही कभी अख़तर के चेहरे को देखते और कभी उसकी पगड़ी को। फिर एक ने आगे बढ़कर उसकी पगड़ी झटके से उतार ली तो अख़तर के केश खुल कर इधर-उधर बिखर गये।

अख़तर ने भन्ना कर पगड़ी छीन ली और फिर एक हाथ से सर को टटोलते हुए वह ज़मीन पर लेट गया और रोते हुए बोला, "मेरा कंघा लाओ। तुमने मेरा कंघा ले लिया है, दे दो नहीं तो मैं मारूँगा।"

एकदम दोनों सिपाही धप्प से ज़मीन पर गिरे और राइफल को कन्धों से लगाकर जैसे निशाना बाँधने लगे, "हाल्ट।"

एक पुकारा जैसे जवाब का इन्तज़ार करने लगा। फिर बढ़ते हुए उजाले में उन्होंने एक-दूसरे की तरफ देखा और एक ने फायर कर दिया। अख़तर फायर की आवाज़ से दहल कर रह गया और सिपाहियों को एक तरफ भागता देखकर वह भी रोता-चिल्लाता उनके पीछे भागा।

सिपाही जब एक जगह जाकर रुके तो परमेशर सिंह अपनी जाँघ पर कस कर पट्टी बाँध चुका था। मगर खून उसकी पगड़ी के सैकड़ों परतों में से भी फूट आया, और वह कह रहा था, "मुझे क्यों मारा तुमने, मैं तो अख़तर के केश काटना भूल गया था? मैं अख़तर को उसका धर्म वापस देने आया था यारो!" और अख़तर भागा आ रहा था और उसके केश हवा में उड़ रहे थे।

सिपाही बेटा

यह इलाक़ा फौजी भर्ती की सदाबहार फसल था। अनगिनत घरों में मांगें बिगाड़ी और चूड़ियाँ तोड़ी जा चुकी थीं। बच्चों की चमकती हुई आँखों में अनाथपन की रेत घुस गयी और अच्छे-ख़ासे, सीधे-सीधे चलने वाले बुज़ुर्गों की कमरें झुक गयी थीं, लेकिन भर्ती नियमित रूप से ज़ोरों पर थी और फिर भर्ती में इतना आकर्षण था कि वह नौजवान जो अपने खेतों के अकेले रखवाले थे, निराई के बहाने घरों से निकले और हलों और बैलों को खेतों में छोड़कर फ़रार हो गये। हफ़्तों के बाद सिकन्दराबाद या लखनऊ से उनकी चिट्ठियाँ आयीं कि वे माँ-बाप और भाई-बहनों को भूख से मरता नहीं देख सकते थे। इसलिए फौज में भर्ती हो गये हैं और ...''लड़ाई अभी इण्डिया से दूर है। और आते वक़्त मैं माँ की दवाओं की पोटली छींक पर रखना भूल गया था। वह कोठे के दक्षिणी कोने में बर्तनों के पाली पर धरे हुए सरपोश में रखी है, और शेष यहाँ हर तरह से कुशल मंगल है। और आपसे विनती है कि पीर दस्तगीर की सौगन्ध! मुझसे नाराज़ न होना। मनीऑर्डर नियमित रूप से भेजूँगा, चिन्ता न करना। और हरनाम सिंह से बाद सलाम के कहना कि अब एक ही बरस में सारा कर्ज़ा चुका दिया जायेगा और हरनाम सिंह की बकरियों का ख़याल रखना...'' भर्ती की हर खेप के साथ ज़िलदार के घर में सनदों का ढेर जमा होता गया और अंग्रेज़ी टोप वाले साहबों की संख्या बढ़ती गयी। हर हफ़्ते किसी न किसी गली का चौराहा उजड़ कर रह जाता। कच्ची दीवारों पर तड़पती हुई मन्दिरें और सुनहरी नयी उगी हुई मूँछें और मलमल के लम्बे-लम्बे ढीले-ढाले चोले और टेढ़ी नोकों वाले गुलाबी जूते और जवानी से लदे चेहरे चिमटे रह जाते और पनिहारिनें घड़ों को दोनों हाथों से थाम कर उन चौराहों पर यूँ ठिठक-ठिठक जातीं जैसे शादी वाले घर में से अचानक ढोलक चोरी हो गयी हो।

उस दिन भी गाँव से आठ नौजवान पेश हुए। एक की आँख पर ज़रा फूला सा था, इसलिए डॉक्टरी में रह गया मगर बड़े साहब ने वादा किया कि अगले दौर में उसे ज़रूर भर्ती कर लिया जायेगा। ''निशाना बाँधने वाली आँख पर फूला सही मगर युद्ध में निशाने नहीं बाँधे जाते, बस गोली चलाई जाती है...'' चौपाल पर उन नौजवानों की माँएँ और बहनें इकट्ठा हो गयी थीं। उन्होंने चेहरों को दुपट्टों में लपेट

रखा था मगर आँखें खुली थीं। और उन आँखों की चमक मर रही थी। पपोटों के साथ-साथ नमी के हाशिये थे और अधखुले होठों पर प्यासें थीं। दोनों जवानों की पत्नियाँ घुटनों पर ठोड़ी रखे कंकरों से ज़मीन कुरेद रही थीं। उनमें से एक के सामने बैठा हुआ बच्चा ख़्वामख़्वाह हँस रहा था और तालियाँ बजा रहा था।

सातों नौजवानों को ज़मीन पर बैठने का आदेश मिला तो सातों की माएँ, बहनें और बीवियाँ खड़ी हो गयीं और हँसता हुआ बच्चा माँ के कदमों से लिपट-लिपट कर रोने लगा। माँ ने उसे उठा लिया तो वह पीली-पीली बाछों वाली एक लाली की तरफ़ देखने लगा जो चौपाल की मुंडेर पर खिलौने की तरह जमी बैठी थी। फिर बड़े साहब ने भाषण दिया जिसमें उस गाँव के दिलेर और बहादुर जवानों की प्रशंसा थी। किस तरह सन् 14 की लाम में इस गाँव के चौरासी नौजवान फ्रांस और मेसोपोटामिया में काम आये और तीन नौजवानों को तमग़े मिले। उन्होंने सिद्ध किया कि इस दूसरे बड़े युद्ध में पहली लाम से कहीं अधिक तमग़ों और ईनामों की गुंजाइश है। वेतन और भत्तों में और वृद्धि करने के आश्वासन के बाद वह औरतों की ओर मुड़े और बच्चा पीली बाछों वाली लाली के बजाय बड़े साहब को देखने लगा। वह बोले, "माँओ और बहनो! तुम बिलकुल निश्चिन्त रहो। अपने बादशाह सलामत की आन पर कुर्बान हो जाना हर धर्म में उचित है। तुम्हारे बेटे और भाई तुम्हारे घरानों के नाम ऊँचे करने जा रहे हैं। जब वे वापस आयेंगे तो उनके पास तमग़े होंगे और प्रमाणपत्र होंगे और सम्मान होगा।"

"और अगर वापस न आये?" बच्चे वाली औरत ने साथ वाली औरत से पूछा।

उस औरत ने यह सवाल आगे चला दिया, "सचमुच अगर ये लोग... मेरी ज़बान जल जाये... वापस न आ सके तो...?"

यह सवाल सब औरतों में चक्कर काट गया और फिर एक बुढ़िया ने जबान को मसूढ़ों पर बजाते हुए ऊँची आवाज़ में कहा, "साहब जी। अगर हमारे बच्चे वापस न आ सके तो?"

"तो घर वालों की पेंशन बँध जायेगी।" साहब ने जवाब दिया।

इस जवाब से कोई और सवाल पैदा न हो सका।

पीली बाछों वाली लाली उड़ गयी और साहब बैठ गये।

भर्ती करने और भर्ती होने वाला जत्था जब चौपाल से निकल कर वापस जाने लगा तो एक लम्बी गली के सिरे तक गाँव वाले उनके साथ-साथ चलते रहे। फिर वे सातों नौजवानों को छाती से लगाकर पलटने लगे और गाँव की आखिरी गली में सिर्फ ज़ैलदार अलविदा कहने के लिए बाक़ी रह गया। और जब वह भी भर्ती करने वालों से झुक-झुक कर और भर्ती होने वालों से तन-तन कर मिलता वापस चला गया तो कहीं से किसी औरत की घिघियाई हुई आवाज़ सुनाई दी, "भर्ती वाले साहब जी!"

जत्था रुक गया। और जब दूसरी बार भी यही आवाज़ सुनाई दी तो उन्होंने पलट

कर देखा। अधेड़ उम्र की एक औरत दूर एक मोड़ पर खड़ी उन्हें दोनों हाथों से इधर आने का इशारा कर रही थी। उन्होंने हैरान होकर एक-दूसरे की तरफ देखा और फिर एक साहब को नये भर्ती होने वालों के साथ-साथ जाने का निर्देश देकर मुस्कराते हुए औरत की ओर चले।

वह आम देहाती औरतों की तरह थी। चालीस के लगभग उम्र होगी, मगर चेहरे पर नयी-नयी झुर्रियाँ कुछ इस तरह उभर रही थीं जैसे उन्हें मल दिया जाये तो ग़ायब हो जायें। कनपटियों के कुछ बाल सफेद थे और रंग दिन के चाँद की तरह मैला-मैला सा था। कान्तिविहीन होठों पर अनगिनत आड़ी-तिरछी रेखाएँ थीं, हाथों की नीली-नीली रगें उभर आयी थीं और अँगुलियों की जड़ों का रंग कुछ ऐसा था जैसे कुछ ही रोज पहले उनसे अँगूठियाँ और छल्ले उतारे गये हैं। वह कुछ यूँ देख रही थी जैसे किसी को पहचान नहीं पा रही। भर्ती वाली टोली उसके पास पहुँची तो वह मुस्करा रही थी। यह एक अजीब बेचैन मुस्कराहट थी, कुछ ऐसी ढीली-ढाली और लटकी-लटकी सी जैसे अभी ज़मीन पर टपक पड़ेगी और उसके होठों पर अनगिनत आड़ी-तिरछी रेखाओं से लहू फूट पड़ेगा।

"क्या बात है भाई?" बड़े साहब ने पूछा।

उसने बिना किसी झिझक के बड़े साहब का हाथ पकड़ लिया, "बड़ी ग़रीब हूँ साहब जी।" वह होठों को कुछ यूँ बल से देती थी जैसे मुस्कराहट को सँभाले रखने की कोशिश कर रही है, "इतनी ग़रीब हूँ साहब जी कि आज मुझे घुन लगे चने खाने पड़े, जब से पेट में जैसे कीड़े रेंग रहे हैं। घुन लगे चनों में चना तो होता ही नहीं, सिर्फ़ छिलका होता है और छिलका भी ऐसा कड़वा जैसे करेला।"

बड़े साहब ने औरत को टोका। उन्होंने अपना हाथ पहले ही छुड़ा लिया था, इसलिए अब पलट जाने का ढंग अपनाते हुए बोले, "भीख तक माँगने का ढब नहीं आता गँवारों को।"

औरत मुस्कराये जा रही थी, "नाराज़ न होना साहब जी, भीख नहीं माँगनी है, लड़का भर्ती कराना है।"

सब साहब मुस्कराये।

"वह बहुत शर्मीला है, सबके सामने आने से घबराता है। कहता है अगर भर्ती न हुआ तो फब्तियाँ उड़ेंगी।"

"कहाँ है?" बड़े साहब ने पूछा।

"घर में है साहब जी! मैं बहाना करके आयी हूँ। मैंने कहा, मैं ज़रा जंगली साग तोड़ लाऊँ। बोला, मैं तोड़े लाता हूँ। मैंने कहा, चौपाल में जाने से शर्म आती है तो दूसरों के खेतों की मेंढ़ों पर से साग तोड़ने से क्या तुर्रा ऊँचा होगा तेरा?" झेंपकर गुनगुनाने लगा..."

"बड़ी रंगीन बुढ़िया है।" बड़े साहब ने छोटे साहब से कहा।

सारे छोटे-बड़े साहबों ने ज़ोर के ठहाके लगाये और बुढ़िया नाक को दुपट्टे में छुपा कर मुस्कराने लगी और बोली, "ऐसी-ऐसी कलियाँ गाता है कि घी टपका पड़ता है उनसे।"

वह सब फिर एक बार ज़ोर से हँसे।

"तो तुम्हारा मतलब है कि हम तुम्हारे घर जाकर तुम्हारे बेटे को भर्ती कर लायें?" बड़े साहब ने नरमी से पूछा।

"बड़ा शर्मीला है साहब जी!" औरत ने विनती करते हुए कहा। "यह पास ही तो मेरा घरौंदा है। आप कुछ कदम चलेंगे और मुझ दीन का भला हो जायेगा। बेटा जीता रहा तो भत्ता मिलेगा, मर गया तो पेंशन बँध जायेगी। हर हालत में रुपया तो कहीं गया नहीं। और साहब जी! मुझे तो घुन लगे चनों ने वक़्त से पहले बूढ़ा कर दिया है... मेरी उम्र की औरतें आज भी घोड़ियों की तरह दौड़ती फिरती हैं, सर पर दो घड़े और बग़ल में बच्चे... और मैं हूँ कि आपको पुकारने के लिए ज़रा तेज़-तेज़ क़दम उठाये तो अब तक साँस ढंग से नहीं आ रही। पहले तो आप सब मेरे सामने फिरकियों की तरह घूमते रहे।"

बड़े साहब जो औरत की बातों से आनन्दित हो रहे थे बोले, "और कहीं इस वक़्त हम तुम्हारे सामने सर के बल तो नहीं खड़े हैं।"

औरत सहसा हँस दी, "सर के बल हों आपके दुश्मन, जर्मन और जापान।"

"वाह!" और वह अपने घर की तरफ कुछ ऐसे आत्मविश्वास से पलटी जैसे अब भर्ती वालों के लिए इनकार करना मुश्किल हो गया।

और वे सचमुच उसके साथ हो लिये।

कुछ क़दम चल कर औरत रुकी और फिर बड़े साहब के साथ-साथ चलते हुए विनम्रता से बोली, "इतना सा था जब उसका बाप अल्लाह के हां सिधारा। सात रुपये महीने की पेंशन थी, अल्लाह का दिया सब कुछ था। पहली लाम में घुटने पर गोली लगी थी इसलिए, ज़रा लँगड़ा कर चलता था, मगर नाक-नक़्शा ऐसा कि आज भी ज़िन्दा होता तो आप समझते कोई भर्ती होने आया है। उसका बेटा हू-ब-हू वही है। जमाल बेग नाम है। मैं उसे जम्मो या जमालू और बेगा, और जाने क्या-क्या कहती हूँ। बड़ा प्यारा लगता है मुझे, इकलौता है ना। चक्की पीस-पीस कर उसे पाला-पोसा और चौथी तक पढ़ाया है। मुझे कहानियों की किताबें पढ़कर सुनाता है और गाता इतना अच्छा है कि जैसे ताँबे की थाल में बूँदें गिर रही हों।"

बड़े साहब ने उसकी बात काटी, "तुमने ताँबे की थाल में बूँदों को गिरते सुना है कभी?"

"लीजिए!" बुढ़िया ने अपने हाथ को कमान बनाकर साहब की तरफ इस तरह बढ़ाया जैसे उसका मज़ाक़ उड़ा रही है, "अरे साहब! उम्र बीत गयी ताँबे के थाल की गुनगुनाहट सुनते-सुनते। ज़िन्दगी में मुझे कोई ऐसी बरसात याद नहीं जब हमारे

कोठे की छत न टपकी हो, और जहाँ-जहाँ से टपका लगा मैंने उसके नीचे ताँबे के थाल और थालियाँ और कटोरे रखे, और हर बूँद पर मेरा जमाल अहा हा, हू हू हू पुकार उठा। हम माँ-बेटे कोने में दुबके यह साज़ सुनते थे और जमालू कहता—अभी इसी बरसात में कह रहा था कि लोग बूँदों को देखते हैं और हम माँ-बेटा बूँदों को सुनते हैं।''

छोटे साहब से भी छोटे साहब ने सिगरेट का टुकड़ा पोरों पर चढ़ाकर दूर फेंकते हुए कहा, ''अब तुम्हारा घर कितनी दूर है बुढ़िया?''

''बुढ़िया!'' औरत सहसा हँसी, ''अरे साहब! आपने शायद अब तक बुढ़िया देखी नहीं। चालीस की भी तो नहीं हूँ। बस उस मोड़ से अगले मोड़ पर मेरा घर है और...'' अब वह बड़े साहब की ओर मुड़ी, ''ऐसा गबरू आपने अब तक भर्ती नहीं किया होगा। साहब जी! आप मुल्क पंजाब के पच्छिम से पूरब तक चले जायें, आपको ऐसा जवान ज़रा मुश्किल ही से मिलेगा। सुबह की नयी-नयी धूप का सा तो रंग है उसका और बाल रेशम जैसे और आँखें इतनी प्यारी जैसे खुदा ने अपने ही हाथे मुबारक से बनाई हैं। अभी मसें भीग रही हैं। होठों पर सुनहरे-सुनहरे रोयें जो देखना चाहो तो नज़र न आयें और वैसे यूँ ही सोने की एक लकीर झिलमिला कर रह जाये। उसकी तीन-तीन बालिश्तों के बराबर और बाजू ये, ये। कबड्डी का खिलाड़ी भी है।''

''तो वह शर्माता क्यों है?'' साहब ने पूछा।

''वह सबसे शर्माता है साहब जी! सारी दुनिया उससे शर्माती है ना, इसलिए वह दुनिया को देखकर शर्मा जाता है। कबड्डी में सामने के आदमी को गिरा कर फिर खुद ही उसे उठाकर सीने से लगा लेता है। और सबसे मज़े की बात तो ये है कि मजाल है जो किसी लड़की की तरफ़ बुरी नज़र से देखा हो आज तक। हर मर्द ने ज़िन्दगी में कभी-न-कभी किसी-न-किसी लड़की को ज़रूर बुरी नज़र से देखा होगा, मगर वह है कि इधर कोई लड़की गुज़री उधर उसके मुँह पर गुलाब के फूल खिले जा रहे हैं।''

बड़े साहब ने छोटे साहब से पूछा, ''आपने कभी किसी को बुरी नज़र से देखा है?''

''जी!'' छोटे साहब ने बड़े गर्व से स्वीकार किया।

''किसे?'' बड़े साहब शरारत पर तुले हुए थे।

''अपनी बीवी को!'' छोटे साहब ने कहा और फिर एक दम सब हँस दिये। औरत ने अपनी बात जारी रखने के लिए होठ खोले तो छोटे साहब ने बड़े साहब से पूछा, ''और आपने?''

बड़े साहब बोले, ''हाँ, एक लड़की को देखा था मगर वह किसी और लड़के को बुरी नज़र से देख चुकी थी, इसलिए बात आगे नहीं बढ़ने पायी।''

“फिर?”

“फिर क्या,” बड़े साहब बोले, “बस फिर उधर हिटलर ने सरकार के ख़िलाफ़ जंग कर दी और हम फौज में भर्ती हो गये।”

एक बार फिर सब ज़ोर-ज़ोर से हँसने लगे।

छोटे से भी छोटे साहब ने अचानक गम्भीर होकर कहा, “भई, कहाँ गया तुम्हारा घर?”

“सामने ही तो है साहब जी!” औरत बोली और पलट कर गाँव के उन लोगों पर उचटती सी नज़र डाली जो पीछे-पीछे दबे पाँव आ रहे थे। वो सब हैरान थे और उनके चेहरों पर कुछ ऐसा प्रभाव था जैसे कुछ कहना चाहते हैं मगर हिम्मत नहीं कर पाते।

औरत कह रही थी, “मैंने उसके लिए एक लड़की ढूँढ निकाली है। उसका बाप जंगल से लकड़ियाँ काटता है और रोज़ अठन्नी कमा लेता है। लड़की खजूर के पत्तों की चंगेरें बनाती है। ऐसी प्यारी-प्यारी कि सुना है उसकी बनी हुई छः चंगेरें तो हमारे थाने का थानेदार भी ले गया था अपने कप्तान के लिए। सोचती हूँ जम्मो भर्ती हो जाये, कुछ भत्ता आने लगे तो कुछ ज़ेवर बनवा लूँ, और फिर जंग रुके तो शादी रचाऊँ उसकी। सेहरे गाऊँ, नाचूँ और इतनी मेहँदी लगाऊँ हाथों-पैरों में कि सुर्खी मर कर भी न मिटे।”

अचानक छोटे साहब बड़े साहब के कान में फुसफुसाये और बड़े साहब भड़क कर बोले, “साफ बकवास है। कौन कहता है? कोई दुश्मन होगा इसका। यह देहाती लोग बड़े कमीने होते हैं। ज़रा-ज़रा सी दुश्मनियों के मारे लोगों की रोज़ी पर डाका डालने से नहीं चूकते। आपने भी इसकी बातें सुनी हैं, मैं भी सुन रहा हूँ। गड़बड़ का सन्देह होता तो वहीं से टरका देते। लाहौल विला कुव्वत, आप स्कूल मास्टर के स्कूल मास्टर ही रहे।”

औरत जो अब कुछ क़दम आगे बढ़ गयी थी, बोली, “यह है मेरा घरौंदा साहब जी।” फिर वह पलट कर बड़े साहब के पास आयी और विनम्रता से बोली, “इसे ज़रूर भर्ती करके अपने साथ ले जायें साहब जी! मुझसे घुन लगे चने नहीं खाये जाते। घी खाने की उम्र हो और धूल फाँकने को मिले तो आप ही कहिये, बेटे को लाम पर नहीं भेजूँगी तो क्या अपनी छाती पर सवार रखूँगी? और साहब जी! वह गबरू तो इस बला का है कि उसे देखते ही अल्लाह की कुदरत याद आ जाती है। आपके तो छक्के छूट जायेंगे... आइये।”

फिर वह घर के दरवाज़े पर आकर पूरी ताक़त से पुकारी, “जम्मो...ऐ जमालू! ऐ मेरे सिपाही बेटे!”

गाँव वाले हैरान होकर एक-दूसरे की तरफ देखने लगे। भर्ती करने वाली टोली ने दरवाज़े पर टकटकी बाँध रखी थी। औरत कुछ देर तक सबके चेहरों को बड़े

ध्यान से देखती रही, फिर सहसा ज़ोर से ठहाके लगाकर तालियाँ बजाने लगी। उसका चेहरा सुर्ख हो गया, आँखों से पानी बह निकला। सर की चादर सरक कर नीचे गिर गयी, उलझे हुए बाल इधर-उधर लटकने लगे और वह बड़े साहब की नाक के पास चुटकियाँ बजाते हुए भयानक ठहाकों के बीच चीखने की हद तक बोली, "सुब्हान अल्लाह! भर्ती करने चले हैं... अरे गँवारो, मेरा लाल तो एक महीना हुआ रंगून में मारा जा चुका है!!"

गुलरुख़े

दवाख़ाने में दाख़िल होते ही उसकी सूरत पर लूट बरसने लगी, ''डागदार साहेब!'' वह बोला और उसके आँसू जो शायद उसके पपोटों में छुपे बैठे थे, तुरन्त पलकों की जड़ों में जमा हो गये, ''ऐ डागदार साहब!'' उसने दोबारा कहा और आँखें यूँ ज़ोर से मींच लीं जैसे उनमें से आँसुओं को निचोड़ रहा हो।

मैं इस तरह के सामयिक रुदन का आदी हो चुका हूँ। किसी को रोता देख कर विशेषतः मर्द को, और फिर इतने स्वस्थ और सुन्दर मर्द को रोता देख कर दुख ज़रूर होता है मगर मैं अब उस बेचैनी के प्रदर्शन योग्य नहीं रहा जो ऐसे अवसरों पर अचिकित्सक लोगों से घटित हो जाता है। ''अपने नम्बर से आओ ख़ान।'' मैंने नर्मी से कहा, ''बेंच पर बैठ जाओ और नम्बर से आओ।''

अब उसके आँसुओं ने उसकी मूँछों और उसकी दाढ़ी तक को भिगो दिया था। उसकी नाक सुर्ख़ हो गयी थी और गर्दन की नसें उभर आयी थीं, ''तुम नम्बर बोलता है डागदार साहेब और... और हमारा बेटी मरता है। हमारा बेटी के पसली में दर्द है। इदर भी दर्द है, उदर भी दर्द है। हमारा बेटी रोता है, हमारा बेटी कांसता है तो चीख़ता है, हमारा बेटी जवान है।''

इस आख़िरी वाक्य पर मैं चौंका। ख़ान की बेटी को निमोनिया हो गया है और शायद डबल निमोनिया है। लेकिन मुझे यह बताने की ज़रूरत क्या थी कि उसकी बेटी जवान भी है। मैं पठानों की इज़्ज़त करता हूँ, इसलिए कि वे स्वाभिमानी, बहादुर और सच्चे हैं। मगर आख़िर ऐसी सच्चाई भी क्या कि बेटी की उम्र व साल तक का इश्तहार दे दिया जाये। मुझे अफ़सोस हुआ कि अधेड़ उम्र के इस स्वस्थ और सुन्दर पठान की मानसिकता इतनी गिरी हुई है कि वह मुझे अपनी बेटी की जवानी का लालच देता है और मेरे बारे में उसे विश्वास है कि मैं यह सूचना पाते ही हथियार डाल दूँगा और उसकी बेटी के पास भागा जाऊँगा, ''नहीं...।'' मैंने अपनी आवाज़ में ज़रा सी गरज पैदा करने की कोशिश की, ''अभी ठहरो, नम्बर से आओ।''

मैं एक मरीज़ को पास आने का इशारा किया मगर ख़ान ने दो लम्बे डग भरे और उठते हुए मरीज़ को एक ऐसा धक्का दिया कि वह फिर से यूँ बेंच पर बैठ गया जैसे कभी उठा ही न था। अब के ख़ान की आवाज़ में गुस्सा भी था, ''हम कहता है, हमारा बेटी मरता है, तुम कहता है नम्बर से आओ। अच्छा मुंसिफ़ डागदार है।''

फिर वह फ़रियाद करने लगा, "हम तुमको दुआ देगा, हम तुम्हारा नौकरी करेगा। हम तुम्हारा लकड़ी चीरेगी। हमारा बेटी को बचाओ। हमारा बेटी जवान है।"

मैं थोड़ा प्रभावित होने लगा था कि ख़ान ने अपनी बेटी की जवानी की सूचना दी। मैंने उसकी तरफ गुस्से से देखा मगर उसके चेहरे पर सिवा लूट के और कुछ नहीं था। उसकी आँखों में बड़ा गहरा दुख था। और उसके होठों के किनारे ठोड़ी की तरफ झुक कर उसके चेहरे को पूर्ण रूप से पुकार बना रहे थे। मैंने स्टेथिस्कोप उठाया और दूसरे मरीज़ों से क्षमा माँग कर ख़ान से कहा, "चलो ख़ान, आओ।"

ख़ान मुझे दुआएँ देने लगा, "सच्चा मुसलमान डागदार है। ख़ुदा बड़ा-बड़ा दौलत दे, ख़ुदा लम्बा-लम्बा मोटर दे, ख़ुदा अच्चा-अच्चा बच्चा दे... ख़ुदा..."

सड़क पर जाकर मैंने ख़ान से पूछा, "तांगा ले लें...?"

ख़ान बोला, "नईं नईं डागदार साहेब। हम तुम्हारा हमसाया है। हमारा तुम्हारे पर हक़ है। इदर एक मिनट में जाता है। ख़ुदा तुम्हारा बला करेगा डागदार साहेब। हमारा बेटी को बचाओ। हमारा बेटी जवान है।"

मुझे ख़ान की इस बार-बार याद दिलाने से बड़ा दुख हुआ मगर अब वह मेरे आगे लम्बे-लम्बे डग भरता जा रहा था। उसकी गर्दन पर गिरते हुए पट्टे सुनहरी थे जिनमें कहीं-कहीं कोई और सफेद बाल झलक जाता था। लम्बे कुर्ते के कॉलर पर तेल की चिकनाई और मैल का एक और कालर चढ़ गया था जो धूप में चमक-चमक जाता था। उसके हाथों की मोटी अँगुलियाँ भिंची हुई थीं और वह कुछ यूँ चल रहा था जैसे बस नहीं चल रहा वर्ना एक ही डग में गली तय कर जाता। मैं उसके पीछे भागने और चलने के मध्य की किसी स्थिति में हाँफता आ रहा था।

"इदर को है।" वह एक और गली के मुड़ गया और फिर एक गन्दी नाली पर से फाँद कर रुक गया और पलट कर बोला, "कूद जायेगा डागदार साहेब?'

"मैं तुरन्त कूद गया वर्ना मुझे डर था कि अगर मैं जवाब देने के लिए रुकता तो वह मुझे एक बच्चे की तरह बग़ल में समेट कर गली के उस पार ले जाता। नाली पार करते ही वह फिर तेज़-तेज़ चलने लगा और आख़िरी एक काली भुजंग कोठरी के सामने रुका, "यह हमारा डेरा है। हमारा बेटी अन्दर है।" फिर वह अन्दर जाते हुए पुकारा, "गुलरुख़े!"

अन्दर गुलरुख़ ने कराह-कराह कर कोई बात की मगर बाप-बेटी पश्तो में बोल रहे थे इसलिए मैं बहुत कम समझ पाया। यह कोठरी लकड़ियों की एक बहुत बड़ी टाल के हाते में थी। इस तरह की कोठरियों की लाइन दूर तक चली गयी थी। बाहर कुछ पठान बच्चे खेल रहे थे। शाम क़रीब थी इसलिए लगभग हर कोठरी के दरवाज़े में से धुआँ निकल रहा था। ख़ान की कोठरी के दरवाज़े में से भी अचानक गाढ़े धुएँ का एक तूफान उमड़ पड़ा। मैं धुएँ से बचने के लिए पीछे हटा तो ख़ान बाहर आया और बोला, "अन्दर क्यों नहीं आता डागदार साहेब, अन्दर आओ ना..." और

मैं नाक पर रूमाल फैलाकर अन्दर चला गया, बल्कि धुएँ के सैलाब में उतर गया।

ख़ान ने महसूस कर लिया था कि मैं धुएँ से घबरा रहा हूँ, इसलिए उसने धुआँ छोड़ती लकड़ियों में कुछ इस ज़ोर से फूँकें मारना शुरू कि कि मालूम होता था धौंकनी चल रही है। मैं आग की सीध में धीरे-धीरे आगे बढ़ा। आँखों से पानी बहने लगा था और दम घुट रहा था। फिर एक दम आग बहुत ज़ोर से भड़क उठी और कमरा रोशन हो गया। ऐसा मालूम होता था जैसे रोशनी से डर कर सारा धुआँ दरवाज़े के पास जाकर ढेर हो गया है। कोठरी में कोई खाट नहीं थी। आग की परली तरफ मैले-कुचैले गुदड़ों की एक ढेरी सी रखी थी और ख़ान उसी के पास खड़ा हाथ मल रहा था, ''इदर को है डागदार साहेब।'' उसने कहा और फिर गूदड़ों से सम्बोधित हुआ, ''डागदार साहेब आ गया गुलरुख़े! डागदार साहेब बड़ा अच्चा आदमी है। बड़ा मुसलमान आदमी है, यह तुमको ठीक कर देगा। ये तुमको अनार का दाना बना देगा।''

मुझे अब तक गुलरुख़ का चेहरा नज़र नहीं आया था। मगर उसकी कराहों के रुक जाने से मैंने यह अन्दाज़ा ज़रूर लगा लिया था कि उसने मुझे कमरे में आते हुए देख लिया है और वह शर्म के मारे बर्दाश्त किये बैठी है। दरअसल उसके चेहरे को शोलों ने छुपा रखा था। क्योंकि जब मैं ख़ान के पास आया तो गुदड़ों में कम्पन हुआ और गुलरुख़ ने टाँगें फैला दीं। उसने गर्दन तक लिहाफ़ ओढ़ रखा था और माथे पर सुर्ख रंग के कपड़े की पट्टी बाँध रखी थी। मैं उसके पास ज़मीन पर बैठ गया और बिल्कुल डॉक्टरों के जैसा व्यावसायिक ढंग से बोला, ''सो, यह है गुलरुख़।''

गुलरुख़ छत को देखती रही और आँखें झपकती रही। उसके तेवरों से स्पष्ट हो रहा था कि उसने दर्द की टीसों पर अथाह बर्दाश्त कर रखा है। उसकी आँखें भीगी हुई थीं और मालूम होता था उमड़े हुए आँसुओं को पोंछने के लिए उन्हें अभी-अभी जल्दी से मला गया है। उन आँखों में आग के शोलों का नन्हा सा बिम्ब नाच रहा था। इतनी स्याह आँखों में आग की चमक बिलकुल उस चिराग़ जैसी लगती थी जो घुप्प अँधेरी रात में कहीं दूर टिमटिमा रहा हो। और उन आँखों के इर्द-गिर्द लम्बी-लम्बी झुकी हुई पलकों ने कुछ ऐसी घनी क़तार बाँध रखी थी, और उन आँखों की पहरेदारी के पद पर ये कुछ ऐसी मग़रूर मालूम हो रही थीं कि गुलरुख़ की आँखों में आँखें डालने से पहले ज़रा सा सोचना पड़ता था। भवें इतनी लम्बी थीं कि उसकी मेंढ़ियों में गुम हुई जा रही थीं। सोने के से रंग पर उनकी स्याही ऐसे उभर आयी थीं कि मालूम होता था बनावटी हैं और आँखों के समानुपात कतर कर चिपका दी गई हैं। उसकी नाक की उतार में एक क्रमिक उठान थी और नथुनों के ज़रा से उभार में भावनाएँ सिमटी बैठी थीं। दर्द बर्दाश्त करने के कारण उसके नथुने फड़क-फड़क जाते थे और चेहरे का सोना चमक उठता था। कृत्रिमता की सीमा तक गुलाबी होंठ आधे खुले हुए थे। इसलिए उनकी बाह्य आकृतियाँ बहुत स्पष्ट हो रही थीं। ऊपर

का होंठ उस कमान जैसा था, जिसे प्राचीन यूनानी संगतराश क्युपिड के हाथ में दिखाते थे और निचला होंठ एक कमान की तरह मालूम हो रहा था। केवल मध्य में आकर वह बहुत हल्का सा झुक गया था। दोनों होंठों के किनारे कहाँ मिलते थे, इसका मुझे पता न चल सका। क्योंकि दोनों कमानें दोनों तरफ कहीं गहराइयों में चली गयी थीं और एक किनारे का तिल जैसे उस गहराई में निरन्तर झाँक रहा था। अधखुले होठों के मध्य ज़रा-ज़रा दिखाई देते हुए बहुत सफेद दाँतों में भी आग के शोले नाच रहे थे। उसकी ठोड़ी को गूदड़ के एक हिस्से ने छुपा लिया था और कानों को एक मैले सुर्ख़ चादर ने जिसके किनारे के साथ-साथ उसकी कनपटियों से ऊपर की बारीक-बारीक गुँथी हुई मेंढ़ियों का एक हिस्सा नज़र आ रहा था। यह सब कुछ मैंने एक नज़र में और एक क्षण में देख लिया था और बाद में जब मैंने सोचा कि आख़िर मैंने एक ही पल में उसके चेहरे की एक-एक विस्तार को किस तरह अपने मस्तिष्क में सुरक्षित कर लिया, आख़िर मुझे उसकी कनपटियों के नीचे वाले सुनहरी रोएँ कैसे दिखाई दे गये और उसके एक गाल पर का वह सुई की नोक का-सा सुर्ख़ निशान कैसे याद रह गया जो शायद मच्छर के काटने से पैदा हुआ था। बहरहाल मैंने गुलरुख़ को एक नज़र देखा और फिर ख़ान की तरफ यूँ देखा जैसे कह रहा हूँ, "तुम ठीक कहते थे ख़ान! तुम्हारी बेटी सचमुच जवान है।"

ख़ान मुझे अपनी ओर आकर्षित पाकर मेरे पास बैठ गया और फिर रोते हुए बोला, "हम क्या करेगा डागदार साहेब! हम मर्द होकर रोता है, हमको बड़ा शर्म लगता है पर हमारा बेटी हमारा ख़ज़ाना है... ये मर गया तो हम मर जायेगा। इसको कोई ऐसा दवाई दो कि बस यूँ....." और उसने एक ज़ोरदार चुटकी बजाई... "यूँ दर्द चला जाये। हम तुम्हारा नौकरी करेगा, हम तुम्हारा बच्चों को दुआ देगा।"

मैंने ख़ान के एक कन्धे को थपका और फिर दूसरी नज़र गुलरुख़ पर डाली मगर मेरी आँखें तुरन्त झपक गयीं, वह मेरी तरफ देख रही थी और उन आँखों में कितना फैलाव और कितनी गहराई थी। मेरा मस्तिष्क इतने पूर्ण सौन्दर्य को गिरफ्त में लाने के लिए हाथ-पैर मार रहा था। अतः उसे इस व्यर्थ के अभ्यास से बचाने के लिए मैंने गुलरुख़ से पूछा, "किस तरह का दर्द है गुलरुख़? एक जगह पर कचोका सा महसूस होता है या यह दर्द काफी हिस्से पर फैला हुआ है।"

ख़ान की आवाज़ एकदम कठोर हो गयी, "उदर क्या पूचता है, इदर हमसे पूचोना।" मैंने नाराज़ होकर कहा, "तुम मुझे यहाँ इसलिए लाये हो कि मैं बीमार को देख सकूँ।"

"देक तो लिया!" उसने कहा, "अब दूसरा बातें हमसे पूचो?"

मैं खुद तो परेशान हो ही रहा था, प्रतिशोध में मैंने उसे भी परेशान करना चाहा, "मैं गुलरुख़ की नब्ज़ देखना चाहता हूँ।"

"नईं...।" वह बोला, "नब्ज़ नईं देकेगा। तुम ग़ैर महरम है। हम ज़नाना लोग

का नब्ज़ नईं दिकाता है। हम पटान है।''

मैं गुस्से से उठा और तेज़ी से क़दम उठाता बाहर आ गया। ख़ान मेरे पीछे भागा और अन्दर से गुलरुख़ की लम्बी-लम्बी कराहों की आवाज़ आने लगी।

''किदर को जाता है डागदार साहेब?'' ख़ान का लहजा फिर नर्म हो गया, ''नराज़ी मत करो ना। इदर हमारे वतन में लड़की नब्ज़ नईं दिकाता है। हम तुम को बताता है गुलरुख़े के इदर को भी दर्द है, उदर को भी दर्द है। बड़ा काफ़िर बुखार है। ज़बान सूक-सूक जाता है। कांसता है तो चीखता है। रात को कांसा तो बेहोशी हो गया। देको डागदार साहेब। हमारा बड़ा नुकसान हो जायेगा। हमारा बेटी जवान है।''

मैंने खीझ कर कहा, ''ख़ान देखो, डॉक्टर अगर मरीज़ की नब्ज़ न देखे, यह आला लगाकर दर्द वाली जगह न देखे उसकी ज़बान न देखे, उसके नाखूनों का रंग न देखे, और खुद मरीज़ से उसकी बीमारी का हाल न सुने तो वह इलाज ख़ाक करेगा। अगर यह सारी बातें तुम्हीं को बतानी थी तो फिर मुझे यहाँ क्यों लाये?''

''ओहो डागदार साहेब।'' ख़ान इन शब्दों को कुछ यूँ खिंच कर बोला जैसे उसे मेरी सादगी पर रहम आ गया है, ''हम तुमको यह दिकाने लाया कि हमारा बेटी जवान है।''

मैं चकराकर रह गया। मेरे दिल में उबाल सा उठा कि ख़ान से इस पुनरावृत्ति की वजह पूछूँ और उसे यह भी बता दूँ कि उसकी बेटी सचमुच जवान है और अविश्वास की सीमा तक सुन्दर भी है और वह उन मैले चिकट गुदड़ों में लिपटी हुई यूँ नज़र आती है जैसे घूरे पर गुलाब का फूल पड़ा हो। लेकिन आख़िर मुझे इन सब बातों से क्या लेना है।

ख़ान ने मुझे हैरान देख कर पूछा, ''समजा?''

''समझ गया,'' मैंने कहा।

और ख़ान को मैंने पहली बार मुस्कराते देखा। लेकिन गुलरुख़ की कराहों की आवाज़ सुन कर उसकी मुस्कराहट मुरझा गयी और वह लपक कर दरवाज़े तक गया। पश्तो में उसने गुलरुख़ से कुछ कहा और मेरे पास आकर गुलरुख़ के दर्द, बुखार और बेचैनी की सारी कहानी दोबारा सुनाई। मैंने उसे तसल्ली दी और बताया कि पेंसलिन के कुछ इंजेक्शनों से गुलरुख़ ठीक हो जायेगी।

''सुई लगेगा?'' उसने आँखें फाड़कर मुझ से पूछा, ''नईं डागदार साहेब! सुई नईं लगाओ। गोली दो, शर्बत दो... सुई बड़ा काफ़िर चीज़ है। सुई तो हम भी नईं लगवाएगा, गुलरुख़े कैसे लगवाएगा?''

अब यह नयी मुश्किल पैदा हो गयी थी और इधर शाम होने को आयी थी, और दवाखाने में मरीज़ों की भीड़ मेरा इन्तज़ार कर रही थी। मैंने ख़ान को यक़ीन दिलाने के लिए अपनी आदत के विपरीत कसमें खाईं कि गुलरुख़ सिर्फ़ इसी तरह ठीक हो

सकती है। फिर उसे कुछ घटनाएँ सुनाईं कि किस तरह निमोनिया के वह रोगी जो यह इंजेक्शन न लगवा सके, मर गये। साथ ही मैंने उसे यह भी समझाया कि डॉक्टरों और हकीमों के मामले में सुपरिचित और अपरिचित का भेद मिटा देना चाहिए, ''और अगर तुम ये सब बातें नहीं मानते...'' मैंने उसे भयभीत करने की कोशिश की, ''तो फिर अपनी गुलरुख़ के कफ़न और क़ब्र का अभी से इन्तज़ाम कर लो। इस हालत में तो शायद वह आधी रात तक मुश्किल ही से चल सके।''

ख़ान निचले होठ को दाँतों में दबाकर यूँ एकदम फूट-फूट कर रो दिया कि डॉक्टर होने के बावजूद मुझसे बर्दाश्त न हो सका। मैंने तुरन्त बैग खोला, दवा तैयार करके सिरिंज भरी और दरवाज़े की तरफ बढ़ा। मगर ख़ान उसी तरह रोता हुआ रास्ता रोककर दरवाज़े में खड़ा हो गया और आहिस्ते से बोला, ''सूई को चुपा लो डागदार साहेब! गुलरुख़े देकेगा तो रोएगा।''

मैंने सिरिंज छुपा ली तो वह बोला, ''हमको बता दो हम लगा देगा।''

मैंने उसे फिर समझाना शुरू किया कि कोई दूसरा आदमी यह काम करेगा तो सूई के टूटने और ग़लत इंजेक्शन लगने से मरीज़ के मर जाने का ख़तरा होता है।

वह दरवाज़े में से न चाहते हुए हट गया और बड़े प्यार से बेटी को पुकारा, ''गुलरुख़े!'' गुलरुख़ की कराहें एकदम रुक गयीं।

ख़ान बोला, ''डागदार साहेब तुमको एक दवाई देगा। दवाई ज़रा सा काटता है पर यह इंशाअल्लाह बीमारी को भी काटता है। मेरा बेटी ठीक हो जायेगा। हम अपना बेटी के लिए रेशम का शलवार लायेगा। शीशे वाली चूड़ी लायेगा, जलेबी किलायेगा।'' फिर उसने मुझे अन्दर आने का इशारा किया।

गुलरुख़ ने दीवार की तरफ करवट बदल ली थी और उसकी मोटी सी चोटी फ़र्श पर बिछे हुए गुदड़ पर नागिन की तरह लहराई पड़ी थी। ख़ान ने एक लम्बा डग भरा और चोटी को गुदड़ में इस तेज़ी से छुपा दिया जैसे उस चोटी की वजह से सारी गुलरुख़ नंगी हो रही है। फिर से होठों से पिच-पिच की आवाज़ निकालते हुए गुलरुख़ के सर पर हाथ फेरा और मेरी तरफ देखा।

''बाँह पर से कपड़ा हटा दो,'' मैंने कहा, ''यहाँ से...''

ख़ान किसी सोच में डूब गया। फिर कुछ इस ढंग से जैसे वह बिलकुल बेबस कर दिया गया हो। उसने अपने सर को दो-तीन बार झटका और गुलरुख़ की खुली आस्तीन ऊपर चढ़ा दी मगर तुरन्त उसकी पूरी बाँह पर गुदड़ फैला दिया। सिर्फ़ वही ज़रा सा हिस्सा नंगा रखा जिसकी तरफ मैंने इशारा किया था। उसको बेटी के मामले में इस हद तक सावधान देखकर मैंने उसका दिल रखने के लिए कहा, ''देखो ख़ान, मैं गुलरुख़ को हाथ नहीं लगाऊँगा। तुम उसकी बाँह अच्छी तरह थामे रखो। गुलरुख़ को समझा दो कि वह बाँह न हिलाये वर्ना गड़बड़ हो जायेगी।''

ख़ान ने पश्तो में गुलरुख़ को समझाया और मेरी ओर कृतज्ञता से देखा। मुझे

बाँह की ओर झुकता देख कर उसने गुलरुख़ से कहा, "दवा काटेगा गुलरुख़े, ख़बरदार!"

मैंने तेज़ी से सुई को गुलरुख़ की बाँह के सोने में उतार दिया। वह सर से पाँव तक काँप गयी मगर उफ़् तक न की। ख़ान ने अपने निचले होंठ को बड़े ज़ोर से दाँतों में दबा लिया। मैंने जल्दी से दवा गुज़ार दी और फिर ख़ान को सुई के पास अँगुली से दबाव डालने को कहा और सुई खींच ली। रुई का ज़रा सा टुकड़ा देकर मैंने उसे समझाया कि इंजेक्शन की जगह को थोड़ा सा मल दे। मैं वापस चला तो ख़ान बोला, "अब फिर कब लगेगा डागदार साहेब...?"

"कल सुबह..." मैंने कहा, "तुम्हारे आने की ज़रूरत नहीं, मैं खुद आ जाऊँगा।" ख़ान ने दुआओं का तांता बाँध दिया और दरवाज़े पर से एक बड़ा ज़ोरदार "अस्सलामो अलैकुम" कह कर अन्दर चला गया।

मैंने लगातार तीन दिन गुलरुख़ को पेन्सलीन के इंजेक्शन दिये और वह ठीक हो गयी। मेरे जाते ही वह खुद ही आस्तीन चढ़ा लेती, मुस्कराती। इंजेक्शन लेकर आस्तीन गिराती और करवट बदल लेती और ख़ान बाहर आकर मुझे हज़ार-हज़ार दुआएँ देता और कहता, "खुदा ने बचाया, डागदार साहेब ने बचाया, बड़ा मेहरबानी किया। हमारा बेटी जवान ता ना। मर जाता तो हम भी मर जाता।"

इंजेक्शन के आख़िरी दिन मैंने ख़ान को खाँसी की कुछ गोलियाँ दीं और कहा कि वह दो दिन के बाद दवाख़ाने में आकर मुझे गुलरुख़ का हाल बता जाये। अगर उसकी खाँसी इन गोलियों से न रुकी तो दवा बदल दी जायेगी। उस रोज़ मैंने ख़ान से यह भी कह दिया कि मैं इंजेक्शन और दवाओं के पैसे नहीं लूँगा।

"वो तो हमको पहले ख़बर था..." वह तुरन्त बोला, "तुम्हारा शराफ़त तुमारा माते में चमकता है।"

उस दिन मैंने गुलरुख़ से भी बात करने की हिम्मत कर ली, "अच्छा भई गुलरुख़!" मैंने कहा, "खुदा ने तुम्हें ठीक कर दिया। अब कुछ दिन आराम करना, अच्छा..."

गुलरुख़ दीवार से लगकर बैठी थी। मेरी यह बात सुनकर उसका चेहरा अचानक गुलाबी हो गया, उसकी आँखें डबडबा आयीं और वह मुस्करा दी। बहुत मद्धिम आवाज़ में बोली, "खुदा तुमको खुश रक्के।"

दो दिन के बाद शाम को जब मैं दवाख़ाना बन्द करने की तैयारी कर रहा था तो ख़ान अन्दर आया और बड़े तपाक से दोनों हाथों को मिलाते हुए बोला, "कांसी बी चला गया डागदार साहेब, गुलरुख़े चलता-फिरता है। अच्वा सोता है, बड़ा खुश है।"

मैंने कहा, "खुदा का शुक्र है।"

ख़ान बोला, "तुमने बड़ा मेहरबानी किया डागदार साहेब! तुमने हमको ख़रीद

लिया। हमारा बेटी को अच्छा कर दिया। हमारा बेटी मरता तो हम भी मरता... हमारा बेटी जवान है।''

आज मैं खुद को न रोक सका, तुरन्त पूछा, ''ख़ान ये बताओ, आख़िर तुम बार-बार मुझे ये क्यों बताते हो कि तुम्हारी बेटी जवान है।''

''ओहो डागदार साहेब!'' ख़ान इन शब्दों को कुछ यूँ खींच कर बोला जैसे उसे मेरी सादगी पर दया आ गयी है, ''तुम नईं जानता। तुम तो बिलकुल बच्चा है। तुमने हमारा गुलरुख़े को बचाया। तुमने हमारा एक हज़ार रुपया बचाया।''

''मैं यह भी नहीं समझा...'' मैंने चकराकर कहा।

''देको...'' ख़ान मुस्कराकर बोला, ''हमारा बेटी बड़ा अच्छा जवान है ना। हमको गुलरुख़े की शादी का पाँच सौ मिलता है। हम एक हज़ार से कम नईं लेगा। तुमने हमारा एक हज़ार रुपया बचाया। तुम बड़ा सच्चा मुसलमान है डागदार साहेब।''

सिफ़ारिश

मुहल्ले की बड़ी गली के मोड़ पर तीन-चार ताँगे हर वक्त मौजूद रहते थे मगर उस रोज़ मैं मोड़ पर आया तो वहाँ एक भी ताँगा नहीं था। मुझे बहुत दूर भी जाना था और जल्दी भी पहुँचना था इसलिए ताँगे का इन्तज़ार करने लगा। ताँगे तो उधर से बहुत से गुज़रे मगर सब भरे हुए थे। अचानक मैंने फ़ीके कोचवान को अपनी तरफ़ आते देखा तो पुकारा, "भई फ़ीके, ताँगा कहाँ है? ताँगा लगाओ।"

"ताँगा तो बाबूजी आज नहीं जोड़ा है।" फ़ीके ने जवाब दिया।

मैंने देखा कि फ़ीका जो कोचवान का कोचवान और पहलवान का पहलवान था, आज इतना मासूम लग रहा था जैसे पहली कक्षा में प्रवेश लेने आया है। उसने आज दाढ़ी भी नहीं बनाई थी, उसकी आँखों में सुर्मा भी नहीं था जिस कारण बूटी की तरह सुर्ख़ हो रही थीं।

"क्या बात है फ़ीके?" मैंने पूछा।

वह बोला, "बाबू जी, एक काम है।"

"हाँ, हाँ कहो।" मैंने कहा।

"वह यह है बाबू जी कि आप मेरे बाबा को जानते हैं ना?" फ़ीका बोला, "उसकी एक आँख चली गयी है।"

"ओह!" मुझे दुख हुआ, "कैसे गयी? क्या कोई दुर्घटना हुई?"

"जी नहीं!" फ़ीके के चेहरे पर भोलेपन का एक और छींटा पड़ गया।

"लाल, लाल तो वह हर वक्त रहती थी और उसमें से पानी बहता रहता था। आप तो जानते हैं, आप तो बाबा के साथ कई बार ताँगे में बैठे हैं। तो बाबू जी कल क्या हुआ कि बाबा मिश्री शाह में से गुज़रा तो सांडे का तेल बेचने वाला एक हकीम सुर्मा बेच रहा था। बाबा वह सुर्मा ले आया और हमें बताया कि उसकी आँख की लाली जाती रहेगी। हकीम ने ख़ुदा रसूल की क़सम खाकर कहा है और यह भी कहा है कि न जाये तो क़यामत के दिन मुझे गर्दन से पकड़ना। मैंने भी कह दिया कि हकीम ख़ुदा-रसूल को बीच में डाल रहा है तो ज़रा सा लगा ले। अम्मा ने भी यही सलाह दी। उसने "लुकमान हकीम, हिकमत का बादशाह" पढ़ा और आँख में सलाई फेर ली। बस, फिर क्या था बाबू जी! क़सम खाकर कहता हूँ, जब से अब तक आँख लगी हो तो अपने बाप का नहीं। बाबू जी, आप थक तो नहीं गये? सिगरेट वाले की कुर्सी

उठा लाऊँ।"

उस वक्त फ़ीका मुझे ऐसा लगा जैसे उसके चौड़े चकले सीने पर गुड्डे का हैरान सर रखा हो। मैंने कहा, "तुम भी हद करते हो, फ़ीके, अब आगे भी कहो!"

फ़ीके की आँखों में कृतज्ञता की चमक जागी, "बस, बाबू जी, ख़ुदा आपका भला करे। रात तो चीख़-चाख़ कर गुज़ार दी, फिर सुबह को मुहल्ले के सारे कोचवान इकट्ठे हुए तो उनमें से चचा शैदे ने कहा कि पोस्ता के डोडे पानी में उबालो और उसी पानी से आँख धोओ। धोई, पर बाबा उसी तरह तड़पता रहा। फिर किसी ने कहा कि पालक का साग उबाल कर बाँधो। बाँधा, और जब खोला तो बाबा ने साफ़ कह दिया कि अब क्या जतन करते हो, आँख का दीया तो बुझ गया। हमारे घर में तो पिट्टस पड़ गयी बाबू जी। उसे एक अस्पताल में ले गये, फिर दूसरे में ले गये। दोनों में जगह न थी। दोपहर को राजगढ़ के एक कोचवान ने बताया कि उसका साला म्यो अस्पताल में चौकीदार है। उसकी सिफ़ारिश से जगह तो मिल गयी पर बरामदे में। वह भी कोई ऐसी बात नहीं, पर बाबू जी, शाम होने को आयी है, और अभी तक कोई डॉक्टर तो क्या कोई नर्स भी उधर नहीं आयी। आप साहब लोग हैं, ये देखिए हाथ बाँधता हूँ। मेरे साथ चलकर किसी डॉक्टर से यह कह दीजिए कि सिद्दीक़े मरीज़ को ज़रा सा देख लो।"

मैंने कहा, "वहाँ एक डॉक्टर है, डॉक्टर अब्दुल जब्बार, उनसे मेरा सलाम कहो, काम हो जायेगा। न हुआ तो कल मैं तुम्हारे साथ चलूँगा। इस वक्त मुझे एक दावत में जाना है। नाम याद कर लो, डॉक्टर अब्दुल जब्बार।" फ़ीका मेरा शुक्रिया अदा करके चला गया। फिर मुझे एक ख़ाली ताँगा मिल गया। जब ताँगा म्यो अस्पताल के मुख्य द्वार के पास से गुज़रा तो मैंने देखा कि फ़ीका अस्पताल के एक चौकीदार से बात कर रहा है। स्पष्ट है कि डॉक्टर जब्बार का पता पूछ रहा होगा। एक बार मन में आया कि अस्पताल जाकर जब्बार साहब से कह दूँ मगर अब ताँगा आगे निकल गया था और मुझे पहले ही देर हो गयी थी। कुछ दूर जाकर घोड़ा फिसल कर गिरा और दस मिनट तक गिरा रहा। फिर जब उठा और चलने लगा तो अचानक जब्बार साहब का स्कूटर मेरे ताँगे के पास से तूफ़ान की तरह गुज़र गया, "जब्बार साहब!" मैं चिल्लाया, मगर जब्बार साहब मेरी आवाज़ से तेज़ निकले।

कोई बात नहीं, मैंने सोचा, कल कह दूँगा। कल पहला काम यही करूँगा।

रात को मैं घर वापस आया तो मालूम हुआ कि फ़ीका कोचवान आया है और कह गया कि बाबू जी आयें तो मुझे बुला लें।

मैंने सोचा इस वक्त कौन बुलाये। अगर जब्बार साहब अस्पताल ही को जा रहे थे और फ़ीके का काम हो गया है तो शुक्रिया सुबह क़बूल कर लूँगा और अगर काम नहीं हुआ तो जो भी कोशिश होगी सुबह ही को होगी।

सुबह को मैं अभी बिस्तर से नहीं निकला था कि फ़ीके ने दरवाज़ा खटखटाया।

मालूम हुआ कि रात जब्बार साहब ड्यूटी पर नहीं थे। उनकी ड्यूटी आज दिन की है। "यानी तुम्हारा बाप दिसम्बर की इस सर्दी में बरामदे में ही पड़ा रहा?" मैंने अपने ढंग से चिन्ता व्यक्त की।

"जी हाँ!" वह बोला, "मगर यह तो कोई ऐसी बात नहीं बाबू जी। आपने हमारा घर नहीं देखा, दस साल से छप्पर में पड़े हैं।"

"और उसकी आँख?" मैंने पूछा।

"वह तो चली गयी बाबू जी!" फ़ीका यूँ बोला जैसे उसके बाप की आँख को ख़राब हुए बरसों बीत गये हैं।

मैंने कहा, "जब आँख जा ही चुकी है तो बेचारे बुड्ढे को अस्पतालों में क्यों घसीटते फिरते हो। वक्त भी बर्बाद होगा और पैसा भी!"

फ़ीका बोला, "बाबू जी, क्या पता आँख के किसी कोने-खुदरे में रोशनी का कोई भौरा पड़ा रह गया हो। देखिए, चूल्हा बुझ जाता है तो तब भी देर तक राख में हाथ नहीं डालते। क्या पता कोई चिंगारी सुलग रही हो।"

मैं उसकी बातों से चौंका। आज तक फ़ीके ने मुझसे सिर्फ चारे की महँगाई और आटे में मिलावट जैसे विषयों पर बातें करता था। फिर वह विनम्रता से बोला, "बाबू जी, ज़रा मेरे साथ चले चलिए।"

मेरे शरीर से नींद अभी पूरी तरह ग़ायब नहीं हुई थी। फिर नहाना, शेव करना था, चाय पीना था। मैंने कहा, "मैं तुम्हें अपना कार्ड दिये देता हूँ, वह डॉक्टर जब्बार को दिखा दो। बड़े यार आदमी हैं, फ़टाफ़ट काम कर देंगे। तुम्हारा बाप एक बार वार्ड में चला जाये फिर इलाज के लिए तो मैं खुद जाकर कहूँगा।"

वह मुझसे कार्ड लेकर यूँ चला जैसे सारी दुनिया की दौलत समेटे लिये जा रहा हो। मैंने कार्ड पर लिख दिया था, "जब्बार साहब, इसका काम कर दीजिए, बेचारा बहुत ही गरीब आदमी है, दुआएँ देगा।" और मुझे विश्वास था कि काम हो जायेगा। डॉक्टरों को सिर्फ़ इतना ही तो देखना था कि आँख पूरी तरह बुझ गयी है या थोड़ी-बहुत रोशनी शेष है।

मैं दिनभर घर से ग़ायब रहा और फ़ीका दिनभर मेरे घर के चक्कर लगाता रहा। शाम को उसने मुझे बताया कि, "जब्बार साहब बैठे तो हैं, पर कोई अन्दर नहीं जाने देता। कहते हैं नम्बर से आओ और मेरा नम्बर आता ही नहीं। घुटना पाजामे में से झाँक रहा हो तो नम्बर कैसे आये बाबू जी!"

फ़ीके ने मुझे एक बार फिर चौंका दिया। न जाने पहलवान फ़ीके के अन्दर यह संवेदनशील फ़ीका इतने वर्षों से कहाँ छुपा बैठा था। मैंने वादा किया कि कल ज़रूर चलूँगा। अब तो शाम हो गयी है।

दूसरे दिन सवेरे ही मुझे शेखूपुरा जाना पड़ा। रात को वापस आया तो मालूम हुआ कि फ़ीका आया था।

उसके बाद तीन दिन तक मैंने अधिकतर समय घर में बिताया मगर फ़ीका न आया। चौथे दिन मैंने गली के मोड़ पर एक कोचवान से फ़ीके के बाप को पूछा तो मालूम हुआ कि उसे वार्ड में जगह मिल गयी है। इतने में फ़ीका भी आ गया। मुझे थोड़ा पश्चाताप भी था इसलिए झूठ बोलना पड़ा, "क्यों फ़ीके, जब्बार साहब ने काम कर दिया ना?"

वह बोला, "मगर बाबू जी, वह तो मुझे मिले ही नहीं।"

मैंने तुरन्त कहा, "मैंने उन्हें फोन कर दिया था।"

फ़ीके का चेहरा एकदम लाल हो गया और उसकी आँखों में कृतज्ञता की नमी जाग उठी। "जभी कहूँ नर्स बार-बार यह क्यों कह रही है कि, देखो, बूढ़े को तकलीफ़ न हो।"

फिर मैं वहाँ से चला आया। मेरे क़दम आहिस्ता-आहिस्ता उठ रहे थे मगर चेतना जैसे परास्त थी। रात को नींद ने शर्मिन्दगी दूर कर दी मगर सुबह ही फ़ीका दरवाज़े पर मौजूद था, "बोला, आपकी मेहरबानी से अस्पताल में दाख़िला तो मिल गया था पर अब उन्होंने बाबा को कोट लखपत के अस्पताल में भेज दिया है। यह तो बड़ा ग़ज़ब हुआ बाबू जी! आज मैं अम्मा को साथ लेकर गया। दो रुपये गुल हो गये। कुछ हो सके तो कीजिए।"

मैंने कहा, "मैं अभी डॉ. जब्बार को फोन करता हूँ।"

मैंने फोन किया भी मगर डॉक्टर साहब न मिल सके। फिर व्यस्तताओं में बात आयी-गयी हो गयी। पाँच-छः दिन बाद मैंने फ़ीके को देखा तो सोचा कि नज़रें चुराकर साथ वाली गली में मुड़ जाऊँ और वहाँ से भाग निकलूँ। मगर फ़ीका लपक कर मेरे पास आया और बोला, "बाबू जी, समझ में नहीं आता कि आपके किस-किस एहसान का बदला उतारूँगा।" झूठ ने मेरी शर्मिन्दगी को कान से पकड़ कर एक तरफ हटा दिया, "वापस आ गया ना तुम्हारा बाबा?"

फ़ीका बोला, "वापस भी आ गया और ऑपरेशन भी हो गया। जुमे को पट्टी खुल रही है, दुआ कीजिए।"

मैंने कहा, "अल्लाह रहम करेगा।"

फिर वह जुमे की शाम को आया तो बोलते ही बेतरह रोने लगा, "बाबू जी, ग़ज़ब हो गया। पट्टी खुली तो पता चला, एक आँख तो गयी ही थी दूसरी पर भी असर पड़ गया है। कहते हैं अब पहले ऑपरेशन का जख़्म भरे तो दूसरा ऑपरेशन होगा और दूसरी आँख का भी होगा।"

मैंने उसे तसल्ली दी और साथ लेकर सामने ही एक दुकान से डॉक्टर को फोन किया मगर बदक़िस्मती से वह फोन पर मौजूद नहीं थे। मैंने उससे वादा किया कि कल जाकर डॉ. जब्बार से मिलूँगा। वह अस्पताल में न हुए तो उन्हें घर में ज़रूर पकड़ूँगा। दूसरे दिन मैं जा तो न सका अलबत्ता डॉ. जब्बार को फोन ज़रूर किया।

वह फिर ग़ायब थे। उधर फ़ीका भी ग़ायब हो गया।

शायद दो-ढाई हफ़्ते बाद दरवाज़े पर दस्तक हुई। नौकर ने आकर बताया कि फ़ीका कोचवान आया है। मैंने भी उसे खिड़की में से देख लिया था। बिलकुल हल्दी हो रहा था।

मैंने नौकर से पूछा, "क्या तुमने उसे बता दिया कि मैं मौजूद हूँ?"

"जी हाँ!" नौकर बोला, "बस, मेरे मुँह से निकल गया।"

"बड़े बेवकूफ़ आदमी हो।" मैंने उसे डाँटा और कहा, "जाओ कह दो कपड़े बदल रहे हैं, आते हैं।"

कपड़े तो मैंने बदल रखे थे अलबत्ता मैं अपने तेवर बदलने की कोशिश करने लगा। फिर अचानक ख़्याल आया कि मैं कितना छोटा आदमी हूँ। दो पैसे या दो रुपये या चलो दो लाख की भी बात नहीं। दो आँखों की बात है और मैं झूठ बोले जा रहा हूँ। मुझे फ़ीके के सामने स्वीकार कर लेना चाहिए कि मैं तुम्हारे लिए कुछ न कर सका। फिर मैंने वह वाक्य सोचे जो मुझे फ़ीके के सामने इस ढंग से प्रस्तुत करना था कि उसे सच्ची बात भी मालूम हो जाये और दुख भी न हो।

मैं बाहर आया तो फ़ीका बोलते ही ज़ोर-ज़ोर से रोने लगा, "बाबू जी, कुछ समझ में नहीं आता कि... कुछ समझ में नहीं आता..." उसकी आवाज़ भर्रा गयी।

मेरे सोचे हुए वाक्य एक-दूसरे से गुत्थम-गुत्था हो गये। बड़ी मुश्किल से मैंने कहा, "फ़ीके! बात ये है कि... बात ये है..."

आँसुओं से भीगा हुआ बच्चों की तरह गोल-गोल, लाल-लाल चेहरा लिये, फ़ीका उठा और बोला, "बाबू जी, कुछ समझ में नहीं आता, मैं शुक्रिया अदा करूँ तो कैसे करूँ। मेरा बाप ठीक हो गया है। उसकी दोनों आँखें ठीक हो गयी हैं। उसे रोशनी अल्लाह ने दी है और आप ने दी है। आपने मुझे ख़रीद लिया है बाबू जी! क़सम ख़ुदा की, मैं उम्र भर आपका नौकर रहूँगा!!"

बाबा नूर

"कहाँ चले बाबा नूर?" एक बच्चे ने पूछा।

"बस भई, यहीं ज़रा डाकख़ाने तक।" बाबा नूर बड़ी ज़िम्मेदाराना संजीदगी से जवाब देकर आगे निकल गया।

और सब बच्चे खिलखिला कर हँस पड़े।

सिर्फ़ मौलवी क़ुदरतुल्लाह चुपचाप खड़ा बाबा नूर को देखता रहा। फिर वह बोला, "हँसो नहीं बच्चो, ऐसी बातों पर हँसा नहीं करते। अल्लाह तआला की ज़ात बेपरवाह है।"

बच्चे खामोश हो गये और जब मौलवी क़ुदरतुल्लाह चला गया तो एक बार फिर सब खिलखिला कर हँस पड़े।

बाबा नूर ने मस्जिद की मेहराब के पास रुक कर जूता उतारा, नंगे पाँव आगे बढ़ कर मेहराब पर दोनों हाथ रखे, उसे होंठों से चूमा, फिर उसे बारी-बारी दोनों आँखों से लगाया। उलटे क़दमों वापस होकर जूते पहने और जाने लगा।

बच्चे यूँ इधर-उधर की गलियों में खिसकने लगे जैसे एक-दूसरे से शर्मा रहे हैं। बाबा नूर का सारा लिबास धुले हुए सफेद खादी का था। सर पर खादी की टोपी थी जो सर के बालों की सफेदी की वजह से गर्दन तक चढ़ी हुई मालूम होती थी। उसकी सफेद दाढ़ी के बाल ताज़ा-ताज़ा कंघी की वजह से विशेष क्रम से उसके सीने पर फैले हुए थे। गोरे रंग में ज़र्दी स्पष्ट थी, छोटी-छोटी आँखों की पुतलियाँ इतनी काली थीं कि बिलकुल कृत्रिम प्रतीत होती थीं। लिबास, बालों और चमड़ी की इतनी बहुत सी सफेदी में ये दो काले भँवरा जैसे बिन्दु बहुत अजनबी से लगते थे। लेकिन यही अजनबीयत बाबा नूर के चेहरे पर बचपने का सा भाव पैदा करती थी। बाबा नूर के कन्धे पर सफेद खादी का एक रूमाल था जो लोगों की भीड़ से लेकर मस्जिद के मेहराब तक तीन-चार बार कन्धा बदल चुका था।

"डाकख़ाने चले बाबा नूर?" दूका के दरवाज़े पर खड़े हुए एक नौजवान ने पूछा।

"हाँ बेटा, जीते रहो," बाबा नूर ने जवाब दिया।

पास ही एक बच्चा खड़ा था। तड़ाक से ताली बजाकर चिल्लाया, "अहा हा, बाबा नूर डाकखाने चला।"

"भाग जा, यहाँ से।" नौजवान ने बच्चे को घुड़का।

और बाबा नूर जो कुछ दूर गया था पलट कर बोला, "डाँटते क्यों हो बच्चे को। ठीक ही तो कहता है, डाकखाने ही तो जा रहा हूँ।"

दूर-दूर से दौड़-दौड़ कर आते हुए बच्चे यहाँ से वहाँ तक सहसा हँसने लगे और बाबा नूर के पीछे एक जलूस सा इकट्ठा होने लगा मगर आसपास से कुछ नौजवान लपक कर आये और बच्चों को गलियों में बिखेर दिया।

बाबा नूर अब गाँव से निकल कर खेतों में पहुँच गया था। पगडंडी मेंड़-मेंड़ जाती हुई अचानक हरे-भरे खेतों में उतर जाती थी तो बाबा नूर की गति धीमी पड़ जाती थी। वह गेहूँ के कोमल पौधों से पाँव-हाथ और चोले के दामन बचाता हुआ चलता। अगर किसी मुसाफ़िर की असावधानी से कोई पौधा पगडंडी के आर-पार लेटा मिलता तो बाबा नूर उसे उठा कर दूसरे पौधों से लिपटा देता और जिस जगह से पौधा टेढ़ा हुआ था उसे कुछ यूँ छूता जैसे घाव सहला रहा है। फिर वह खेत की मेंड़ पर पहुँच कर तेज़-तेज़ चलने लगता।

चार किसान पगडंडी पर बैठे हुक्के के कश लगा रहे थे। एक किसान लड़की गेहूँ के पौधों के मध्य से कुछ इस सफाई के साथ दरांती से घास काटती फिर रही थी कि मजाल है जो गेहूँ के किसी पौधे पर खराश आ जाये। बाबा नूर थोड़ा रुक कर लड़की को देखने लगा। वह घास की दस्ती काट कर हाथ को पीछे ले जाती और घास को पीठ पर लटकती हुई गठरी में डाल कर फिर दरांती चलाने लगती।

"भई कमाल है।" बाबा नूर ने दूर ही से किसानों को सम्बोधित किया, "यह लड़की तो बिलकुल मदारी है। इतनी लम्बी दरांती चला रही है। चप्पे-चप्पे पर गेहूँ का पौधा उग रहा है, पर दरांती घास काट लेती है और गेहूँ को छूती तक नहीं। यह किसकी बेटी है?"

"तू किसकी बेटी है, बेटा?" बाबा नूर ने लड़की से पूछा।

लड़की ने पलट कर देखा तो एक किसान की आवाज़ आयी, "मेरी है बाबा।"

"तेरी है?" बाबा नूर किसानों की तरफ जाने लगा, "बड़ी सयानी है, बड़ी अच्छी किसान है, खुदा लम्बी उम्र दे।"

"आज कहाँ चले बाबा?" लड़की के बाप ने पूछा।

"डाकख़ाने?" दूसरे ने पूछा।

"हाँ!" बाबा नूर थोड़ी देर उनके पास रुक कर बोला, "मैंने कहा पूछ आऊँ, शायद कोई चिट्ठी-विट्ठी आयी हो।"

चारों किसान ख़ामोश हो गये। उन्होंने एक ओर हट कर पगडंडी छोड़ दी और बाबा नूर आगे बढ़ गया। अभी वह खेत के दूसरे सिरे तक पहुँचा था कि लड़की की आवाज़ आयी, "लस्सी पियोगे, बाबा नूर?"

बाबा नूर ने मुड़ कर देखा और गाँव से निकलने के बाद पहली बार मुस्कराया,

"पी लूँगा बेटा।" फिर थोड़ी देर रुक कर बोला, "पर देख ज़रा जल्दी से ला दे। डाक का मुंशी हवा के घोड़े पर सवार रहता है, चला न जाये।"

लड़की ने घास की लटकती हुई गठरी कन्धे से उतार कर वहीं खेत में रखी। फिर वह दौड़कर मेंड़ पर उगी हुई एक बेरी के पास आयी, तने के ओट में पड़े हुए बर्तन को खूब छलकाया। अल्यूमिनियम का कटोरा भरा और लपक कर बाबा नूर के पास जा पहुँची।

बाबा नूर ने एक ही साँस में सारा कटोरा पीकर रूमाल से होंठ साफ़ किये बोला, "तेरा नसीबा इसी लस्सी की तरह साफ-सुथरा हो बेटा।" और आगे बढ़ गया।

मदरसे के बरामदे में डाक का मुंशी बहुत सारे लोगों के बीच बैठा अपने रोज़ के फार्म भी भर रहा था और देहातियों के ज्ञान में वृद्धि भी करता जा रहा था, "मेरा साला वहाँ कराची में चपरासी का काम करता था। जब वह मरा है तो मुझे फ़ातिहा (अन्तिम संस्कार) के लिए कराची जाना पड़ा। बात ये है दोस्तो, कि एक बार कराची ज़रूर देख लो, चाहे वहाँ गधा गाड़ी में जुतना पड़े। इतनी मोटर कारें हैं कि हमारे गाँव में तो इतनी चिड़ियाँ भी नहीं होंगी। एक-एक मोटर पर वह-वह औरत बैठी है कि अल्लाह दे और अल्लाह ही ले। बन्दा न लेने में है न देने में। बन्दों को परियों से क्या लेना-देना। अल्लाह की क़ुदरत याद आ जाती है, नमाज़ पढ़ने को जी चाहने लगता है। एक सेठ कह रहा था कि बस एक और बड़ी लाम लग जाये तो कराची विलायत बन जायेगी। कहते हैं कितनी बार लाम लगने लगी पर लगते-लगते रह गयी, कोई न कोई बीच में टाँग अड़ा देता है। कहते हैं लाम में लोग मरेंगे। कोई पूछे लाम न लगी तो जब भी तो लोग मरेंगे। लाम में गोले से मरेंगे, वैसे भूख से मर जायेंगे, ठीक है ना।"

"ठीक ही तो है।" एक देहाती बोला, "पर मुंशी जी पहले यह बताओ कि लिफ़ाफ़ा इकन्नी का कब करोगे।"

मुंशी ने उसे कुछ समझाने के लिए सामने देखा तो उसकी दृष्टि जैसे एक बिन्दु पर जम कर रह गयी, उसका रंग फ़क़ हो गया, और वह बुझी हुई आवाज़ में बोला, "बाबा नूर आ रहा है।"

सब लोगों ने पलट कर देखा और फिर सबके चेहरे कुम्हला गये।

बच्चे मदरसे के दरवाज़ों और खिड़कियों में जमा होकर "बाबा नूर, बाबा नूर" की कानाफ़ूसी करने लगे और मुंशी ने उन्हें डाँट कर अपनी-अपनी जगह पर बिठा दिया।

सन सफेद बाबा नूर सीधा मदरसे के बरामदे की तरफ आ रहा था और लोग जैसे सहमे जा रहे थे।

बरामदे में पहुँच कर उसने कहा, "डाक आ गयी मुंशी जी?"

"आ गयी बाबा।" मुंशी ने जवाब दिया।

“मेरे बेटे की चिट्ठी तो नहीं आयी?” बाबा ने पूछा।

“नहीं बाबा!” मुंशी बोला।

बाबा नूर चुपचाप वापस चला गया। दूर तक पगडंडी पर एक सफेद धब्बा रेंगता हुआ नज़र आता रहा और लोग साँस खींचे उसे देखते रहे।

फिर मुंशी बोला, “आज दस साल से बाबा नूर इसी तरह आ रहा है, यही सवाल पूछता है और यही जवाब लेकर चला जाता है। बेचारे को याद ही नहीं रहा कि सरकार की वह चिट्ठी भी तो मैंने ही उसे पढ़कर सुनाई थी जिससे ख़बर आयी थी कि उसका बेटा बर्मा में बम के गोले का शिकार हो गया। जब से वह पागल सा हो गया है। पर खुदा की क़सम है दोस्तो कि अगर आज के बाद वो फिर भी मेरे पास यही पूछने आया तो मुझे भी पागल कर जायेगा!!”

नया फ़रहाद

गाँव से गुज़रते हुए एक दर्दमन्द मुसाफ़िर ने चौपाल पर हुक्का पीते हुए कहा,

"इस वक्त लाहौर की ठण्डी सड़क पर मुसलमानों की लाशें बिछा दी गयी हैं और उन पर से सिक्खों और हिन्दुओं की मोटरें और लारियाँ गुज़र रही हैं, और उन पर कूदा और नाचा जा रहा है और लारेंस बाग में एक बहुत बड़ी देग गाड़ दी गयी है जिसमें तेल कड़कड़ा रहा है और नन्हे मुसलमान बच्चे तले जा रहे हैं और वह लाहौर की बड़ी मस्जिद है ना, उसके चारों मीनारों पर हनुमान की मूर्तियाँ रख दी गयी हैं और उन बुतों के पहरेदार अनगिनत सिक्ख और हिन्दू हैं जिनके हाथों में बम और बन्दूक़ें हैं और होंठों पर गालियाँ हैं और इतना बड़ा ज़ुल्म हो रहा है कि पिछले जुमे की रात को लाहौर के आसमान पर आग भड़कती देखी गयी और फिर यह आग 'अल्लाह' का लफ़्ज़ बन कर गायब हो गयी।"

"और मुसलमान औरतें?" एक नौजवान ने सहसा भीड़ की अगुवाई की।

"मुसलमान औरतें?" मुसाफ़िर ने उठते हुए कहा, "इस बारे में तुम न ही पूछते तो बेहतर था मेरे दोस्त! इस बारे में तो मैं सिर्फ़ यह कह सकूँगा कि दुनिया के सारे मुसलमान नौजवानों को अपने मुँह पर तवे की कालिख मल लेनी चाहिए।" और यह कह कर उसने पगड़ी के एक पल्लू से आँखें पोंछी और चौपाल से उतर गया।

देर तक चौपाल पर एक दुखद सन्नाटा छाया रहा। हैरान चेहरे रंग बदलने लगे, जमी हुई पुतलियों में आग भड़कने लगी और होठों पर देखते-देखते पपड़ियाँ उभर आयीं। अचानक जाफ़र तन कर उठा और गरजा, "सोच क्या रहे हो बुज़दिलो! अपने भाइयों के खून और अपनी बहनों की बेइज़्ज़ती का यहीं बदला ले लो। चलो, उठो।"

और कुछ देर के बाद गाँव में एक हुल्लड़ मच गया। जहाँ सिर्फ़ दो-चार तन्दूरों का धुआँ उठ रहा था, वहाँ जगह-जगह अलाव भड़क उठे। जलती हुई लकड़ियाँ चटखने लगीं। बच्चे ग़ैर मुस्लिमों की दुकानें लूटने लगे। बूढ़े चौपाल और मस्जिद की छत पर चढ़ कर गिनती में व्यस्त हो गये। "इस वक्त तेरह जगह आग भड़क रही है।" औरतें अपने-अपने मकानों की छतों पर बैठ कर मौत के डर से भागते और चीख़ते हुए ग़ैर मुस्लिमों को देखने और मुस्कराने लगीं और नौजवान दीवारें फाँद-फाँद कर और दरवाज़े तोड़-तोड़ कर घरों के अन्दर कूदने, छुरे घोंपने, छातियाँ नोचने, आग लगाने और माल चुराने लगे। ज़िन्दगी और मौत में दौड़ जारी थी, और दर्दमन्द मुसाफ़िर

सरकारी आगार के एक चश्मे के किनारे एक पेड़ के साये में लेटा 'माहिया' गा रहा था।

जाफ़र, ज्वाला राम के घर से रक्तरंजित छुरा थामे और रेशम के थान उठाये निकला। कुछ कदम चला, रुक कर थान गली में पटक दिया और फिर पलट कर पुकारा, "फ़क़ीरे! ये कुल आठ थान हैं, दो तुम्हारे और छः मेरे। मेरी बीवी तक पहुँचा दे और उससे कहना कि आज हम मुर्गा खायेंगे! ये पड़े हैं थान—मैं ज़रा सरदार शंकर सिंह के मिज़ाज पूछ आऊँ।"

ठहाके गूँजे और जाफ़र एक पतली गली में मुड़ गया जिसके एक किनारे पर एक मकान जल रहा था। उबलते हुए धुएँ से चीख़ें लिपटी हुई थीं और सरदार शंकर सिंह ने जलते हुए मकान की छत से छलाँग लगाकर अपनी रीढ़ की हड्डी तोड़ ली थी और अपनी खोपड़ी का भेजा बिखेर दिया था। वह शंकर सिंह की लाश में छुरा घोंपने को रुका ही था कि साथ के मकान की छत से आवाज़ आयी—"जाफ़र खाँ।"

जाफ़र ने सर उठा कर देखा—एक लड़की मुंडेर की आग में दुबकी बैठी थी। जाफ़र को सिर्फ़ उसकी आँखें नज़र आ रही थीं, लेकिन वह उसे पहचान गया। छुरे वाला हाथ पीछे ले जाकर इधर-उधर देखा और फिर उसके चेहरे के तने हुए हिस्सों में मासूमियत की नर्मी आ गयी। उसकी भयभीत आँखों में भीगती हुई रात के सितारों की ठण्डक भर गयी और होठ काँप उठे, "शान्ति!" वह जैसे मुँह ही मुँह बड़बड़ाया और फिर तेज़ी से ऊँची आवाज़ में बोलने लगा, "शान्ति तुम उतर आओ, तुम मेरे पास आओ, तुम्हें कोई कुछ नहीं कहेगा, तुम्हें कोई कुछ नहीं कह सकता। सब जानते हैं कि तुम शान्ति हो। आ जाओ, यहीं से लटक जाओ। मैं तुम्हें यूँ रखूँगा जैसे डिबिया में मोती, आ जाओ"।

"जाफ़र!" शान्ति ने अपने लहजे व स्थान को बदले बिना कहा, "तुम्हारे छुरे पर ख़ून जमा हुआ है और तुम्हारी आस्तीनें सुर्ख़ हो रही हैं और वह मेरे सामने मेरा ताया शंकर सिंह पड़ा है जिसने एक बार कबड्डी के मेले में तुम्हें अपने कन्धों पर बिठा लिया था और भागते हुए सारे मैदान में घूमा था। और उसका मकान..."

शान्ति ने एक बार कहीं पीछे देखा और बोली, "मुझे भी एक माँ ने जना है जाफ़र, और मैं भी एक बाप की बेटी हूँ, मेरे भी दो नन्हे-नन्हे भाई और एक छोटी-सी बहन है, मैं भी इंसान हूँ—वह सब सामानों की कोठरी में ट्रंकों के पीछे दुबके पड़े हैं और शायद घुट कर मर भी चुके हों और तुम्हारे भाई हमारा दरवाज़ा तोड़ रहे हैं और अन्दर पत्थर फेंक रहे हैं, और मैं यहाँ कितनी देर से बैठी हूँ। मैं तुम्हारी राह तक रही थी। मैं जानती थी तुम ज़रूर आओगे। मुझे तुम से सिर्फ़ यह कहना है कि क्या मुसलमान ऐसे ही होते हैं, वह भी तो मुसलमान ही थे जिन्होंने हमारे गुरु जी के आगमन पर धर्मशाला के लिए अपनी मस्जिद की लालटेन भेज दी थी और तुम भी मुसलमान हो जो सिक्खों, हिन्दुओं पर सिर्फ़ इसलिए चढ़ दौड़े हो कि वह तुम्हारे खुदा को किसी दूसरे रूप में देखते हैं, मैं बड़ी तसल्ली से आहिस्ता, आहिस्ता बोल

रही हूँ, इसलिए कि जो कुछ होने वाला है वह ज़रूर होगा। यह मेरे पास भी किरपाण है और जब हमारे घर का दरवाज़ा टूटा तो इस किरपाण से मैं अपना सीना फाड़ लूँगी। लेकिन मुझे तुमसे सिर्फ़ यह पूछना था कि क्या तुम्हारे लिए यह सब मुनासिब था? क्या तुम्हें शर्म नहीं आती? क्या तुम लोगों को जन्नत ऐसे ही कामों के बदले मिलती है? और क्या वाहे गुरु तुम्हें माफ़ कर देंगे?''

यह पनघट की रानी बोल रही थी, यह वही थी जिसकी कांसी की गागर धूप में चमकती थी तो जाफ़र कहा करता था, ''शान्ति चाँद उठाये लिये जा रही है।'' और जब वह चमकता हुआ पानी गागर में भरती थी तो जाफ़र कहता था, ''शान्ति चाँद में चाँदनी भर रही है,'' और जब वह गागर उठाये चलती थी तो जाफ़र कहता था ''क्या ऐसा नहीं हो सकता कि शान्ति हमेशा यूँ ही चलती रहे और मैं इसे यूँ ही देखता रहूँ और सूरज क़यामत तक यहीं जमा रहे और गागर चमकती रहे और पानी उछलता रहे।''

यह वही जादूगरनी थी जिसको जाफ़र ने दो बरस तक लगभग हर दिन देखा। घर से बड़े-बड़े कोमल शब्द सोचकर पनघट वाली गली के मोड़ पे जाके बैठ जाता और उन शब्दों को दोहराता रहता। लेकिन जब शान्ति उधर से गुज़रती, उस दशा में कि एक हाथ में गागर को थाम रखा होता और दूसरा हाथ दुपट्टे को छाती पर सँवारता रहता और उसकी भौंहों के ठीक मध्य सलेटी रंग की एक बिंदिया उसके गोरे चेहरे पर क्षितिज में घुली हुई किरणें दौड़ा रही होतीं तो जाफ़र उठने की कोशिश में बैठा रह जाता और बोलने की कोशिश में उसकी बोली बन्द हो जाती, और जब शान्ति दूसरी गली में गायब हो जाती जब भी वह उसी तरह बैठा रहता। और जब लोग उसे हर दिन यूँ ही मूर्ति की तरह बैठा देखते तो कहते, ''पहले-पहल मिर्गी यूँ ही शुरू होती है।''

जाफ़र को शिकायत थी कि शान्ति ने उन दो वर्षों में उसे एक बार भी आँख भर कर नहीं देखा था और वह खुश था कि शान्ति उसके पास से गुज़रते हुए घूँघट नहीं निकालती, और यद्यपि उसकी नज़रें कहीं दूर जमी रहती हैं लेकिन वह जाफ़र की नज़रों के लिए कोई ढाल तो इस्तेमाल नहीं करती थी।

और अब वही शान्ति उसे निरन्तर देख रही थी। उससे बातें कर रही थी, उसे शर्मिन्दा कर रही थी और वह सोच रहा था कि गाँव वालों को फ़साद पर उकसाते हुए उसे यह ख़याल क्यों न आया कि इसी गाँव में शान्ति भी रहती है जिसका बाप बुढ़ापे की वजह से दुकान पर नहीं बैठ सकता और जिसकी माँ गाँव के बड़े-बड़े घरों में कपड़े की थान और गुड़ की गठरियाँ उठाये जाती है और यूँ उस चलती-फिरती दुकान से जो फ़ायदा होता है उससे शान्ति और दूसरे बच्चों का पेट भरती है। उसने यह क्यों न सोचा कि हज़रत पीर दस्तगीर के उर्स पर शान्ति की माँ गाँव के बच्चों में मिठाइयाँ बाँटती है और मुहर्रम के दसवें दिन शर्बत का इतना बड़ा मटका मस्जिद

में भेज देती है और आखिर उसने यह क्यों न देखा कि शान्ति न रही तो सारा पनघट उजड़ जायेगा। गलियों के मोड़ उजड़ जायेंगे, सारी दुनिया उजड़ जायेगी।

वह लपक कर आया और कूद कर मुंडेर को पकड़ना चाहा मगर कामयाब न हो सका, फिर एक परास्त नौजवान की तरह गिड़गिड़ा कर कहने लगा, ''शान्ति नीचे आ जाओ, यहाँ मेरे कन्धों पर पाँव रखकर उतर आओ। मैं तुम्हारे बाद तुम्हारे सारे घर वालों को बचा लूँगा, बस एक तुम मेरे पास आ जाओ। आ जाओ शान्ति।''

शान्ति चुपचाप टकटकी बाँधे उसे घूरती जा रही थी और जब जाफ़र ने बाँहें उठाकर हाथ फैला दिये और देर तक फैलाये रखे, जब भी वह उसे सिर्फ़ घूरती रही और फिर दूसरी गली में शोर हुआ। दंगाइयों की भीड़ नाचते-चीख़ते बढ़ी आ रही थी और शान्ति के घर का दरवाज़ा जिस पर कनस्तरों के टुकड़े मढ़े हुए थे, टूट कर गिरने ही वाला था—''मेरी किरपाण!'' शान्ति ने पहली बार अपने बैठने के ढंग को बदला और किरपाण निकाल ली।

जाफ़र की आँखें फटी की फटी रह गयीं, ''नहीं!'' वह पूरे ज़ोर से चीखा, ''ऐसा नहीं होगा। तुम ऐसा नहीं करोगी, तुम मेरा इंतज़ार करोगी। तुम्हें अपना वास्ता, तुम्हें अपने वाहेगुरु का वास्ता!'' वह गली के सिरे पर उभरती भीड़ की तरफ लपका, उनके आगे धमाधम ढोल बज रहे थे और हर तरफ कुल्हाड़ियाँ, बल्लम, बर्छे और छुरे चमक रहे थे और वे शान्ति के मकान की तरफ़ बढ़ रहे थे।

जाफ़र बेतहाशा भागता हुआ आया और दोनों ढोलों को अपने छुरे से फाड़ डाला। शोर अचानक थम गया। जाफ़र फिर भागा और शान्ति के घर के टूटते हुए दरवाज़े पर जा पहुँचा और उचक कर दीवार पर बैठते हुए चिल्लाने लगा, ''मेरे भाइयो, मुझे अभी-अभी पता चला है कि वह मुसाफ़िर असल में अंग्रेज़ ने भेजा था। उसका पेशा ही यही है कि वह गाँव-गाँव जाता है और लोगों के दिलों में ज़हर भर देता है। यह अंग्रेज़ की चाल है और अब हम उसकी चाल में नहीं आयेंगे। अगर यह उसकी चाल नहीं तो फिर क्या वजह है कि ज़ैलदार और नम्बरदार और कुर्सीनशीन और सफेदपोश सब के सब अपनी चौपालों पर बैठे हुक्के गुड़गुड़ा रहे हैं और पिंडलियाँ दबवा रहे हैं और हम ग़रीब सिक्खों और कमज़ोर हिन्दुओं के छातियों में छुरे घोंप-घोंप कर इस्लाम का नाम बुलन्द कर रहे हैं। क्या इस्लाम ने हमें यही सिखाया है? लाहौर का बदला अगर यहाँ लिया गया है तो क्या यहाँ का बदला दिल्ली में नहीं ले लिया जायेगा? और फिर मेरे भाइयो, यहाँ वह कौन सा सिक्ख या हिन्दू था जो हमारी शादियों और हमारे दुखों में शामिल नहीं हुआ? क्या तुमने यह नहीं देखा कि यहाँ मुसलमान के जनाज़े के साथ एक ओर उदास सिक्खों की टोली भी होती है? और मय्यत को दफ़नाने के बाद सिक्ख आते हैं और निहायत हमदर्दी से कहते हैं, ''मरने वाले की आत्मा को सवाब पहुँचाने के लिए फ़ातिहा पढ़ दीजिए।'' और क्या तुम्हें याद नहीं कि हमारी ईदों पर यहाँ के धर्मशाला में प्रसाद बाँटा गया है और क्या तुम

नहीं जानते कि इस गाँव के दोनों कुएँ सिक्खों ने खुदवाये हैं, क्या तुमने बूढ़े पंसारी ईशर सिंह को नहीं देखा कि वह ग़रीब मुसलमानों को मुफ्त दवाएँ देता है और हरनाम सिंह अपने खर्च पर गाँव की गलियाँ साफ कराता और कप्तान खड़ग सिंह ने इस गाँव के दो-तीन सौ नौजवानों को नौकरियाँ दिलवाई हैं और इतने ही घरों को भुखमरी से बचाया है?"

भीड़ पर सन्नाटा छाया था, कुछ लोगों के तो सर भी झुक गये थे, और दुकानों को लूटते हुए बच्चे रेवड़ियाँ चबाना तक भूल गये थे।

अचानक जाफ़र दीवार पर से कूदा और एक तरफ भागते हुए चिल्लाया, "गली-गली में बिखर जाओ और सिक्खों और हिन्दुओं को अपने सीनों से लगा लो, उन्हें दिलासे दो, उनसे प्यार करो और इस गाँव को, इस पंजाब को, इस दुनिया को उजड़ने से बचा लो। आग बुझाओ, ज़ख़्मियों के पट्टियाँ बाँधो और ऐलान कर दो कि हम इस गाँव के माथे पर कलंक का टीका मिटा के दम लेंगे। गली-गली में बिखर जाओ—जाओ।"

और फिर कुछ देर के बाद गाँव से कानाफूसियों की भनभनाहट के सिवा कोई आवाज़ नहीं आ रही थी। कुछ बूढ़े-बुज़ुर्ग मस्जिद की मेहराब के पास खड़े मुसलमान बुज़ुर्गों से बातें कर रहे थे और जाफ़र जैसे कुर्सीनशीन ऐसे पक्के मुसलमान ने माँ की गालियाँ दी थीं, धर्मशाला के चबूतरे पर नन्हे-नन्हे सिक्ख बच्चों को बहला रहा था।

कुछ दिनों में सिक्खों और हिन्दुओं ने अपनी दुकानें भी खोल लीं और पनघट भी आबाद हो गया, और कांसी के चाँदों में चाँदनियाँ भी उँडेली जाने लगीं और बड़ी गली के मोड़ पर बैठे हुए जाफ़र की मिर्गी के किस्से फिर से ताज़ा हो गये। शान्ति एक हाथ से गागर थामे और दूसरे हाथ से दुपट्टे को सँवारती कहीं दूर देखती हुई आयी और जाफ़र उठने की कोशिश में बैठा ही रह गया और सलेटी बिंदिया ने क्षितिज में घुली हुई किरणों से शान्ति के चेहरे पर गुलाल छिड़क दिया।

और फिर एक दिन जब जाफ़र किसी दूर के गाँव में कबड्डी का मुकाबला देखने के बाद शाम से कुछ देर पहले अपने गाँव को पलटा और पहाड़ी दर्रे से गुज़र कर मैदान में आया तो उसे सामने कुछ दूर अपना गाँव नज़र आया जिसमें आज शायद इकट्ठे बीस-पचीस तन्दूर भड़क उठे थे और गलियों में लोग भागते हुए नज़र आ रहे थे और औरतें छतों पर बैठी थीं और कुत्ते बेतहाशा भौंक रहे थे।

एक क्षण के लिए तो वह जम कर रह गया और फिर एक दम इस तेज़ी से भागा कि कंकर उसके चप्पलों के नीचे चीख़-चीख़ उठे। और जब वह गाँव की पहली गली में पहुँचा तो उसे सिक्खों की एक क़तार नज़र आयी, जिनके आगे बूढ़ा पंसारी ईशर सिंह था। वह लाठी टेकता हुआ आ रहा था और क़दम-क़दम पर थम कर अपनी आँखें पोंछता था, पलट कर देखता था और रेंगने लगता था। जाफ़र को देखते ही

वह बच्चों की तरह बिलबिला उठा, "जाफ़र, मेरे बेटे, हमको लूट लिया गया। हमें यहाँ से निकाला जा रहा है और हमारी बेटियों को आपस में बाँटा जा रहा है।"

और फिर सिक्खों की उस लम्बी क़तार ने जाफ़र जाफ़र की रट लगा दी और जाफ़र ईशर सिंह के पास थम कर, उसी तरह भागने लगा और जब वह लाइन के आखिरी सिरे पर पहुँचा तो कुर्सीनशीन हाथ में बर्छा थामे इस शान से आ रहा था जैसे एक ज़िम्मेदार चरवाहा रेवड़ हाँके चरागाहों को जा रहा है। जाफ़र को देखते ही वह गरजा, "आज तेरे अंग्रेज़ का भेजा हुआ एक और मुसाफ़िर आया था जिसने हमें बताया कि..."

"वह बकवास करता है," जाफ़र चीखा, "और अगर वह सच भी कहता है तो भी हम ऐसा नहीं करेंगे, हम मुसलमान हैं।"

"तू फिर बकवास करने लगा," कुर्सीनशीन फिर गरजा और गाँव वाले उसके सुर में सुर मिलाने लगे।

"ये क्या कम है," कुर्सीनशीन बोला, "कि हम इन सबको ज़िन्दा सलामत कस्बे में पहुँचा देंगे।" और वह आगे बढ़ गया।

और जाफ़र एक खँडहर के परनाले के नीचे खड़ा उन्हें देखता रहा लेकिन यह एक अजीब बात थी कि उनमें एक भी नौजवान न था, ये सब के सब अधेड़ उम्र वाले या बूढ़े और बहुत से बच्चे थे जो अपने सदियों के मेहमानों को विदा करने जा रहे थे।

जाफ़र फिर गाँव की तरफ भागने लगा और जब वह मस्जिद के सामने वाले चौराहे पर पहुँचा तो उसे गाँव के नौजवान नज़र आये जो औरतों की एक क़तार के आसपास खड़े थे। और डूबते हुए सूरज की किरणों में क्षितिज की लालिमा ने घुल कर हर तरफ गुलाल छिड़क दिये थे और परिन्दे वापस अपने घोंसलों को जा रहे थे। और मस्जिद के आँगन में उगी हुई बेरी की आख़िरी फुनगी पर एक भटका हुआ कव्वा रो रहा था। और पूरब से कांसी की एक गागर उभर रही थी।

"शान्ति!" जाफ़र की दो बरस की झिझक गुब्बारे की तरह फट गई और बिखरे हुए बालों, फटे हुए कपड़ों और कहीं दूर जमी हुई आँखों वाली शान्ति ने पलकें तक न झपकीं।

"शान्ति!" जाफ़र ने उसे छू लिया, उसका हाथ झिंझोड़ा और फिर पलट कर नौजवानों की तरफ देखा जो एकदम इतनी ज़ोर से हँसे कि शान्ति तक काँप गयी।

एक नौजवान होंठों पर व्यंग्यात्मक मुस्कराहट लिये आया और जाफ़र के हाथ को बहुत ही कोमलता से शान्ति के कन्धे पर से हटाते हुए कहा, "आप ज़रा उधर दीवार से लग कर बैठ जाइए, यह मोती हमने पाया है और हमारे हिस्से में आया है, सारा गाँव गवाह है।"

जाफ़र का सारा शरीर काँपने लगा, बिजली की सी तेज़ी से उसने छुरा निकाला

और पागलों की तरह चीखने लगा, "कोई छू कर तो देखे शान्ति को–शान्ति मेरी है... यह वर्षों से मेरी है... शान्ति को कोई नहीं ले सकता... किसी माँ के लाल में हिम्मत हो तो मेरे सामने आये..."

पचास-साठ नौजवानों के छुरे एक साथ हवा में लहराये और जाफ़र की आँखों के सामने अनगिनत अलाव नाचने लगे। "फैसला हो चुका है।" एक ने जाफ़र को डपट कर कहा, "शान्ति शेरे को मिल चुकी है।"

"शान्ति को कोई नहीं ले सकता!" एक बार फिर उसका शरीर काँपा।

नौजवान फिर एक साथ हँसे, "हट जाओ उधर," शेरे ने उसे धक्का दिया और शान्ति की तरफ बढ़ा और शान्ति बाँहें फैला कर जाफ़र की तरफ बढ़ी और जाफ़र यन्त्रवत शान्ति की तरफ बढ़ा। मगर शेरा फिर बीच में आ गया और शान्ति की बाँहें पकड़ खींच कर परे ले जाने लगा।

"शान्ति तुम्हारी नहीं!" जाफ़र चिल्लाया।

"तुम्हारी भी नहीं," शेरा चिल्लाया, "मिर्गी तो नहीं हो रही तुम्हें?"

"शान्ति किसी की भी नहीं," जाफ़र ने निश्चिन्तता से कहा, "शान्ति न तेरी है न मेरी है, यह किसी की भी नहीं। शान्ति को कोई नहीं ले सकता, न तुम न मैं, न कोई और..."

और फिर मरते हुए क्षितिज में जाफ़र का छुरा एक बुझते हुए शोले की तरह लपका और शान्ति के पेट में करवटें बदलता हुआ, दूसरी तरफ से निकल कर अपनी नोक को धरती में डुबो कर रह गया। आकाश में कांसी की गागर को एक बदली ने काट दिया था!!

आतिशे गुल

इतना चौंका देने वाला ज़र्द रंग मैंने पहले कभी नहीं देखा था। कुछ ऐसा महसूस होता था जैसे उसके गालों पर हाथ फेरा जाये तो तितलियों के परों की तरह सोने के से ज़र्रे छुट कर अँगुलियों में चले आयेंगे। उसे देखते ही सहसा मन होता था कि उसके चेहरे को स्पर्श करना चाहिए, सहलाना चाहिए, निचोड़ लेना चाहिए। न जाने यह उसकी अप्राकृतिक या दैवी ज़र्दी का असर था या उसकी सरेराह लुट कर रह जाने वाली जवानी की माँग। लेकिन मुझे केवल इतना स्वीकार करना है कि उसकी रंगत की ज़र्दी में बिजली की लहरों का सा असर था। कुछ ऐसा लगता था जैसे मैं उसकी तरफ खिंचा चला जा रहा हूँ और फिर एक दम मस्तिष्क को सनसना देने वाला झटका महसूस होता था और मैं दबी ज़बान से सिर्फ़ इतना ही कह पाता था, "और क्या लिखना है?"

वह केवल मुझ ही से पत्र लिखवाती थी। मैं उन दिनों बीमार और बेरोज़गार होकर गाँव चला गया था। वहाँ डी.एच. लॉरेन्स और ऑस्कर वाइल्ड की किताबों से दिल बहलाता था और जब उनकी गुदगुदाती हुई स्वादेयता मेरी इन्द्रियों को झनझना देती थी तो इक़बाल के लेक्चर मेरी सहायता के लिए तैयार रहते थे। इक़बाल मुझे दर्शन के शाहराहों पर से अतीत में ले जाता था और अतीत मुझे अब्बासिया वंश के खलीफ़ाओं के दरबार में घसीट ले जाता था और फिर एकदम दफें बजती थीं और नाचने वालों की एक भीड़ कहीं से उमड़ पड़ती थी। फिर अचानक मुझे उन नाचने वालियों में ऑस्कर वाइल्ड की स्लोमी दिखाई दे जाती थी, और धूप व लोबान की लहरें मेरी इन्द्रियों में घुस कर कानाफूसी करने लगती थीं, "तुम मेरा चुम्बन नहीं लेते थे ना?... नहीं लेने देते थे ना?" और फिर मैं स्लोमी पढ़ने लगता था।

मैं स्लोमी ही को पढ़ रहा था जब वह दबे पाँव मेरे पास आयी और मुझे कुछ ऐसा महसूस हुआ जैसे स्लोमी किताब के पन्नों से निकल कर मेरे सामने आ गयी है। एक क्षण के लिए मैं उसे घूरता रह गया था। वह समझी कि मैं उसे पहचानने की कोशिश कर रहा हूँ। शायद इसलिए वह बोली, "मैं गुलाबो हूँ... गुलाबो धोबन?"

मैं गुलाबो धोबन को जानता था लेकिन गुलाबो धोबन के चेहरे की ज़र्दी मेरे लिए अजनबी थी। वह एक साधारण सी लड़की थी। लेकिन साधारण चीज़ों की भीड़

में भी एक न एक चीज़ में कोई विशेषता ऐसी होती है जिसकी वजह से हम उसे चुन लेते हैं और महसूस करते हैं कि यह चीज़ उन सब चीज़ों से अच्छी है। क्यों अच्छी है? इसका जवाब हमारे पास नहीं होता। और इसीलिए मेरे पास भी इस सवाल का कोई जवाब नहीं कि जब गुलाबो एक साधारण सी लड़की थी तो, एक ज़माने में वह गाँव के सारे नौजवानों के बीच चर्चा का विषय क्यों बन गयी थी। मैंने एक बार उसके होने वाले मंगेतर रमज़ू से यही सवाल पूछा तो वह हैरान सा रह गया था। कुछ क्षणों के बाद वह मुस्करा दिया था और उसकी आँखों में कुछ ऐसी चमक आ गयी थी जैसे उसकी पुतलियों के उधर अचानक चिराग़ जल उठे हैं और वह केवल इतना ही कह सका था, "जिस दिन मुझे ये पता चल गया, उस दिन गुलाबो मेरे लिए मर जायेगी। मज़ा तो इसी में है कि कुछ ख़बर तक न हो और लुट जाओ।"

और अब यही गुलाबो सरसों के फूलों का सा ज़र्द चेहरा लिये मेरे सामने खड़ी थी और मुझसे अपना परिचय करा रही थी और बाहर आँगन में से अम्मी की आवाज़ आ रही थी, "उसे जल्दी से ख़त लिख दो बेटा, बेचारी बड़ी दुखी है। मैं तो जब भी इसे देखती हूँ तो कलेजा धक् से रह जाता है, लिख दो बेटा जल्दी से..."

"ख़त लिखवाना है?" मैंने पूछा।

"जी नहीं, दरख़्वास्त लिखवानी है, कमांडिंग अफसर के नाम... पेंशन का झगड़ा है..." वह पलंग के पाये से लगकर बैठ गयी और फिर बुकल के अन्दर से एक मुड़ा-तुड़ा काग़ज़ निकाल कर मेरे सामने रख दिया, "इस चिट्ठी का जवाब लिखवाना है।"

उस चिट्ठी को पढ़कर मुझे पहली बार मालूम हुआ कि रमज़ू मर चुका है। वह सन् 42 में भर्ती होकर कलकत्ते गया था और फिर बर्मा में वापस होते वक्त मारा गया था। बाद में मुझे उसके एक साथी ने बताया कि जब बर्मा के जंगलों में से गुज़रते हुए एक दम गुंजान झुण्डों में से उन पर गोलियों की बौछार होने लगी तो वह सब धप्प से ज़मीन पर लेट गये और जब वे पेड़ों के तनों की आड़ लेने के लिए रेंग-रेंग कर बढ़ने लगे तो रमज़ू उनके साथ नहीं था। वह उसी तरह मुँह के बल ज़मीन से चिमटा रह गया। और अब जब उसके साथी ने रमज़ू के पास जाकर उसे पुकारा और उसका सर उठाया तो वह मर चुका था। उसके चेहरे पर ज़र्दी खुंड गयी थी और लहू की कुछ बूँदें उसकी नाक से फूट कर उसकी मूँछों की जड़ों में जमा हो रही थीं... "फिर?" मैंने रमज़ू के साथी से पूछा, और उसने कुछ इस तरह मेरी तरफ देखा जैसे मेरा सवाल मूर्खतापूर्ण है, "फिर क्या! फिर हम वहाँ से चले आये।"

ठीक है, मेरा सवाल सचमुच मूर्खतापूर्ण था। उसके बाद सब वहाँ से चले आते हैं। सरकारी रजिस्टरों में दो शब्द अंकित होते हैं, पेंशन के झगड़े चलते हैं, स्वर्गीय सिपाही की कीमत चुकाई जाती है। उसके माता-पिता और उसकी पत्नी-बच्चों के बीच दस या पन्द्रह या बीस रुपयों की छोटी सी दीवार एक दरार बनकर उभर आती

है और उन दरारों की सुराख़ों में से कोई प्यार से नहीं झाँकता। यहाँ से एक-दूसरे की ओर केवल गालियों का आदान-प्रदान होता है और माँ-बाप के हाथों में कम्पन आ जाता है और विधवाओं के चेहरों पर सरसों फूलती है।

मैंने पीले चेहरे वाली गुलाबो की तरफ देखा। मैं अफ़सोस प्रकट करना चाहता था और उचित शब्दों की तलाश में था। जब उसने बुकल में से एक साफ-सुथरा काग़ज़ निकाला और बोली, "दरख़्वास्त के लिए ये मैं एक काग़ज़ भी लेती आयी हूँ। अंग्रेज़ी में इतना लिख दीजिए कि सरकार! मैं ये मानती हूँ कि रमज़ान की पेंशन पर उसके बाप का हक़ है। इसलिए कि वह बूढ़ा है। पर उसकी बीवी का भी तो हक़ है, इसलिए कि वह जवान है और उसके तीन बच्चे हैं और ग़ल्ला महँगा है और कपड़ा मिलता ही नहीं और जब औरत के पास न शौहर बाकी रहे और न रुपया तो... तो... तो बड़ी गड़बड़ हो जाती है। आप ज़रा कोई अच्छी सी बात बनाकर ढंग से लिखेंगे। मेरी तो बकवास की आदत हो गयी है।"

बात बनी-बनायी थी। मैंने गुलाबो की पंजाबी को अंग्रेज़ी में रूपान्तरित कर दिया। वह दरख़्वास्त लेकर चली गयी और फिर स्लोमी ने किताब के पन्नों में उतर कर कहा, "अच्छा तो तुम मुझे चुम्बन नहीं दोगे? नहीं दोगे?"

उसी रोज़ शाम से पहले मैं खेतों में टहलने गया। सर्दियाँ शुरू हो चुकी थीं और शाम से पहले ढलती धूप और लम्बे-लम्बे सायों के मिलन से एक बड़ी मोहक सी शीतलता हवा में रच जाती थी। स्नायु की बीमारी के बावजूद मुझ पर इस मधुर शीतलता का यह असर होता था कि कभी मैं गुनगुनाता हुआ दूर निकल जाता, कभी किसी टीले पर चढ़कर छाती फैला लेता, लम्बी-लम्बी साँसें लेता और मेरी यह दशा हो जाती जैसे नृत्य से कुछ देर पहले नर्तक को महसूस होता होगा। लेकिन उस शाम मुझे न गुनगुनाने का ख़याल आया न मधुर हवा की शीतलता को फेफड़ों में जमा करने का। मैं कुछ सोचता हुआ दूर निकल गया। 'कुछ' का शब्द मैंने इसलिए प्रयोग किया है कि बाद में जब मैं उन सोचों से चौंका तो मुझे महसूस हुआ कि मैं एक सीध में नहीं सोच रहा था। आरम्भ गुलाबो से हुआ था, फिर मुझे लाहौर में वसन्त का त्योहार याद आ गया था। जब मेरे एक हिन्दू दोस्त ने अण्डों की ज़र्दी का हलवा खिलाया था। उसके बाद जाने मुझे चीन क्यों याद आ गया। बहरहाल मैंने चीन के बारे में भी बहुत कुछ सोचा था। प्राचीन चीनी सम्राट और फिर क़ुबलाई ख़ान के दरबार की शान व शौकत और उसके मुर्दा शरीर पर सजे हुए शाही घोड़ों का नाच—क़ुबलाई ख़ान की रौंदी हुई लाश ने मुझे अपना एक दोस्त याद दिलाया जिसने हड़ताल और संख्या फाँक कर खुदकुशी कर ली थी और उसकी प्रेमिका जो तन्दूर में रोटियाँ पकाकर गुज़र करती थी, तीसरे ही दिन एक तन्दूर वाले से अपनी मर्ज़ी से एक सौ में बिक गयी थी और उसने कहा था, "पगले ने ख़्वामख़ाह मुझ बेचारी को बदनाम कर दिया, वर्ना मेरी ऐसी सूरत वाले तो एक हज़ार में भी सस्ते हैं।"

रुपयों की झंकार से मुझे रमज़ू की पेंशन याद आ गयी और फिर गुलाबो और.... फिर जब मैं चौंका तो डूबते हुए सूरज की ज़र्द धूप दूर तक फैले हुए सरसों के खेतों पर ऊँघ रही थी। सरसों के फूलों की साफ-सुथरी स्वस्थ ज़र्दी में चमक सी आ गयी थी और आकाश के मध्य में उड़ती हुई एक पतली सी बदली को डूबते हुए सूरज ने वसन्ती दुपट्टे में बदल दिया था।

और यूँ जब मैं अपनी बेमेल और अक्रम सोचों का निरीक्षण कर रहा था और मेरी आँखों के सामने और मेरे मस्तिष्क में ज़र्द रंग तैर रहा था तो संयोग से वहाँ पगडंडी पर हाफ़िज़ से मेरी मुठभेड़ हो गयी। यह गुलाबो का बूढ़ा श्वसुर था। अन्धा था इसलिए लोग उसे हाफ़िज़ कहने लगे थे। आँखों का काम लाठी से लेता था। उसकी लाठी साँप के फन की तरह उठती थी और फिर झुक कर पगडंडी का साफ-सुथरा सीना टटोल लेती थी और हाफ़िज़ एक-दो कदम आगे बढ़ा लेता था। मैं सीधा पगडंडी पर आ रहा था। इसलिए अब के हाफ़िज़ की लाठी का फन उठा तो झुका नहीं, बल्कि मुझे सूँघ कर ख़बरदार हो गया और हाफ़िज़ रुक गया, "कौन है भाई?" उसने पूछा। और जब मैंने अपना नाम बताया तो एकदम उसके होंठ काँपने लगे और फिर भर्राई हुई आवाज़ में बोला, "मुझसे तुम्हें क्या दुश्मनी थी बेटा? मैं तो तुम्हारे सारे ख़ानदान का पुराना ख़ादिम हूँ। मैं तो बरसों तुम्हारे बुज़ुर्गों का रकाब थाम कर कोसों पैदल चला हूँ और अपने नसीब पर नाज़ किया है। और अब बेटा तुम मेरे रमज़ू की पेंशन उस हरामज़ादी के नाम लगवाना चाहते हो जिसने तीन बच्चे जने हैं तो दस निकलवाये हैं और जिसने मस्जिद का तेल चुराकर अपने यारों के लिए पकौड़े तले हैं और जिस रोज़ मेरे रमज़ू की मौत का तार आया है तो उसी रोज़ उसने काजल लगाया है और विलाप करते हुए सारे गाँव को बताया है कि मैं सुहागन हूँ, सदा सुहागन हूँ..." बूढ़े हाफ़िज़ ने ये शब्द औरतों की तरह विलाप करने के ढंग से कहे और फिर उसके चेहरे पर तनाव सा पैदा हो गया, "नहीं बेटा, तुम उसकी चिट्ठियाँ न लिखा करो। ये पन्द्रह रुपये रमज़ू के माँ-बाप के लिए रहने दो, रमज़ू के घर वाली तो खुद बड़ी कमाऊ है।"

मैंने बूढ़े से बहस करना उचित न जाना और वहाँ से चला आया। लेकिन उसके बाद रोज़ाना बार-बार मेरा जी चाहा कि हाफ़िज़ और गुलाबो के यहाँ जाकर सबको जमा करूँ और रमज़ू के पेंशन के सम्बन्ध में उनकी सुलह करा दूँ। यूँ ही ख़्वाामख़ाह अपनाइयत का एहसास मारे डालता था। जैसे पन्द्रह रुपये के पीछे यह कशमकश खुद मेरे घर में हो रही है और एक दिन जब मैंने अम्मी से भी इसकी चर्चा की तो वह खुश हो गयीं।

"जाओ बेटा, अभी जाओ। दस दर दुनिया सत्तर दर आख़िर। जो एक भला करेगा उसका सदा भला होगा। उनसे कहो, आधी-आधी पेंशन बाँट लिया करें..."

मेरे सामने अचानक रमज़ू की लाश उभरी। ठक् से एक तलवार गिरी और रमज़ू

दो होकर रह गया और फिर जैसे उसके एक हिस्से को उसके माँ-बाप घसीटे लिये जा रहे थे तो दूसरे हिस्से से उसकी बीवी और बच्चे चिमटे चले गये थे। और अब मेरे सामने जमे हुए ख़ून के एक धब्बे के सिवा कुछ न था। मैंने तुरन्त इस तस्वीर को झटक दिया। स्नायु की बीमारियों पर क़ाबू पाने के लिए मैं किसी कल्पना, किसी ख़याल, किसी सोच को दृढ़ता से झटक देने का आदी हो रहा था। मगर उसके बाद एक दम जैसे मैं चकरा कर रह गया। मेरे सामने गुलाबो खड़ी थी।

गुलाबो से कुछ कहे बिना अचानक अम्मी ने बड़े गुस्से और कठोरता से बोलना शुरू कर दिया। हाफ़िज़ बकवास करता है। उसकी सारी उम्र बकवास करते गुज़री है। उसने कचहरी में जाकर क़ुरान शरीफ़ की झूठी क़समें खायी हैं और झूठी गवाहियाँ दी हैं, और अब वह गुलाबो के ख़िलाफ़ बकता है। बकने दो, चाँद का थूका मुँह पर आता है। तुम अफसर को एक और चिट्ठी लिख दो। अपने ज्ञान का पूरा ज़ोर लगा दो, और कहो कि रमज़ान की पेंशन का कोई हक़दार है तो यह गुलाबो है, उसकी बीवी। "आओ बेटी, बैठ जाओ, ख़त लिखवाना है।"

और गुलाबो के चेहरे की सरसों को जैसे डूबते हुए सूरज की रोशनी ने चमका दिया था। बजाय उसके कि वह हाफ़िज़ की बकवास से बद दिल होकर मुँह लटका लेती, मुस्कराने लगी और बोली, "तो मेरे आने से पहले इस घर में मेरी ही चर्चा हो रही थी।" जैसे हम माँ-बेटे ने उससे पहले उसकी चर्चा करके उसे एक सुनहरी सनद दे डाली थी। अम्मी ने तो ख़ैर आदत के अनुसार गुलाबो से प्रेम प्रदर्शन शुरू कर दिया, उसकी बेबसी व बेकसी पर वह न्यौछावर हो-हो गयी और हाफ़िज़ की बकवास का सारा विवरण गिन-गिन कर उन्हें रद्द करती रहीं। लेकिन मैं वहाँ से अपने कमरे में चला आया और अभी ठीक से बैठने भी न पाया था कि गुलाबो मेरे कमरे में आ गयी। पलंग के पाये से लग कर बैठ गयी और बुकल में से एक लिफ़ाफ़ा निकाल कर बोली, "ये जवाब आया है, पढ़ दीजिए।"

जवाब में आया था कि चूँकि रमज़ू ने अपनी ज़िन्दगी ही में तनख़्वाह और पेंशन का हक़दार अपने बाप को घोषित किया था और सोल्जर्स बोर्ड ने भी उसी के नाम की सिफ़ारिश की है, इसलिए पेंशन उसके बाप के नाम ही जायेगी। गुलाबो अगर चाहे तो अपील कर सकती है।

"तुम चाहो तो अपील कर सकती हो।" मैंने बड़े दुख से कहा।

"अपील भी कर लूँगी, मेरा क्या लगता है?" गुलाबो ने बड़ी निश्चिन्तता से जवाब दिया और फिर मुस्करा कर कहने लगी, "मेरे आने से पहले आप मेरी ही चर्चा कर रहे थे?"

"हाँ!" मैंने आश्चर्य से कहा और सोचा कि क्या उसकी चर्चा उसकी अपील पर प्राथमिकता रखती है। "हाफ़िज़ तुम्हारे ख़िलाफ़ बहुत बक रहा था।"

मेरे ये शब्द उसकी मुस्कराहट को बुझाने के लिए काफी थे। मगर वहाँ तो जैसे

जलती पर तेल पड़ गया। मुस्कराहट हँसी में बदल गयी और वह बोली, "पन्द्रह रुपये बुड्ढे के दिमाग़ में इस ज़ोर से बजे हैं कि मैं तो कहती हूँ कि अगर अब उसे जीता-जागता रमज़ू मिल जाये तो पेंशन बन्द हो जाने के डर से वह उसे अपने हाथों से मार डालेगा। रह गये मेरे बच्चे, सो बच्चे तो गलियों में रुलते-रुलते भी पल जाते हैं और मेरे बच्चों के सर पर तो एक छत भी है..." उसने अपनी मुस्कराहट समेट ली और फिर एक साफ-सुथरा काग़ज़ निकाल कर बोली, "अपील लिख डालिए और आख़िर में कहिए कि खुदा आपका भी भला करे और मेरा भी। मुल्क पंजाब में लोग भूख से कम ही मरते हैं। और मैं मर जाऊँगी, पर अपने बच्चों को भूखों नहीं मरने दूँगी। आपने तो पेंशन बुड्ढे के नाम लगाकर अपने सिपाही के बच्चों को मारना चाहा पर मैं भी तो उन्हें मरने दूँ—और मैं उन्हें नहीं मरने दूँगी।"—रुक कर उसने गला साफ किया और फिर ज़रा बदली हुई आवाज़ में बोली, "जी चाहता है, एक मोटी सी गाली भी लिखवा दूँ—"और फिर मुस्करा कर कहने लगी, "अंग्रेज़ी में गालियाँ होती हैं जी।"

मैं भी मुस्करा दिया—और पलंग के पाये का सहारा छोड़ कर उसने अपनी एक बाँह पलंग पर फैला दी और उस पर अपनी ठोढ़ी रख कर मुस्कराए चली गयी। एक अनुकूल अपील लिख कर मैंने उसके हवाले की। उसने काग़ज़ को तह करके उसे बुकल में रखा और फिर उसी तरह बाँह पर ठोढ़ी रखकर बोली, "सारा गाँव कहता है आपके कलम में बड़ी ताक़त है। सोचती हूँ अगर आज रमज़ू ज़िन्दा होता तो आपसे एक ख़त उसके नाम लिखवाती।"

मैं उदास हो गया और वह मुस्कराती रही। फिर एक दम जैसे उसे कुछ याद आया, हड़बड़ा कर उठी और कमरे से बाहर निकल गयी।

उसके जाने के बाद मैं देर तक बैठा लॉरेन्स की एक कहानी पढ़ता रहा। मगर जब कुछ पन्ने पढ़ लेने के बाद मुझे मालूम हुआ कि मैंने इस बीच पढ़ा कुछ नहीं बल्कि सोचा है और वह भी गुलाबो के बारे में, तो स्लोमी का ड्रामा पढ़ने लगा। और जब स्लोमी अपने सौतेले बाप और सगी माँ के सामने नाचने लगी तो अध्ययन ख़त्म हो गया और नाच शुरू हो गया और जब मेरे स्नायु तन कर लगभग बज उठे तो अम्मी अन्दर आयीं, बोलीं, "पढ़ रहे हो?" मैंने कहा, "अम्मी, सोच रहा हूँ कि अगर मेरे पास हर महीने पन्द्रह रुपये होते तो मैं उन्हें हाफ़िज़ के सामने बजाकर गुलाबो को दे आता। बड़ा गुस्सा आ रहा है।"

"पन्द्रह रुपये होते तो मैं अपने बच्चों का नया लिहाफ़ न बनवा लेती?" वह कील से चंगेर उतारती हुई बोली, "ऐसी बातें नहीं सोचते बेटा। तुम्हारे पास इल्म की दौलत है। वह जितनी चाहे बाँटो और रुपये बाँटने की न सोचा करो। तुम्हीं बताओ आज कितने दिनों से मैंने तुम्हारी चाय के साथ परांठा नहीं पकाया, बताओ!"

और मुझे यूँ महसूस हुआ कि जैसे मेरी स्नायु की बीमारी फिर उभर आयी है और डॉक्टर कहता था कि यह बीमारी मानसिक होती है। आज वह डॉक्टर मेरे सामने होता तो मैं उससे कहता, ''लाओ मेरी दोनों जेबें रुपयों से ठूँस दो, फिर मैं तुमसे पूछूँगा कि यह बीमारी मानसिक है या आर्थिक।'' मैं तुरन्त उठकर बाहर खेतों में चला गया और 'कुछ' सोचते हुए बहुत दूर निकल गया।

'कुछ' गोपनीय है और मैं इसके लिए माफी चाहता हूँ, लेकिन जब सोचों में कोई क्रम न हो तो कहा ही क्या जाये। इतना याद है कि मैं रुपये के बारे में और फिर दक्षिणी अफ्रीका में सोने की खानों के बारे में और उसके बाद शायद डूबते चाँद के बारे में और फिर सरसों के फूलों के बारे में सोचता रहा। उस रोज़ हृदय गति भी बढ़ गयी और ख़ून का दबाव इतना ज़्यादा हो गया कि मालूम होता था कनपटियों में सीसा भर दिया गया है। फिर जब मैं वापस आया तो यह वापसी भी मेरी सोचों ही का एक हिस्सा थी और जब मैं गुलाबो के घर में दाख़िल हुआ था तो यह भी मात्र एक सोच ही थी। कुछ सोचें इस प्रकृति की होती हैं कि सोच में जिस्म भी मस्तिष्क का साथ देता है, शरीर भी सोचता है और जब शरीर सोचता है तो उस सोच में गति होती है, यह सोच की क्रिया होती है और यही सोच मुझे गुलाबो के घर में ले आयी। लेकिन जब आँगन के अपरिचित परिवेश और बच्चों की चीख़-पुकार ने मेरे मस्तिष्क और शरीर को इस स्थिति से चौंकाया तो ठिठक कर रह जाने के बजाय मैं त्यौराकर पीछे हटा जैसे किसी ने मेरी ठोढ़ी के नीचे ज़ोर का मुक्का मारा है, और मैं भाग खड़ा हुआ। यह मैंने मुहावरा नहीं इस्तेमाल किया, मैं वहाँ से सचमुच भाग आया, मगर भाग कर घर नहीं गया, खेतों में निकल गया। उस वक़्त सरसों के फूल अँधेरे में डूब चुके थे, अलबत्ता इधर-उधर कुछ जुगनू यूँ उड़ते फिर रहे थे जैसे सरसों के फूलों को पंख लग गये हों।

घर वापस आकर मैंने इकट्ठी चार नींद की गोलियाँ खा लीं और रात भर स्लोमी के हाथों पर सजे हुए सुनहरी थाल में स्लोमी के महबूब का कटा हुआ सर देखता रहा, जिसके अध खुले मुर्दा होठों पर बार-बार स्लोमी की भावनाओं और पागलपन से उभरे होंठ पैवस्त हो जाते थे और स्लोमी कहती थी, ''अच्छा, तो तुम मुझे चुम्बन नहीं लेने देते थे ना?–नहीं लेने देते थे ना?''

शायद मैं नींद में स्लोमी के शब्द भी बड़बड़ाता रहा, इसलिए कि जब दूसरे दिन काफी दिन चढ़े अम्मी ने मुझे जगाया तो उनके चितवन पर कुछ ऐसे ही बल थे जैसे उस दिन उभरे थे जब मेरा ओवलटीन मिला दूध पी जाने पर मैंने बिल्ली को माँ की गाली दे दी थी।

अर्धमूर्छित अवस्था में चाय पीकर मैं फिर सो गया और दिन ढले उठा। मेरा सारा बदन टूट रहा था और अम्मी जो बाहर सहन में बैठी थीं, बोलीं, ''न खुदा का नाम न रसूल का। बस, पड़ा पलंग तोड़ रहा है, शाम को सोया है तो अब दूसरी शाम

होने को आयी है कि आँख खुल सकी है। यह तुम बीमार हो कि कोई नशा पीते हो...?'' वो इसी तरह बोले चली गयीं और मैं हालात को सँभालने के लिए लपक कर उनके पास पहुँचा, उनसे लिपट गया, उनके हाथों को चूमा, उनके पाँव दाबे और गिड़गिड़ा कर कहा, ''नहीं अम्मी, सच, फिर ऐसा नहीं होगा। रात मुझे नींद नहीं आ रही थी, इसलिए नींद की गोलियाँ खा लीं। ये सब उन्हीं का किया-धरा है। अब तक आँखें बन्द हुई जा रही हैं।''

''और ये तुम रात भर क्या बकते रहे?'' अम्मी के चितवन के बल और गहरे हो गये।

''ख़्वाब देखता रहा,'' मैंने घबराकर कहा, ''मैं एक किताब पढ़ रहा हूँ, उसमें एक शहज़ादी है जो...''

''बस बस, मुझे बख़्शो,'' वह बोलीं, ''सोते में थोड़े बके हो कि अब पूरी कहानी सुनाने चले हो मुझे–? और फिर लोग़ कहते हैं कि औलाद को इल्म पढ़ाओ–और जो पढ़ाओ तो सोते-जागते शहज़ादियाँ देखी जा रही हैं और उनसे...उनसे बकवास की जा रही है।''

बड़ी मुश्किल से अम्मी को मनाकर मैं निश्चय करके उठा कि ऑस्कर वाइल्ड की किताब नष्ट कर दूँगा। साहित्य और कला स्नायु की बीमारियों के कारण होते हैं और ख़ास तौर से ऑस्कर वाइल्ड तो सरासर स्नायु है। मैं उठा ही था कि हवेली के दरवाज़े में से गुलाबो दाख़िल हुई और मैंने सोचा कि उस किताबी स्लोमी को नष्ट करूँ या इस जीती-जागती स्लोमी का गला घोंट दूँ जो मेरे पास चार मिनट बैठती है तो मुझे चार नींद की गोलियों का मोहताज कर जाती है।

अम्मी के पास बैठकर उसने चादर का पल्लू खोला और मुस्करा कर बोली, ''अभी-अभी शेरा ये नन्हे-नन्हे बेर लाया है, मैंने कहा मौसम का फल है, शायद ये पसन्द करें!'' उसने मेरी तरफ देखा और मैं घबराकर बेरों को देखने लगा। ख़ून के आँसू मैंने कभी देखे नहीं, इसलिए बेरों को उनसे उपमा नहीं दूँगा। लेकिन इसका क्या किया जाये कि ऐसा मालूम होता था जैसे गुलाबो के दामन में नन्हे-नन्हे बेर नहीं बल्कि वह अपने ही ख़ून के आँसू जमा कर लायी है–लेकिन वह तो मुस्करा रही थी और उसकी आँखों में बड़ी साफ-सुथरी चमक थी...ऐसी आँखें तो सिर्फ़ चमकने के लायक़ हैं, लेकिन ये चमक आती कहाँ से है? ख़ून में भी तो चमक होती है। मैंने अपनी आदत के अनुसार सर झटका और उन ख़यालों को शबनम की तरह झाड़ दिया।

मुट्ठी भर बेर उठाकर मैं बोला, ''बड़े खूबसूरत बेर हैं।''

''मीठे भी हैं।'' उसने कहा।

''इतने प्यारे बेर मीठे नहीं तो खट्टे होंगे,'' अम्मी ने कहा।

''ठीक है, हुस्न का स्वाद बड़ा मोहक होता है।'' मैंने दर्शन बघारा लेकिन

अफसोस है कि न इसे अम्मी समझीं न गुलाबो।

अम्मी ने पूछा, "क्या कहा?"

घबराकर मैंने अपनी थ्योरी की टीका की, "ख़ूबसूरती का भी एक स्वाद होता है। हम ख़ूबसूरत चीज़ को आँखों से देखते हैं लेकिन स्वाद ज़बान पर महसूस होता है।"

"ऐ हे, इसमें तो कीड़ा है।" अम्मी ने बड़ी नफ़रत से एक बेर को दूर फेंक दिया और गुलाबो की आँखों की चमक गायब हो गयी। उसका रंग एकदम भयानक रूप से ज़र्द पड़ गया और वह गुनहगारों की तरह बड़ी दीनता से बोली, "मैं तो समझी थी कि इस मौसम में कीड़े होते ही नहीं।"

"कीड़ों का भी कोई मौसम होता है।" अम्मी ने बेरों को गुलाबो ही के दामन से ढाँप दिया था और वह फिर मुझसे सम्बोधित हुईं, "फेंक दे इन्हें। तू तो पहले ही बीमार है।"

मैं दो-दो सदमे से दो-चार था। एक तो हुस्न के ज़ायक़े की थ्योरी ग़लत हो गयी थी, दूसरे गुलाबो उदास हो गयी थी और गुलाबो की उदासी थ्योरी की हार से ज़्यादा अहम थी। इसलिए मैंने कहा, "खाऊँगा नहीं अम्मी, इन्हें अपने पास रखूँगा, बड़े खूबसूरत हैं। मोती हैं बिलकुल..." और यह कह कर मैं वहाँ से चला आया। फिर जब गुलाबो मेरे पास आयी तो मुझे मालूम हुआ कि मेरी इस बात ने उसे काफी सँभाल दिया है। चेहरे की ज़र्दी में से आसेब का तत्त्व गायब हो चुका था। वह आकर चुपचाप मेरे पास खड़ी हो गयी और चीनी की उस प्लेट को देखने लगी जिसमें नन्हे-नन्हे ताज़ा बेर चमक रहे थे।

"एक दिन की बहार है," वह बोली, "कल तक मुरझा जायेंगे।"

न जाने मुझे यूँ क्यों महसूस हुआ जैसे गुलाबो को मेरे सामने ऐसी बातें नहीं करनी चाहिए। कैसी बातें? यही बहार की, और मुरझा जाने की। क्यों नहीं करनी चाहिए? बस, नहीं करनी चाहिए। वह शौक़ से आये, ख़त पढ़वाए, ख़त लिखवाए और अपनी राह ले। ये आग माँगने आना और घर की मालकिन बन बैठना तो शिष्टाचार के विपरीत भी है और भौंडा भी, "कोई ख़त पढ़वाना है?" मैंने उसी भावना से यह सवाल किया।

उसका चेहरा एकदम बदल गया और उस वक्त उसने मुझे यूँ टकटकी बाँध कर देखा कि अगर मैं तुरन्त नज़रें नीची न कर लेता तो मेरी पुतलियाँ फट जातीं। मैं यूँ ही नीचे ही देख रहा था, जब वह पलटी और चली गयी। और जब वह चली गयी तो मुझे अपने आप पर बड़ा गुस्सा आया। जी चाहा कि तुरन्त उसके पीछे भागूँ और उससे माफी माँग लूँ और कहूँ कि हाँ, ये बेर तो मुरझा जायेंगे, मगर मुरझा कर भी ये ख़ूबसूरत रहेंगे। हुस्न ताबूत में बन्द होकर भी हुस्न ही रहता है वग़ैरह, वग़ैरह। मगर बाहर अम्मी का पहरा बैठा था और ऊपर आसमान पर सूरज मुँह फाड़े खड़ा

था और गलियाँ चल रही थीं। मैंने अपना प्रोग्राम स्थगित कर दिया।

मैं कुछ देर तक कमरे में टहलता रहा। फिर जब बाहर आया तो अम्मी ने पूछा "क्या कहती थी गुलाबो?" बड़ा बेढब सवाल था। जब सवाल के जवाब में कोई झूठ गढ़ना पड़े तो सवाल को बेढब न कहा जाये तो और क्या कहा जाये। मैंने तुरन्त तो नहीं, अलबत्ता थोड़ा सा सर खुजा कर एक-आध बार खाँस कर एक भौंडा सा झूठ गढ़ ही लिया, "कहती थी, कल एक अपील कमांडिंग ऑफिसर के नाम लिखी है, आज एक और कमांडिंग इन चीफ के नाम लिख दो।"

"लिख देते," उन्होंने कहा।

"मूड ठीक नहीं था," मैंने टालना चाहा।

"क्या ठीक नहीं था?" उन्होंने पूछा।

"तबीयत ठीक नहीं थी," मैंने स्पष्ट किया।

और अम्मी को गुस्सा आ गया, "और खाओ नींद वाली गोलियाँ..." और इसके बाद उन्होंने एक लम्बा-चौड़ा भाषण दे दिया और मैं वहाँ से चला आया। जाने आज अम्मी को क्या हो गया था कि बात बे बात पर एक भाषण दे डालती थीं।

नियमानुसार खेत में टहलने के बाद दिया जले मैं गाँव में दाख़िल हुआ तो गलियाँ सुनसान थीं। मैं गुलाबो के घर की तरफ से होकर गुज़रा आँगन में झाँका, अन्दर कोठे में टीन के बक्स पर टीन का दीया जल रहा था और गुलाबो अपने तीनों बच्चों के साथ ज़मीन पर बैठी खाना खा रही थी। कोठे के दरवाज़े तक पहुँचने में मुझे लम्बा सफर तय करना पड़ा, यही मानसिक यात्रा। बड़ी अजीब सी बात थी ना। मैं गुलाबो धोबन से शाम के सन्नाटे में माफी माँगने आया था और नहीं जानता था कि माफी कैसे माँगूँगा, और क्या वह मुझे माफ कर देगी, और अगर वह माफ न करेगी तो मेरा क्या बिगड़ेगा। यही ना कि वह मुझसे चिट्ठियाँ नहीं लिखवाएगी, न लिखवाए। और फिर अचानक मुझे कुछ ऐसा लगा जैसे मेरा जिस्म किसी बूढ़े पेड़ का खोखला तना बन कर रह गया है। शून्य... शून्य... और इसीलिए मैं पलटने के बजाय आगे बढ़ता गया, और इसीलिए मुझे लम्बी यात्रा तय करनी पड़ी।

"आप...।" वह बौखला कर खड़ी हो गयी। बच्चों के हाथ और मुँह भी जहाँ थे वहीं रुक गये। सबसे छोटे बच्चे का निवाला मुँह के पास आकर रुक गया था और पतली दाल की बूँदें उसकी अँगुलियों पर से होते हुए नीचे गिर रही थीं।

यद्यपि मैं बोल न सका मगर शायद मेरा सारा वजूद साक्षात् दोषी बन गया था। गुलाबो ने फौरन पलंग पर खेस बिछाया और बोली, "अन्दर आ जाइए ना, मेरे दिल पर आपकी बात से ज़रा सा भी मैल आया हो तो मरते दम मुझे कलमा पढ़ना नसीब न हो, आइए।"

मैं अन्दर आ गया, और फिर जब बाहर गया तो इतना मालूम है कि उस अवधि में मेरे वजूद का सारा शून्य भर चुका था। गुलाबो ने मुझे माफ कर दिया था, और

वह हैरान थी कि मेरे आने की खुशी में क्या कुछ करे और क्या न करे। वह हाँफने लगी थी। उसे एक जगह चैन से बैठना मुश्किल था। वह मुझे निरन्तर दुआएँ दिये जा रही थी और निरन्तर मुझे घूरे जा रही थी। उसने रमज़ू की पेंशन की एक बार भी चर्चा नहीं की, बूढ़े हाफ़िज़ की ज़्यादतियों का क़िस्सा एक बार भी नहीं छेड़ा। बच्चों तक की परवाह न की। और जब मैं वहाँ से उठा तो बोली, ''बुरा न मानिएगा, एक बात कहनी है, उन बेरों में कीड़े-वीड़े नहीं हैं। ये जो आपकी अम्मी ने एक बेर में कीड़ा देखा था ना, तो यह कीड़ा बेर में नहीं था, मुझमें था। और आजकल मुझसे कीड़े निकालने की रस्म गाँव में आम हो रही है, आप बुरा न मानिएगा!'' गुलाबो की बात कुछ समझ में नहीं आयी थी, लेकिन जिस अपनाइयत से उसने यह बात की थी वह कुछ ऐसी उलझाऊ नहीं थी। दरवाज़े से निकल कर जब मैं बाहर गली में आया तो अचानक मेरे टख़ने से एक लकड़ी बजी, यह बूढ़े हाफ़िज़ की लाठी थी, ''कौन है?'' उसने अँधेरे में कहा। और जब मैंने अपना नाम बताया तो वह देर तक खामोश रहा, जैसे मेरा जवाब सुनते ही अँधेरे में घुल गया है। कुछ क्षणों के बाद वह कुछ बोले बिना लाठी बजाता हुआ वहाँ से चल दिया। लेकिन मोड़ पर जाकर वह रुक गया और जैसे उसे विश्वास था कि मैं अभी तक उसी जगह खड़ा हूँ। भर्राई हुई आवाज़ में बोला, ''कोई बात नहीं बेटा, कोई बात नहीं। वक्त-वक्त और ज़माने-ज़माने की बात है।''

''बेवकूफ़।'' मैंने मन ही मन कहा और वहाँ से चला आया।

सुबह को जब मैं चाय पीने के लिए उठा तो अम्मी ने पूछा, ''कल शाम को तुम गुलाबो के यहाँ गये थे?''

''जी हाँ!'' मैंने आश्चर्य से कहा।

''वहाँ न जाया करो,'' उन्होंने थोड़ी दृढ़ता से कहा,'' विधवाओं के यहाँ नहीं जाया करते।''

''पर आख़िर क्यों अम्मी?'' मैं जानबूझ कर अनजान बन रहा था।

''लोग बातें बनाते हैं।''

''कैसी बातें?''

''बकवास!'' यूँ तो बात आगे न चल सकी, मगर मेरे ख़यालों में चलती रही। और काफ़ी देर के बाद मैंने अम्मी से जाकर पूछा, ''आपको किसने बताया था?''

''गुलाबो की सास ने, क्यों?''

''कुछ नहीं।''

बहुत दिनों तक गुलाबो मेरे पास न आयी और न उसके पास मैं गया। अलबत्ता उसके बारे में इधर-उधर की बातें सुनता रहा और कुढ़ता रहा। गाँव की वह कौन सी विधवा है, जिस पर दोष नहीं थोपा गया। हवलदार अनवर बेग की विधवा के बारे में तो ये तक कह दिया गया था कि रात को अपने आँगन में नंगी लेट जाती

है और यह तक पूछने का कष्ट नहीं करती कि कौन आया, कौन गया। और फिर गुलाबो तो रमज़ू धोबी की बीवी थी, फिर वह ग़रीब थी, और उसके तीन बच्चे थे।

मैंने अम्मी से एक दिन उन अफ़वाहों के बारे में कहा तो वे बोलीं, "इल्ज़ाम किस-किस पर नहीं धरे गये बेटा? हज़रत मरियम को लो, हज़रत आयशा को लो, हिन्दुओं के राम की पत्नी सीता को लो—बकवास भी कभी रुके हैं बेटा? आदमी बकवास न करे तो आदमी कैसे कहलाये? नया-नया बच्चा पैदा हो तो उसके कान में अज़ान देने वाला अज़ान नहीं पढ़ता, उस रुपये को याद करता है जो अज़ान के बदले उसको मिलेगा। अब बताओ उस बच्चे को अल्लाह और रसूल के पाक नाम की बरकत मिलेगी कि रुपये का लालच, और उस लालच के पीछे बकवास करने की आदत।"

"मेरे कान में किसने अज़ान दी थी अम्मी?" मैंने संजीदगी से पूछा, मगर अम्मी को एकदम हँसी छूट गयी और मुझे हल्के से एक चपत मार कर बोलीं, "बकवास नहीं करते।"

एक दिन मुंशी जी ने क़स्बे से आया हुआ एक थैला खोला तो मैं भी वहीं मौजूद था, उसमें गुलाबो के नाम की एक सरकारी चिट्ठी भी थी। बाक़ी डाक देखे बिना मैं सीधा घर आ गया और इस विश्वास के साथ कि गुलाबो यह ख़त पढ़वाने ज़रूर आयेगी मैं दिन भर बैठा स्लोमी पढ़ता रहा। आजकल यह ड्रामा सिर्फ़ वक्त टालने के काम आता था, इसलिए उसे मैंने कई बार पढ़ डाला था। आज एक बार फिर पढ़ रहा था। अब न चाँद की ज़र्दी मुझे प्रभावित करती थी, न स्लोमी का हुस्न, न उसके प्रेमी की स्वच्छन्दता और न मुर्दा होठों से ज़िन्दा चमकते हुए उभरे-उभरे होठों का स्पर्श। मेरी समस्त इन्द्रियाँ श्रवण में बदल गयी थीं। आँखों तक से सुनने का काम ले रहा था। क़दमों की ज़रा सी चाप मुझे चौंका देती थी, मगर शाम हो गयी और फिर रात आ गयी, मगर गुलाबो दूसरे दिन भी न आयी।

वह तीसरे दिन भी न आयी।

चौथे दिन जब अम्मी मुझे यूँ बेकार रहने पर झिड़क रही थीं तो गुलाबो का बड़ा लड़का शेरा आया और मेरे पास आकर बोला, "माँ कहती है मेरी एक बात सुन जाइएगा।"

"कब?" मैंने पूछा।

"शाम को," वह बोला "अभी-अभी तो वह पानी भरने जा रही थी।"

"पानी भरने जा सकती है और यहाँ आते हुए उसके पाँव घिसते हैं," अम्मी ने डपट कर कहा, "जाकर कह दो कि नहीं आयेगा मेरा बेटा, काम है तो खुद आ जाये।" लड़का मशीन की तरह मुड़ गया।

मुझे अम्मी पर बड़ा गुस्सा आया और यह गुस्सा अभी बढ़ ही रहा था कि शेरा दोबारा मेरे कमरे में दाख़िल हुआ। उसके पीछे-पीछे अम्मी थीं। वह बोला, "माँ कहती है, मैं तो आ जाऊँ पर आपकी बदनामी का डर है।"

अम्मी ने मेरी तरफ घबरा कर देखा और बच्चा चुपचाप जवाब के इंतज़ार में खड़ा रहा।

"आऊँगा..." मैंने कहा और वह मशीन की तरह घूम गया।

अम्मी भी चुपचाप पलट गयीं।

एक क्षण के बाद वे आयीं तो आँसू पोंछ रही थीं, "ये लोग बेचारी बेवा औरतों को जीने तक नहीं देते। दे इल्ज़ाम पर इल्ज़ाम और बदनामी पर बदनामी। और वह लड़की धोबन होकर भी इतनी शरीफ़ है कि कहती है कि आऊँगी तो आप बदनाम हो जायेंगे। पैसे-पैसे को भी तरसो और मुफ्त की लानतें भी ढोते फिरो। ये भी कोई जीना है।" अम्मी की आँखों में अचानक बहुत से आँसू आ गये। उन्हें पोंछ कर वे बोलीं, "शाम को चले जाना पर बेटा छुप कर जाना, बदनामी का डर है।"

शाम से पहले मैं खेतों में चला गया और दीया जले वापस आया तो सीधा गुलाबो के आँगन में जा निकला। वह मेरे इंतज़ार में थी। अन्दर कोठे में टीन के बक्स पर हरिकेन लैम्प जल रहा था और बच्चे वक्त से पहले सो गये थे।

मैंने यह कहानी गुलाबो के ज़र्द रंग से शुरू की थी। मगर आज इतने दिनों के बाद मैंने गुलाबो को देखा तो सोच में पड़ गया कि क्या गुलाबो का रंग सचमुच कभी ज़र्द भी था? उस वक्त तो गुलाबो के चेहरे की यह दशा थी कि ज़रा सा छू लो तो जैसे रोमछिद्रों में से रक्त के धारे बह निकलेंगे। सच्ची बात क्यों न कह दूँ, कुछ क्षणों के लिए तो मैं देखता रह गया। और जब अचानक मुझे एहसास हुआ कि मैं उसे घूर रहा हूँ तो मैंने देखा कि वह भी निरन्तर मुझे घूरे जा रही है। लेकिन नहीं, वह मुझे घूर नहीं रही थी, सिर्फ़ देख रही थी। और उस देखने में बहुत सी परिस्थितियाँ थीं। आज न वह मुझे दुआएँ दे रही थी, और न बेचैन थी। बड़ी शान्ति से कुछ इस तरह देखे जा रही थी जैसे कोई आसमानी ग्रन्थ पढ़ रही है। मैं इस निरन्तरता से कुछ घबरा सा गया और बेचैन होकर बोला, "चिट्ठी पढ़नी है?"

वह सहसा हँस दी, साथ ही रो भी पड़ी। उसके होठों पर मुस्कराहट थी और आँखों में आँसू थे, और उसने पहली बार मेरे चेहरे से नज़रें हटा कर कहा, "चिट्ठी जाये भाड़ में, मुझे पढ़िए।"

मैं खिसियाना सा होकर मुस्कराया और इधर-उधर देखने लगा। बच्चे नये-नये, साफ-सुथरे लिहाफ़ों में सो रहे थे। सबसे छोटे लड़के का एक हाथ खाट की पट्टी पर से लटक रहा था। उस हाथ में मिठाई थी।

और गुलाबो का रंग गुलाबी था।

मैं जैसे भटक कर किसी दूसरी दुनिया में चला आया हूँ, मैंने कहा, "मैं तुम्हारा

मतलब नहीं समझा?''

और जैसे आप बाग़ में सैर करने जा रहे हों और अचानक एक पत्थर तड़ से आपकी कनपटी पर पड़े और आप दर्द से ज़्यादा डर के मारे हैरान रह जायें, बिलकुल उसी तरह गुलाबो ने तड़ से यह जुमला मेरे दिमाग़ पर दे मारा।

''मुझे आपसे प्यार है...'' और मैं हैरान रह गया।

''यह सुर्ख़ रंग... यह...'' उसने अपने गालों को अपने ही हाथों से रगड़ लिया... ''यह... यह सुर्ख़ रंग।'' अब उसके हाथ सुर्ख़ हो रहे थे और चेहरे के जिस हिस्से को हाथों ने मला था उसमें सरसों फूली पड़ रही थी, ''आप तो पढ़े-लिखे हैं। आपको तो मुलम्मे से धोखा नहीं होना चाहिए।''

मैं खामोश रहा। गुलाबो की चोट का डर तो दूर हो चुका था मगर और अब तेज़ दर्द और बेचैनी ने मेरी इन्द्रियों को सुकेड़ दिया था। और इसीलिए मैं कुछ न बोल सका और वह जैसे मुझे यक़ीन दिलाने के लिए दोबारा बिलकुल रो कर बोली, ''मुझे आपसे प्यार है।''

''फिर?'' मैंने डॉक्टरों की तरह कहा।

''फिर?'' वह इधर-उधर यूँ देखने लगी जैसे मँझधार में घिर गयी है, ''फिर...?'' उसने यह शब्द बहुत हल्के से दुहराया।

और फिर एक क्षण की खामोशी में अचानक मेरे मस्तिष्क में इस पहेली का हल उभरा। ख़्वामख़ाह मेरे मस्तिष्क पर स्लोमी का पात्र चस्पां होकर रह गया था। उसे झटक कर मैंने विजयी भाव से कहा, ''देखो गुलाबो, मैं तुम्हारा मतलब समझ गया हूँ। इंसान सचमुच ऐसे हालात में मजबूर हो जाता है।'' वह सँभल कर बैठ गयी और आँसू पोंछ डाले। मैंने कहा, ''तुम्हें मुझसे प्यार है इसलिए कि तुम बेवा हो और तुम्हारे तीन बच्चे हैं और तुम्हारे शौहर की पेंशन में से तुम्हें एक कौड़ी तक नहीं मिलती, लेकिन मेरे पास भी तो कुछ नहीं। मैं तुम्हारे प्यार का क्या बदला दूँ? मैं भी तो ग़रीब हूँ।''

गुलाबो की आँखों में जो आँसू आ चुके थे वो तो ख़ैर आ ही चुके थे और वह पलकों की जड़ों में फैल गये थे। लेकिन उसके बाद उसकी आँखों से एक भी आँसू न फूटा। उसके होंठ बुरी तरह काँपने लगे और होठों के साथ ठोड़ी भी। और फिर उसके सारे शरीर में कम्पन प्रवेश कर गया और गालों पर हल्दी जैसा पीला-पीला दाग़ उभर आया। उसकी अँगुलियाँ मिर्गी के मरीज़ों की तरह ऐंठ गयीं और उसके मुँह से आवाज़ कुछ इस तरह निकली जैसे वह बहुत गहरे कुएँ की तह में पड़ी बोल रही है, ''मैं ग़रीब नहीं हूँ, ग़रीब हों आपके और मेरे बच्चों के दुश्मन, मैं क्यों ग़रीब रहूँ? मैंने कौन सा गुनाह किया था कि मुझे भूखों मरने की सज़ा दी गयी? पर मैं यह सज़ा नहीं भुगतूँगी। मैं मरूँगी न अपने बच्चों को मरने दूँगी। मैंने रुपये का इन्तज़ाम कर लिया है। जब तक यह सुर्ख़ मुलम्मा मेरी ज़र्दी को छुपा सकता है मेरी पेंशन

बँध गयी है। हफ़्ते में एक-दो छोकरे ज़रूर फंसा लेती हूँ और हर छोकरे से दो रुपये भी लूँ तो महीने में पन्द्रह-बीस तो मिलते ही रहेंगे। क्या आपने हमारे नये लिहाफ़ नहीं देखे? आपने मेरी लालटेन नहीं देखी? आपने मेरी यह सोसी की क़मीज़ और तहबन्द भी नहीं देखा? आपने तो सिर्फ़ ये पढ़ा है कि मुझे पैसा चाहिए..." उसकी आवाज़ में अधिकार सा आ गया, "नहीं, पैसा देने वाले और बहुत हैं। मुझे आपसे प्यार है। आपसे मुझे पैसा नहीं चाहिए, चुम्बन चाहिए, आप मुझे चुम्बन देंगे?"

मैं भड़क कर पीछे हटा और उठ खड़ा हुआ और दरवाज़े से निकल जाना चाहा। लेकिन वह मुझ पर यूँ झपटी जैसे गिद्ध शिकार पर झपटता है, "तो क्या आप मुझे प्यार के बदले प्यार नहीं देंगे?... नहीं देंगे...? नहीं देंगे...?"

और मैं सोचता हूँ कि क्या स्लोमी के प्रेमी ने अपने मुर्दा होठों पर स्लोमी की तरोताज़ा भावनाओं की तेज़ी से उभरे-उभरे होठों के स्पर्श के चकरा देने वाली तल्ख़ी मेरी तरह महसूस की थी... लेकिन ये बिलकुल दूसरी कहानी है!!

ममता

पाकिस्तान से मुझे बर्तानिया के एक अफ़सर ने भर्ती किया और चीन के एक द्वीप हांगकांग में भेज दिया, जहाँ चीनी बसते थे और अंग्रेज़ गवर्नर राज करता था। मुद्दतों से हांगकांग पुलिस के लिए पंजाब से सिपाहियों के गिरोह आयात किये जाते ही थे लेकिन अब उधर यूरोप में हिटलर ने जंग छेड़ दी थी और अंग्रेज़ वहाँ बहुत उतावला हो रहा था। इसलिए हांगकांग पुलिस के लिए पंजाबी नौजवानों की माँग दुगुनी हो गयी थी। मैं कुछ ऐसे गठे हुए शरीर का जवान नहीं हूँ, फौजी भर्ती में कई बार मुँह की खाई है, मगर अब के डॉक्टर ने मेरी बाहर निकली हुई पसलियों से नज़रें बचाकर मेरे ऊँचे क़द की प्रशंसा की और कहा कि इतने लम्बे क़द नौजवान सिपाही को देखते ही चीनी बालिश्तिये दहल कर मर जायेंगे। हांगकांग पुलिस में छः फुट से कम क़द के नौजवानों को भेजना बहुत बड़ी सियासी ग़लती है और इस ग़लती की सुधार का नतीजा मुझे हांगकांग ले आया।

मैंने पुराने हांगकांगी सिपाहियों से सुन रखा था कि हांगकांग में बड़े मज़े हैं। हर उस देश में पुलिस के बड़े मज़े हैं जिस पर कोई दूसरा देश राज करता है और हांगकांग तो पुलिस का स्वर्ग है। छोटे क़द की भिखारी चीनी औरतों को सड़कों और बाज़ारों की पटरियों पर से भगा दो और जब उनकी गोदों में से उनके बच्चे पाँव के जूतों की तरह निकल जायें तो उन बच्चों को गन्दे चिथड़ों की तरह चुटकी से पकड़ कर उनकी माँओं की तरफ उछाल दो, और पुलिस हेडक्वार्टर में आकर उस रुपहली सेवा की सुनहरी सनद प्राप्त कर लो। कोलोन और असली चीन की सीमा पर हर आने वाले चीनी यात्री की तलाशी लो और उसका बोझ हल्का करके उसे फिर चीन में धक्का दे दो। समुन्दर किनारे की सैरगाहों में घूमती हुई नौजवान चीनी लड़कियों में से जिसे चाहो चुन लो और उसके साथ साये की तरह लगी हुई उसकी माँ की मुट्ठी में कोई ठीकरी थमाकर लड़की को अपनी बैरक में ले जाओ और पूरे बैरक को खुश व कृतज्ञ करो और अगर कोई सार्जेन्ट छापा मार बैठे तो लड़की को उसके हवाले करके चैन की नींद सो जाओ। अर्थात् बड़े मज़े थे। लेकिन जब हमारा जहाज़ सिंगापुर पहुँचा तो एक मद्रासी जहाज़ी ने हवाई उड़ा दी कि इधर पूर्वी समुन्दरों में भी जंग होने वाली है। जहाज़ के अंग्रेज़ कप्तान ने यह अफ़वाह सुनी तो उसकी आँखों में ख़ून उतर आया। ग़लत अफ़वाह फैलाने के जुर्म में मद्रासी जहाज़ी को

नौकरी से निकाल दिया और सिंगापुर ही में अंग्रेज़ पुलिस के सुपुर्द कर दिया ताकि अफ़वाह ज़्यादा न फैले।

जब हम हांगकांग पहुँचे तो वातावरण कानाफूसी करता प्रतीत हुआ... जंग होने वाली है... जंग होने वाली है। फटी-फटी आँखों में ज़बानें पैदा हो गयी थीं और लोग यूँ त्योरा त्योरा कर चलते थे जैसे क़दम-क़दम पर उनके सीने के अन्दर ही गोली चल जाती है। हांगकांग और कोलोन की बलखाती सड़कों की पटरियों पर बैठे हुए चीनी शरणार्थी क्षितिज की तरफ यूँ तकते रहते थे जैसे बमबारों के इंतज़ार में हैं। उनके फटे हुए होठों और उचटती हुई पपड़ियों में एक ही सवाल कुलबुला रहा था, ''जो कुछ होने वाला है वह एकदम से क्यों नहीं हो चुकता'', शरणार्थी औरतें भय और निराशा के मारे समय से पूर्व बच्चे पैदा कर रही थीं। भूखे-प्यासे चीनी बच्चों की भीड़ रोटी की तलाश में सड़कों पर मारी-मारी फिरती थी। एक अंग्रेज़ शासक ने तो प्रशासन की एक बैठक में यहाँ तक कह दिया था कि इतने बहुत से बच्चों का ज़िम्मेदार होना शासन का कर्तव्य नहीं। जिन बच्चों के माँ-बाप ज़िन्दा हैं उनके गले में कुत्तों की तरह पट्टे होने चाहिए और गले में पट्टे के बिना जो बच्चा दिखाई दे जाये उसे कोलोन की सरहद पर ले जाकर असली चीन में धक्का दे देना चाहिए। पुलिस के लिए पैदल सैर करने वाले साहब लोगों के लिए सुविधा के लिए पटरियाँ साफ रखने का काम बहुत कठिन हो रहा था। मोर्चे खुद रहे थे, शरणार्थी शिविरों का निर्माण हो रहा था, इमारतों के सौन्दर्य को रेत की बोरियों ने छुपा लिया था। ऐसा मालूम होता था कि सारे का सारा हांगकांग और कोलोन पर उल्लू बोल जाता था। कहते हैं एक ज़माने में हांगकांग की रोशनियाँ जब समुन्दर में डुबकियाँ लगाती थीं और फिर जब पानी उन रोशनियों को ऊपर उन्हीं रोशनियों की तरफ उछाल देता था तो पुराने सुस्त जिस्मों में भी अँगड़ाई की ऐंठन रेंगने लगती थी। मगर अब तो हांगकांग और कोलोन का मध्यवर्ती समुन्दर सारी दुनिया के अँधेरे का स्रोत प्रतीत होता था। उस वक्त मैं दिन के प्रशिक्षण परेड से थक-हार कर बैरक में चारपाई पर लेटे हुए इधर-उधर की मज़े-मज़े की बातें सोचने की कोशिश करता, मगर अँधेरे और सन्नाटे का भय मेरे कानों में बमबारों की भुनभुनाहट बन कर गूँजता और मैं अपनी माँ को याद करके रो देता।

दिन में भी जब मैं लोगों की पथराई हुई आँखें और उदास चेहरे देखता तो यूँ महसूस होता था जैसे ये सब के सब अपनी माँएँ खो बैठे हैं और उन्हीं की तलाश में सक्रिय हैं। सबके चेहरे पर उस मासूम बच्चे का सा भाव था जिसके मुँह से समय पूर्व दूध खींच लिया जाये। मुझे बार-बार अपनी माँ याद आती थी, मगर दिन के हंगामों में उस कल्पना से बार-बार कतराकर निकल जाने में सफल हो जाता। अलबत्ता रात को यह कल्पना मेरे मन-मस्तिष्क और मेरी आँखों से चिमट कर रह जाती और मैं तकिये में मुँह छुपा कर बच्चों की तरह रोता रहता।

माँ ने मुझे हांगकांग आने से रोका था और कहा था, ''हांगकांग तो वहाँ है जहाँ से आगे सुना है धरती ख़त्म हो जाती है। बेटा, तुम दिल्ली, कलकत्ता में होते तो मैं तुम्हें सपनों में टटोल लेती, पर तुम हांगकांग जा रहे हो। तुम्हारे और मेरे मध्य समुन्दर और पहाड़ खड़े हो जायेंगे और फिर मेरे लाल लाम अगर उधर भी होने लगी और तुम्हारे दुश्मनों पर भी कोई आँच आ गयी तो बताओ मैं यहाँ से उजड़े-पजड़े गाँव में किसके हाथ का सहारा लेकर उठूँगी। न जाओ मेरे बेटे, मुझे भूखों ज़िन्दा रहना आता है। मैं सोचती हूँ वहाँ तुम्हारे कपड़े कौन धोएगा? तुम्हारे बालों में तेल कौन डालेगा? तुम्हारी आँख में से गिरी हुई पलक कौन निकालेगा? तुम्हारे चोले के बटन कौन टाँकेगा? और फिर पिछले साल की तरह तुम्हारे दुश्मनों को निमोनिया हो गया तो...? पिछले से पिछले साल की तरह मेरी जीभ कोयला हो जाये, अगर तुम्हारे दुश्मनों के आधे सर में दर्द उठा तो तुम्हारी कनपटियों में रोग़न बादाम कौन मलेगा? नहीं बेटा, न जाओ? चलो मेरे घुटने से लग कर बैठ जाओ, भूखों मरेंगे पर इकट्ठे तो मरेंगे। और बेटा, अगर तुम हांगकांग में हुए और इधर मैं मर गयी तो मेरी क़ब्र में तुम्हारे हिस्से की वह मुट्ठी भर मिट्टी कौन डालेगा, जो मौलवी जी कहते हैं माँ के क़ब्र के अँधेरे में झोली भर सितारों की तरह चमकती रहती है, बताओ...'' लेकिन मैं चला आया था और जब आते वक्त मैंने माँ की तरफ देखा तो उसके चेहरे की कोई झुर्री ऐसी न थी जिसमें आँसू नदी बन कर फैल न गये हों। आँसुओं में डूबा हुआ यह चेहरा जैसे मेरी पुतलियों में घुस गया था और रात को बैरक में मुझे उस उदास चेहरे के सिवा और कुछ नज़र न आता था, और फिर मैं माँ की जमी हुई नज़रों से डरने लगता और हैरान होकर उससे कानाफूसी करता था, ''माँ, तुम्हारी पलकें झपकती ही नहीं। तुम्हारी पुतलियाँ तो हिलती ही नहीं। तुम किसे देख रही हो माँ?'' और यह सवाल मैं इसलिए पूछता था कि मुझे मेरी माँ चीनी शरणार्थियों की तरह क्षितिज की ओर तकती दिखाई देती थी। जहाँ से कहते हैं एक मिनट में एक हज़ार बम बरसाने वाले हवाई जहाज़ों को प्रगट होना था।

और फिर एक दिन यह नज़रें क्षितिज पर जमी रह गयीं। बमबार किसी और दिशा से आ निकले। पियानो और आर्गन की सुरों में लिपटा हुआ हांगकांग बमों के धमाकों से बिलबिला उठा। जहाज़ तोड़ने वाली तोपें कुछ बार भौंकी और फिर गर्दनें झुका कर थके अजगरों की तरह लेट गयीं। बिजली और तार के उखड़े हुए खम्भे ऊँचाई पर पटखनियाँ खाते हुए गिरे और सड़कों पर बिखरे हुए शरणार्थियों का भेजा चाटते किनारे पर बिखर गये। शहरों की इमारतों ने अपनी जगह बदल ली। दीवारों के मलबे बाग़ीचों में आन गिरे तो बाग़ीचे की झाड़ियाँ हाल-कमरे में बिखर गयीं। ड्यूटी पर खड़े हुए एक पंजाबी सिपाही के पेट में बम का एक स्पिलन्टर पैवस्त हो गया। अँतड़ियाँ बाहर निकल आयीं। मौत की पीड़ा में उसने कुछ बल खाये तो उसकी अँतड़ियाँ उसकी गर्दन में फँस गयीं और एक अंग्रेज़ अफ़सर ने बमों के भय

से बेपरवाह होकर उसकी तस्वीर उतार ली। हम अप्रशिक्षित सिपाहियों को शरणार्थी शिविरों में धकेल दिया गया, जहाँ अंग्रेज़ बच्चे और अंग्रेज माँएँ तक 'मम्मी-मम्मी' कराह रही थीं। एक बूढ़ी अंग्रेज़ औरत शरणार्थी शिविर के दरवाज़े के पास से हर चेहरे को पढ़ती हुई आगे बढ़ने लगी। उसकी आँखों में आँसू तुले खड़े थे और वह एक हाथ से ठोड़ी के नीचे लटकती हुई झिल्ली को मसले जा रही थी और जब वह आख़िरी चेहरा पढ़ चुकी तो 'मेरा बेटा' कह कर धम्म से गिर पड़ी, और हम सबके मुँह लटक गये।

जापानियों के आने में ज़्यादा देर न लगी। वह आये और क़ब्ज़ा जमा लिया और मैं जो पंजाब से हांगकांग में पुलिस का सिपाही बनने आया था, जंगी क़ैदी बना दिया गया। उस रोज़ मैं खूब-खूब रोया। मुझे कुछ ऐसा लगता था जैसे मैं अपनी ज़िन्दगी की सर्वप्रिय वस्तु अर्थात् अपनी माँ को खो बैठा हूँ। जैसे जंग ने मेरी बाँहों से मेरी माँ को खसोट लिया है, जैसे अब तक मैं हांगकांग में अपनी माँ की गोद में बैठा था मगर अब उसकी लाश को दफ़न करके खाली हाथ रह गया हूँ। हज़ार कोशिशों के बावजूद अब माँ का खुला चेहरा भी मेरे सामने नहीं उभरता था। उस चेहरे के परिचित चिह्न धुँधला गये थे, हर तरफ जैसे गुबार उड़ने लगा था।

कुछ रोज़ तक इसी स्थिति में क़ैदियों के बाड़े में बन्द पड़ा रहा। मेरा अंग-अंग टूट चुका था और शरीर बिलकुल खोखला हो गया था। कभी भूले से सर हिलाया तो कुछ ऐसा महसूस हुआ जैसे एक पत्थर एक कान से लुढ़क कर दूसरे कान से टकरा गया है। कभी-कभी फेफड़ों में साँस जाती थी और वहीं की हो रहती थी और मैं सीने पर घूँसा मार-मार कर दूसरी साँस ले पाता था। मगर मैं जल्द ही इस क़ैद का अभ्यस्त हो गया और फिर जापानियों से परिचित होने में तो मुझे कोई देर न लगी। मेरी कमीज़ के बटन टूट गये थे। एक दिन एक जापानी से मैंने एक बटन की भीख माँगी तो उसने मेरे सीने के बालों का एक गुच्छा एक झटके से तोड़कर मेरे हाथ में दे दिया और कहा, "इसे बाँध लो।" टूटे हुए बालों की जड़ों में से फूटते हुए ख़ून ने जापानियों से परिचय पाने का पहला अभ्यास करा दिया। आदेश हुआ कि सब लाइन में खड़े हो जाओ। आदेश देने वाला जापानी अधिकारी उलटे क़दमों पीछे हटा तो एक छोटे से गढ़े ने उसे लड़खड़ा दिया, उसकी टोपी गिर पड़ी और ऐनक का एक बाज़ू कान से हट कर लटकने लगा। मेरे पास खड़ा हुआ सरबुलन्द मुस्करा दिया, "मुस्कराता है?" एक जापानी अधिकारी ने सवाल किया और फिर एक गोली सन्न से आयी और सरबुलन्द की पसलियों को तोड़ती बाहर निकल गयी। एक क्षण के लिए मैं मर गया। फिर जब जापानियों को बेतहाशा हँसते सुना तो होश आया। हँसी की वजह भी समझ में आ गयी। गोली सरबुलन्द के जिस्म से निकल कर उसके पीछे खड़े हुए वारिस के पेट में घुस गयी थी और सरबुलन्द पीछे गिरा था तो वारिस मुँह के बल गिरा था और मौत की पीड़ा में दोनों ने एक-दूसरे के जिस्म नोच डाले

थे और वारिस की मौत जापानियों के लिए लतीफ़ा बन गयी थी। उस रोज़ से हम सब ने अचानक जापानियों से परिचित होने का अन्तिम पड़ाव तय कर लिया। हुक्म मिले तो मुस्कराओ, हुक्म मिले तो नज़रें उठाओ, हुक्म मिले तो सूखा गला तर करने के लिए मुँह का थूक निगलो और अगर हुक्म न मिले तो मिट्टी के माधव की तरह जिस ढंग और जिस ओर मुँह किये खड़े हो, खड़े रहो। और फिर मैं जीने के मामले में बहुत लालची हो गया था। मैं हर कीमत पर जीना चाहता था कि कभी तो जंग खत्म होगी, कभी तो कोई जहाज़ मुझे अपने सीने पर बिठाकर सिंगापुर से गुज़रता हुआ हुगली में प्रवेश करेगा और रेलगाड़ी मुझे कलकत्ते से पंजाब ले जायेगी, जहाँ मैं अपनी माँ के घुटने से लग कर बैठ जाऊँगा और क़यामत तक यूँ ही बैठा रहूँगा। जीने की इसी लालच के कारण मैंने जापानियों के हुज़ूर में कभी गुस्ताख़ी नहीं की।

काफ़ी दिनों तक हम हांगकांग ही में अपने नये हाकिमों की सेवा करते रहे। हम फटी हुई नेकरों में काग़ज़ फँसा कर अपने अंगों को ढाँपते थे और टूटे हुए बटनों वाले गिरेबानों में से झाँकते हुए सीने को अपनी भुजाओं से ढाँप रखते थे। और हम ऐसे सद्ध गये थे कि हमने सरकस वाले हाथियों को मात कर दिया था। एक दिन हमें एक जापानी अधिकारी ने बताया कि हांगकांग के पास ही साहिली द्वीपों में से एक छोटे से द्वीप पर सौ-डेढ़ सौ चीनी मछेरों ने जापानी सरकार के विरुद्ध एक रणक्षेत्र बना लिया है और अब वे हांगकांग तक पर छापा मारने की सोच रहे हैं। उन्हें चेतावनी देने के लिए हांगकांग से जापानी फौजियों का एक दस्ता भी जाने वाला था जिसमें वफ़ादार और आज्ञाकारी क़िस्म के क़ैदियों को भी जाना था। स्पष्ट है उस दस्ते में मेरा नाम सर्वोपरि था। रात के दो बजे हम सब एक धुएँ वाली किश्ती पर सवार हुए। आज हवा आशा से अधिक ठण्डी हो रही थी और मेरी कमीज़ के खुले गिरेबान में जैसे ओले से भर गये थे। एक-दूसरे में घुसटते-सिमटते हम मुँह अँधेरे उस द्वीप पर पहुँचे। बहुत सावधानी से किनारे पर उतरे और फिर झाड़ियों में रेंगते हुए जब आगे बढ़े तो उस वक्त सामने पूरब में जैसे किसी ने अनार छोड़ दिये थे। इतनी उजली सुबह मैंने पंजाब में भी कभी नहीं देखी। यूँ मालूम होता था जैसे मैंने सुबह को नग्नावस्था में उसके एकान्तवास में देख लिया है। चिड़ियों की चहचहों में हँसी जैसी स्थिति थी। समुन्दरी पक्षी लम्बी-लम्बी टाँगें लटकाए हमारे सरों पर तैरने और गोते मारने लगे थे।

अचानक हमने देखा कि हमारे सामने एक छोटा सा द्वीप चीनी की प्याली की तरह प्रगट हो गया। उसके ठीक बीच में कुछ झोंपड़े थे और चार तरफ साहिल की ओर से आती हुई अनगिनत पगडंडियाँ, उनके पास आकर ग़ायब हो रही थीं। झोंपड़ों के आसपास घास के टुकड़े थे। उनके पास पेड़ों का एक गोल घेरा था। उनके पीछे झाड़ियों का एक गोल घेरा और फिर सबके आखिर में साहिल की सुनहरी रेत और साँस लेते हुए समुन्दर का गोल घेरा, सारा दृश्य कुछ विचित्र कृत्रिम सा लगता था,

बिलकुल खिलौना सा और जब मैं समुन्दर की बड़ी-बड़ी लहरों की तरफ देखता था तो मेरे क़दमों तले चीनी की यह प्याली तैरती और डोलती हुई मालूम होती थी।

हम सब को बड़ा आश्चर्य हुआ कि देर तक इंतज़ार करने के बावजूद अभी तक हमें झोंपड़ों के आसपास कोई बच्चा तक दिखाई न देता था। किसी झोंपड़े से धुआँ तक नहीं उठता था। किसी बूढ़े की खाँसने तक की आवाज़ नहीं आती थी। सिर्फ़ एक कुत्ता घास के हिस्से में लोटें लगा रहा था। परेशान होकर दस्ते के जापानी लीडर ने अपने रिवाल्वर से हवा में फायर कर दिया और फिर हम सब दुबक कर ज़मीन से चिमट गये। मगर यह फ़ायर भी झोंपड़ियों के आसपास जीवन का कोई प्रमाण न उभार सका। बस इतना हुआ कि खेलता हुआ कुत्ता कान खड़े करके एक क्षण हमारी तरफ देखता रहा और फिर झोंपड़ियों में भाग गया। चिड़ियाँ पूरब की तरफ कुछ यूँ उड़ गयीं जैसे उभरते हुए सूरज में घुस कर ही दम लेंगी।

अब हमने हल्ला बोल दिया। झोंपड़ों के पास आकर हमने इकट्ठे बहुत से फायर कर दिये और फिर जापानी अधिकारी ने कड़क कर चीनी भाषा में कहा, ''अगर कोई अन्दर है तो तुरन्त बाहर आ जाये वरना इसके बाद हम अन्दर आकर किसी को जीता न छोड़ेंगे।''

और फिर मैंने एक ऐसा दृश्य देखा जो केवल जिन्न और परियों की कहानियों में ही देखा जा सकता है। यहाँ से वहाँ तक सारी झोंपड़ियों में से फटे-पुराने चिथड़े पहने हुए बूढ़ी और अधेड़ उम्र की औरतें इतनी बहुत सी संख्या में एकत्र बाहर निकल आयीं जैसी वह इसी आदेश की प्रतीक्षा में थीं। देखते ही देखते हमारे सामने झुर्रियों भरे चेहरे, लटकती हुई झिल्लियों और बुझी हुई आँखों की लाइनें लग गयीं और मुझे कुछ ऐसा लगा जैसे कोई बहुत बड़ी घटना होने वाली है। उस वक्त का सन्नाटा भयानक था। उभरते हुए सूरज के कारण हम सब के साये डरावनी हद तक लम्बे होकर घास के मैदानों पर जैसे लेट गये थे और औरतें होठों ही होठों में कोई जाप कर रही थीं। कुछ ऐसा रहस्यमयी वातावरण पैदा हो गया जैसे अभी-अभी एक क्षण में चीनी की यह प्याली हवा में उभर जायेगी और उलट कर सब को समुन्दर में गिरा देगी।

जापानी अधिकारी के आदेश से हमने उन्हें घेरे में ले लिया, फिर जापानी लीडर आगे बढ़ा और गरज कर बोला, ''मर्द कहाँ हैं?''

एक क्षण तक खामोशी रही, जैसे तोप में गोला भरा जा रहा है। फिर एक बिलकुल सफेद बालों वाली बुढ़िया एक कदम आगे आ गयी और बोली, ''रोज़ के काम पर गये हैं।''

''रोज़ के काम पर...'' लीडर कड़का, ''यानी जापानी सरकार की जड़ें खोदने के लिए चीन के साहिलों पर आतंकवादियों के अड्डे बनाने?''

''जी नहीं...'' बुढ़िया बोली, ''मछलियाँ पकड़ने...''

'और बच्चे व बूढ़े...?'' अधिकारी ने पूछा, ''और तुम्हारी लड़कियाँ...?''

''आज हम मछेरों का सालाना मेला है...'' बुढ़िया उसी ढंग से बोल रही थी, ''सब उधर पानियों में खुशियाँ मनाएँगे और...''

''इधर आओ...'' लीडर ने बुढ़िया के हाथ को एक झटके से खींचा और वह मुँह के बल गिर पड़ी। दूसरे अधिकारी ने उसकी पीठ पर अपनी रिवाल्वर से फायर कर दिया। वह चीखी और यूँ तड़पी जैसे उठ खड़ी हुई है। फिर वह चित गिर पड़ी और दो-एक बार तन कर ठण्डी हो गयी और अपनी पथराई हुई आँखों से जैसे हम सबको घूरने लगी। सारी औरतें चेहरों को हाथों से छुपाकर रह गयीं और मैंने अपने होठ के एक किनारे को इस ज़ोर से काटा कि क्रिच से मेरा दाँत मेरे ही मांस में उतर गया।

चिड़ियों के गोल जो शायद पलट आये थे रोते हुए हांगकांग की तरफ उड़ गये। लम्बी-लम्बी टाँगों वाले समुद्री पक्षी कुछ ऐसे बिखर कर इधर-उधर उड़ गये जैसे गोली उन्हीं के भीड़ में से गुज़री है।

दूर के झोंपड़ों में दो कुत्ते भौंकने लगे।

हम पंजाबियों को औरतों की देख-रेख के लिए छोड़कर जापानी झोंपड़ों में घुस गये। खूब-खूब उठापटक की और गालियाँ बकीं। मैं चीनी औरतों के चेहरों को बारी-बारी देखता रहा, उनकी ठोड़ी के नीचे लटकती हुई झिल्ली मौत के डर से या जाने किस एहसास से काँपे जा रही थी, और उनकी ज़रा-ज़रा सी आँखें कहीं दूर हट कर कुछ सोच रही थीं। जापानी झोंपड़ों से निकल कर दूर गोल साहिल की तरफ चले गये थे और झाड़ियों में फायर कर रहे थे।

अचानक एक औरत ज़मीन पर बैठ गयी। मैंने उसकी तरफ देखा तो वह घबराकर उठ खड़ी हुई और अपना जाप जारी रखा। मुझे अपनी माँ याद आ गयी। मैं तुरन्त दूसरी तरफ देखने लगा और कुछ ऐसा प्रकट किया जैसे मैं उन सबसे बेपरवाह हो गया हूँ। आँखों के किनारों से मैंने देखा कि वह औरत फिर ज़मीन पर बैठ गयी और दूसरी औरतों की टाँगों में छुपती हुई आगे खिसकने लगी। मुर्दा बुढ़िया के पास आकर उसने बड़ी भयावह दृष्टि से मेरी तरफ देखा। फिर जल्दी से लाश के चेहरे पर एक बड़ा सा कपड़ा फैला कर वह पीछे हटी और अपनी जगह आकर खड़ी हो गयी।

मैंने क़ाबू में करने की कोशिश की, काँपते हुए होठों को दाँतों में जकड़ लिया, मगर मेरी आँखों में आँसू आ ही गये। लाश का मुँह ढाँपने वाली औरत थोड़ा सा आगे आकर मुझे बड़े ध्यान से देखने लगी। मैंने उसकी तरफ देखा तो उसकी पलकें झपक गयीं और इकट्ठे बहुत से आँसू उसकी झुर्रियों में नदियों की तरह बह कर फैल गये। समुन्दर की ठण्डी नम हवा मेरे खुले गिरेबान से फ़ायदा उठाकर मेरी पसलियों में पैवस्त हुई जा रही थी और मैं रो रहा था। मैंने दूसरी औरतों की तरफ देखा, उन सब

की आँखें भी डबडबा आयी थीं। मैं बुढ़िया की लाश की तरफ देखने लगा, हवा के एक झोंके ने उसके मुँह पर से कपड़ा उड़ा दिया था। मैंने झुक कर उसका सर उठाया और उसके आसपास कपड़ा लपेट दिया। एक जापानी सिपाही चिंघाड़ता हुआ आया और मेरी कमर में एक ज़ोर की ठोकर मारी। लाश का मुँह ढाँपने वाली औरत के सिवा दूसरी सभी औरतों ने हाथों से अपने चेहरे छुपा लिये और मैं कमर की चोट सहलाता खड़ा हो गया। जापानी सिपाही ने लाश के सर पर से कपड़ा नोच डाला। मरी हुई बुढ़िया का ज़रा सा सफेद जूड़ा खुल कर उसके खुले मुँह और पथराई हुई आँखों पर फैल गया और सब जापानी वापस आ गये।

दस्ते के लीडर ने औरतों के सामने बड़े गुस्से से एक भाषण दिया और कहा, ''मालूम होता है कि हांगकांग में भी तुम लोगों का खुफ़िया गिरोह काम कर रहा है और उन्हीं में से किसी ने तुम्हें हमारे छापे की ख़बर दी है। वर्ना ऐसे नौजवान लड़कियाँ, बच्चे, जवान और बूढ़े द्वीप पर से ग़ायब न होते। लेकिन हम यहाँ से जाने के नहीं, हम आज सारा दिन उनका इंतज़ार करेंगे और जब वह आयेंगे तो तुम्हारे बेटे-बेटियों, भाइयों-बहनों, पति-पत्नियों और बापों को तुम्हारे ही सामने गोलियों से उड़ा देंगे और फिर तुम्हें भी समुन्दर में धकेल दिया जायेगा।'' वह देर तक ऐसी बातें करता रहा और अन्ततः हम जंगी क़ैदियों को उन नये क़ैदियों की देखरेख पर नियुक्त करके सारे जापानी दूर पेड़ों के गोल घेरे में चले गये और अपने-अपने थैलों से शराब की बोतलें निकाल कर क़हक़हे मारने और नाचने-गाने लगे।

औरतें हमारे घेरे में बैठ गयीं। बादल घिर आये थे। जिनके कारण सूरज गायब था। इतनी देर बाद भी वही मुँह अँधेरे का दृश्य जारी था। तेज़ ठण्डी हवा मेरे सीने में बर्मे की तरह घुसी जा रही थी। मैं गिरेबान के दोनों हिस्सों को मिलाता तो मेरा हाथ सुन्न हो जाता और जब छोड़ता तो सर से पाँव तक काँप उठता। बुढ़िया की लाश की मौजूदगी के एहसास से भी जिस्म की कँपकँपी बढ़ रही थी। औरतों का होठों में जाप जारी था। लाश का मुँह ढाँपने वाली औरत के चेहरे पर आँसुओं के बजाय पीलापन उभर रहा था और वह मुँह खोले मुझे घूरे जा रही थी।

देर तक यही स्थिति जारी रही। जब एक जापानी सिपाही हमारे पास आया और बोला कि फिलहाल एक और पास के द्वीप पर जाने का फैसला हुआ है। इसलिए कुछ देर के बाद उधर रवाना होंगे और जब तक यह औरतें हम सब के लिए खाना तैयार करेंगी। उसने औरतों को खाना पकाने का आदेश दिया और हमें अपनी-अपनी जगह खड़े रहने का आदेश देकर वापस चला गया।

औरतें अपने-अपने झोंपड़ों में चली गयीं, बादल गरजने लगा। हवा में जमी हुई बर्फ के टुकड़े उड़ने लगे जो मेरे सीने से नुकीले पत्थरों की तरह टकरा रहे थे और मैं अपने घरौंदे के उस कोने को याद कर रहा था जिसमें दुबक कर हम माँ-बेटा सर्दियों का अधिकतर हिस्सा गुज़ार देते थे। उपलों का धुआँ हमें घेरे रहता था और

माँ बार-बार मेरे सीने पर अपनी चादर फैलाकर कहती थी, "सीने को सर्दी से बचाए रखो बेटा। हवा में जो निमोनिया होता है वह सीने ही की राह पसलियों में उतरता है।" आँसुओं से भीगा हुआ माँ का चेहरा एक मुद्दत के बाद बड़ा स्पष्ट रूप से मेरे सामने उभरा। झुर्रियों में फँसे हुए आँसू बिजली की चमक से जगमगा उठे थे, झिल्ली काँप रही थी और यह चेहरा मेरे पास आ रहा था।

वह औरत जिसने लाश का चेहरा ढाँपा था, धीरे-धीरे मेरी तरफ आ रही थी। उसके हाथ में कोई चीज़ थी और वह बार-बार पलट-पलट कर जापानियों की तरफ देखती थी जो दूर अभी तक नाच और गा रहे थे।

उसके चेहरे और मेरी माँ के चेहरे में कितनी समानता थी, बुढ़ापे में कितनी समानता होती है। उस वक्त उसकी झुर्रियों में भी आँसू फैल रहे थे। पास आकर रुक गयी और चीनी भाषा में धीरे से बोली, "क़ैदी हो?"

मैं मुँह से कुछ न बोला सिर्फ़ हाँ में सर हिला दिया।

वह बोली, "मेरा बेटा जल्दी में था, मैं पुकारती रही मगर उसने मेरी एक न सुनी, उसकी कमीज़ में भी तुम्हारी कमीज़ की तरह एक भी बटन न था।" मैं चौंका। वह बोलती चली गयी, "तुम्हारी माँ है ना?"

मैं अब भी कुछ न बोला, सिर्फ हाँ में सर हिला दिया। मैंने बर्दाश्त करने की कोशिश की मगर बच्चे की तरह रोने लगा। वह आगे बढ़ कर मेरे कमीज़ में बटन टाँकने लगी और जब टाँक चुकी तो आँसुओं में मुस्कराई। जापानियों की तरफ कनखियों से देख कर उसने जैसे चोरी-चोरी मेरे एक गाल पर चुम्बन दिया और मेरी कमीज़ से आँसू पोंछ कर पलट गयी।

और क्षणभर के लिए मुझे ऐसा लगा जैसे चीनी की यह प्याली हवा में उभर कर उलट गयी है और मैं पंजाब में अपनी माँ की गोद में पड़ा हूँ!!

बड़ी सरकार के नाम

नजीब उस वक्त शेख़चिल्ली की लतीफ़ों की नयी किताब पढ़ रहा था। जो दुकान उसके दुश्मन के नाम अलॉट हो गयी थी, वही अब उसके नाम अलॉट कर दी गयी थी। इसलिए सुबह से उसने शेख़चिल्ली के लतीफ़े पढ़ने के सिवा और कोई काम नहीं किया था।

वह एक लतीफ़ा पढ़ने के बाद ठहाका लगाने के लिए अपना जबड़ा खोलने ही वाला था कि वह अन्दर आयी और नियमानुसार बड़ी निर्दयता से अपने नन्हे की नाक पोंछते हुए बोली, ''आज तो लिख दो भैया। मुझे रात भर नींद नहीं आती, जीना मुश्किल हो गया है।''

आज वह बड़े उच्छृंखल मूड में था और फिर पड़ोस में रहने वाली इस महाजिर औरत ने कई बार चक्की पीसने में उसकी अम्मी का हाथ बँटाया था। वैसे वह थी भी इस योग्य। यानी अगर ग़रीब न होती तो अच्छी-ख़ासी होती और आज तो वह उसे बहुत ही हसीन लग रही थी। दरअसल आज वह उसे मैले कपड़ों और बिखरे-उलझे बालों से अलग करके देख रहा था। आज उसने हर चीज़ को मैल और उलझाव से अलग करके देखा था और फिर यह औरत सप्ताह भर से उसके पीछे पड़ी हुई थी। उसे कोई बहुत ज़रूरी पत्र लिखवाना था। एक बड़ा सा काग़ज़ लेकर वह बोला, ''बैठ जाओ।''

औरत ने सामने के खटोले पर बैठते हुए आशीष वचनों का एक तांता बाँध दिया और बच्चे को कमर से उतार कर यूँ एक तरफ डाल दिया जैसे उसने अब तक चिथड़ों की एक गठरी उठा रखी थी। बच्चा अपने छोटे-छोटे मैले हाथों से बान को नोचने लगा और वह अचानक गम्भीर हो गयी। उसके चेहरे की भंगिमाएँ तन गयीं और दाहिने हाथ की मुट्ठी भिंच गयी, ''पाकिस्तान के बड़ी सरकार साहब को लिखना है।''

नजीब ने चौंक कर औरत की तरफ देखा। उसे अफ़सोस होने लगा कि शेख़चिल्ली के लतीफ़े छोड़कर उसने व्यर्थ ही एक बेकार काम अपने ज़िम्मे ले लिया है। मगर औरत की मुट्ठी उसी तरह भिंची हुई थी और आँखों से जैसे पुतलियाँ ग़ायब हो गयी थीं।

खुले-खुले बान में टाँगे फँसाकर बच्चा रोने लगा। औरत ने पहले तो बच्चे की

पीठ पर एक धप्पा जड़ा और फिर उसे बड़ी निर्दयता से ऊपर खींच कर वहीं पटक दिया। बच्चे की साँवली पिंडलियों पर लाली खुंड गयी, कई जगह से ख़ून फूट निकला, "कुत्ते का पिल्ला!" वह गरजी, "मर न गया वहाँ दिल्ली में। मेरे फूटे भागों की तरह मुआ मेरे साथ चिमटा चला आया।"

बच्चा निचले होठ को लटका कर माँ की प्रायश्चित का इंतज़ार करने लगा कि वह चूम ले तो यह रो दे मगर उसका ध्यान नजीब की तरफ चला गया था। बच्चे ने मायूस होकर लटका हुआ होठ ऊपर उठा लिया और बान को नोचने लगा।

वह बोली, "तो भई, ज़रा साफ़-साफ़ लिखना कि साहब जी पढ़ लें। लिखो कि जब हुज़ूर का पाकिस्तान बना है तो मैं दिल्ली में थी। मियाँ किसी साहब का बैरा था। मैं एक बड़े घर में बर्तन साफ़ करती थी। अल्लाह का दिया सब कुछ था। तीन लड़के थे, बड़े प्यारे से, गोरे-गोरे से। एक बार तो, एक नयी-नयी पड़ोसन ने मेरे घर के आँगन में झाँक कर कह दिया था कि, "यह साहब के बच्चे हैं बहन।" वह रुक गयी और नन्हे को उठाकर गोद में बिठा लिया, उसे चूमा, उसकी पिंडलियों को सहलाया और बड़ी निर्दयता से उसकी नाक पोंछते हुए बोली, "यह भी कभी गोरा था भैया। रिफ्यूजी कैम्प में कालिख फिर गयी।"

दुकान की नयी-नयी अलॉटमेंट ने उसे बहुत व्यस्त कर दिया था और फिर अभी शेख़चिल्ली के लतीफ़ों की आधी किताब बाक़ी थी। उसने मुँह बनाकर कहा, "अच्छा तो तुम्हारे तीन बच्चे थे।"

उसने फिर से बच्चे को परे पटक दिया। अब की बार वह अदवाइन में आधा लटक कर रोने लगा था। बिफर कर उसने बच्चे को ज़ोर से ऊपर खींचा और नीचे फर्श पर जैसे फेंक दिया। बच्चे ने कुछ देर तक निचला होठ लटकाए रखा और फिर मायूस होकर ऊपर उठा लिया। फिर वह दो हाथों और एक घुटने के बल घिसटता हुआ बाहर निकल गया। औरत ने बच्चे की तरफ कोई ध्यान नहीं दिया। वह अँगूठे के नाखून को दाँतों से कुतरती हुई कुछ सोचती रही।

नजीब ने लतीफ़ों की किताब को उठाकर फिर उसी तरह रख दिया। एक पाँव को खींच कर फिर से फैला दिया। तंग आकर वह बोला, "आगे क्या लिखूँ।"

औरत ने नाखून के टुकड़े थूकते हुए कहा, "लिखो कि उसके बाद बड़ा ग़ज़ब टूटा। एक दिन मेरा मियाँ दरवाज़े से बाहर निकला ही था कि किसी ने उसे छुरे से फाड़ कर रख दिया। मैं उस वक्त नन्हे को दूध पिला रही थी। उसे छाती से चिमटाए बाहर भागी तो उधर से इकट्ठे दस-बारह आदमी मुझ पर झपटे और मैं भागी। मैं अपने मियाँ की लाश पर से फाँद गयी और उसके एक हिन्दू दोस्त के घर में घुस गयी। उसने मुझे रसोई में छुपा दिया। बाहर काफ़ी शोर होता रहा। फिर जब शाम हुई तो वह एक हाथ में चोर बत्ती और दूसरे में छुरा लिये मुझे बाहर ले आया और बताया कि शहर भर में मुसलमानों को चुन-चुन कर मारा जा रहा है और फौज

इक्का-दुक्का बचे-खुचे मुसलमानों को पुराने क़िले में जमा कर रही है। उसने मुझे सलाह दी कि घर से ज़रूरी सामान लेकर पुराने क़िले में चली जाऊँ और फिर वहाँ से पाकिस्तान की राह लूँ। मैं उसके साथ वीरान गली से होती हुई घर की तरफ आयी तो मेरे मियाँ की लाश वहीं पड़ी थी। बस, पहले सीधी थी और अब उल्टी। आँगन में आयी और मियाँ के हिन्दू दोस्त ने चोर बत्ती जलायी तो मेरे दोनों बच्चे आमने-सामने अँतड़ियों के ढेर लगाये पड़े थे और मेरा घर लुट चुका था।''

नजीब हँसी न ज़ब्त कर सका, ''तुमने तो एक लतीफ़ा कह दिया।'' उसने क़लम को एक ओर रख कर ताली बजायी, ''बच्चे अपने सामने अँतड़ियों के ढेर लगाये पड़े थे। वाह! मौत को भी लतीफ़ा बना देना कोई दिल्ली वालों से सीखे। मैंने ग़दर के लतीफ़े भी पढ़े हैं, वाह वाह।'' और वह क़लम उठाकर काग़ज़ पर झुक गया।

औरत का चेहरा भावहीन था। उसके अधखुले होठ ज्वालामुखी का कगार प्रतीत होते थे और उसकी आँखों में एक भी आँसू न था। वह नजीब को अपनी वीरान सुनसान आँखों से घूरे जा रही थी, जैसे कह रही हो, ''तुम यहीं के रहने वाले हो ना। इसलिए तुम्हें बच्चों के फटे हुए पेट से उबल कर निकली हुई अँतड़ियाँ लतीफ़ा लगती हैं और...''

मगर नजीब को तो नयी दुकान अलॉट हुई थी और वह भी दुश्मन से छिन कर। वह क़लम को अँगुलियों में दबाकर बोला, ''अच्छा, तो घर लुट चुका था?''

''वह हिन्दू मुझे रिफ्यूजी कैम्प में छोड़ आया था...'' वह अब एक मशीन की तरह बोल रही थी, ''फिर तीन महीने के बाद मैं दूसरे लुटे-पिटों के साथ यहाँ हुज़ूर के देस में लायी गयी। वाल्टन स्टेशन पर उतरी तो पहले क़ब्रों में से गुज़रना पड़ा, यह कुछ अजीब सा शगुन था कि जहाँ हम जीने आये हैं वहाँ शुरुआत क़ब्रों से हो रही है। मेरा माथा ठनका, पर मुझे तो अपने नन्हे के लिए जीना था।'' वह अचानक रुक गयी और इधर-उधर देखकर उठ खड़ी हुई, ''नन्हा कहाँ गया?'' उसने नजीब से पूछा और उसके जवाब का इंतज़ार किये बिना बाहर निकल गयी।

नजीब ने शेख़चिल्ली के लतीफ़ों की किताब उठा ली। बाहर से चन्द ज़बरदस्त धमाकों की आवाज़ आयी। औरत ने अन्दर आकर बच्चे को फ़र्श पर चित्थड़ों की गठरी की तरह पटक दिया और बोली, ''कीचड़ खा रहा था, मुआ कुत्ते का पिल्ला।'' झुक कर उसने बच्चे के गाल पर एक ज़ोर का तमाचा मारा और बच्चा अपने कीचड़ भरे हाथ से गाल को ढँप कर माँ को कुछ इस तरह देखने लगा जैसे कह रहा हो, ''तो क्या अब कीचड़ भी न खाऊँ?'' अब की उसने होठ भी न लटकाया। बस अबूझ हैरानी से माँ को घूरता रहा। उसकी वीरान सुनसान आँखों में आँसुओं के बजाय एक नन्हा सा सवाल था, ''तो क्या अब कीचड़ भी...''

औरत फूट-फूट कर रोने लगी। उसने बच्चे को उठा कर अपनी छाती से लगा लिया और चीखने लगी, ''लिखो कि बड़े सरकार जी साहब मुझ निगोड़मारी को तो

यहाँ इतनी सी पनाह भी न मिली जितनी उस हिन्दू की रसोई ने दी थी। मुझ जन्म-जन्म की बदनसीब को यहाँ दूर के कुछ रिश्तेदारों के साथ भेज दिया गया और रिश्तेदार मुझे यहाँ छोड़कर किसी और ज़िले में चले गये। मैंने यहाँ चक्की पीसी पर बदले में जो चुटकी भर आटा पाया उससे दो जनों का पेट कैसे भरता। फिर मैंने एक फ़क़ीर की क़ब्र ढूँढ़ी और वहाँ झाड़ू देने लगी। पर दो दिन के बाद असली मुजाविर आ गया और उसने... उस कमबख़्त ने मुझे धक्का दे दिया और मेरे बच्चे को जो यूँ गेंद की तरह उछाला तो वह एक धँसी हुई क़ब्र में जा गिरा... मुए के प्यारे मरें, जहन्नुम में जले अल्लाह करे।''

''बको मत!'' नजीब ने गुस्से से चिल्लाती हुई औरत की तरफ देखा, जिसकी एक मुट्ठी कसी हुई थी और आँखों से पुतलियाँ जैसे ग़ायब हो गई थीं और सारे शरीर में कँपकँपी भर गयी थी। नजीब ने जल कर कहा, ''धीरे-धीरे बोलो, कान खाये लेती हो। वक्त अलग बर्बाद किया और दिमाग़ अलग चाटा। बताओ और क्या लिखना है।''

''बस, अब थोड़ा सा लिखना है।'' वह बोली, ''बस अब तो यही लिखना है कि मैंने नम्बरदार से फ़रियाद की लेकिन वह हिरनों के शिकार पर जा रहे थे, पूरी बात न सुन सके। फिर मैंने बड़े अफ़सरों की मिन्नत करना चाही, लेकिन मैं तो उनके दरवाज़ों पर दस्तक न दे सकी। भीख माँगने का यारा नहीं। मेरी सात पीढ़ियाँ अपने हाथ की कमाई खाती रही हैं। अब मैं जन्म जली उनकी आन को बट्टा क्यों लगाऊँ...'' यहाँ से औरत की आवाज़ फिर से तेज़ होने लगी, ''और साहब जी, अब सिर्फ़ ये कहना है कि कभी आप ही इधर इस क़स्बे में आइए तो आप से और कुछ नहीं सिर्फ़ यह पूछूँगी कि क्या आपके पास मेरे लिए और इस बेज़बान के लिए एक हिन्दू की रसोई भी नहीं। जब आज़ादी मिली है तो मैंने उस पर कलेजे के टुकड़े चढ़ाये हैं। मैंने तो पड़ोसनों से सुना था कि आज़ादी मिलेगी तो हर आदमी दूसरे आदमी के लिए कुछ न कुछ कर सकेगा, पर अब तो मैं जिसको मदद के लिए कहती हूँ यही टका सा जवाब मिलता है, ''मैं क्या कर सकता हूँ?'' तो फिर बड़ी सरकार जी साहब, इसका मतलब ये है कि सिर्फ़ आप ही कुछ कर सकते हैं। अगर हुज़ूर ने मेरे ख़त का जवाब न दिया तो मैं इस नन्हे को घसीटती हुई पैदल कराची पहुँचूँगी और कहीं न कहीं आपकी मोटर रोक कर पूछूँगी... मैं पूछूँगी...''

''क्या पूछोगी?'' नजीब जिसका क़लम औरत के बात की गति का साथ न दे सका था कुछ ऐसे गुस्से से बोला जैसे पाकिस्तान की बड़ी सरकार साहब वही है।

औरत की मुट्ठी कुछ यूँ भिंच गयी थी जैसे अँगुलियाँ हथेली से पार निकल जायेंगी और उसकी गर्दन और कनपटियों पर बहुत सी रगें उभर आयी थीं और नन्हा उसका गिरेबान जकड़े उसे अपनी वीरान सुनसान आँखों से घूरे जा रहा था।

''क्या पूछोगी तुम?'' नजीब ने क़लम मेज़ पर रखते हुए पूछा।

"मैं पूछूँगी..." औरत जैसे किसी ख़तरनाक षड्यन्त्र का हाल बता रही थी, "मैं पूछूँगी कि हुज़ूर, आपको जो आज़ादी मिली थी उसमें से मेरा हिस्सा भी तो लाइए।"

"ये मैं नहीं लिखूँगा।" नजीब ने मेज़ को पाँव से परे धकेल दिया और शेख़चिल्ली के ताज़ातरीन लतीफ़ा उठाते हुए बोला, "मैंने कौन सा गुनाह किया है कि तुम्हारे साथ मैं भी धर लिया जाऊँ।" तुमने अब तक जो कुछ लिखवाया है यही तुम्हारी उम्रक़ैद के लिए काफ़ी है।"

"हाय!" औरत की मुट्ठी ढीली पढ़ गयी, "तो भैया, तुम पहले से बता देते कि ऐसी चिट्ठी लिखने से क़ैद हो जाया करते हैं। मुझ निगोड़ी मारी को क्या मालूम?"

वह आगे बढ़ी, चिट्ठी उठाकर उसके पुर्ज़े-पुर्ज़े कर दिये। बच्चे को एक हाथ से खींच कर कूल्हे पर जमाया और जाते हुए बोली, "मैं जन्म जली तो समझी थी यहाँ अपना दुख-दर्द कहने की आज़ादी है!!"

कफ़न-दफ़न

वर्षों से मियाँ सैफ़ुलहक़ का नियम था कि सुबह की अज़ान की आवाज़ पर जागते और नीला रूमाल कन्धे पर रखकर मस्जिद की राह लेते और अभी सुबह की कली पूरी तरह चटक न पाती कि सन्दल की तस्बीह (मनका) पर इस्तग़फ़ार (मुक्ति चाहना) का जाप करते हुए वापस आते। ताज़ा अख़बार के आने तक क़ुरान शरीफ़ के कुछ पाठ, दुआए गज़ुंलअर्श और क़सीदा बुर्दा पढ़ लेते। अख़बार वाला अख़बार को गोल करके उसे खिड़की के टूटे हुए शीशे में से अन्दर फेंक देता और कहता, "अस्सलामु अलैकुम, मियाँ जी!" सीने पर छू कर मियाँ सैफ़ुलहक़ "आ गये मियाँ?" पहले कहते और "वालैकुल अस्सलाम व रहमतुल्लाह," बाद में! फिर वह अख़बार उठा लेते और दिन शुरू हो जाता।

मियाँ सैफ़ुलहक़ जब नौकरी से अलग हुए थे तो डिप्टी कमिश्नर के दफ्तर में सुपरिंटेंडेंट थे। तीनों बेटे बड़े-बड़े दफ्तरों में बड़े-बड़े क्लर्क थे। चौथा तार विभाग में क्लर्की का उम्मीदवार था। जब फ़सादात हुए तो वह बाज़ार में से गुज़रते हुए मार डाला गया। तीनों बेटियाँ लाहौर के विभिन्न मुहल्लों में अपने-अपने घर और गोदें आबाद किये बैठी थीं। मियाँ सैफ़ुलहक़ की ज़िन्दगी बिलकुल समतल चमकती हुई सड़क थी जो दृष्टि की सीमा तक विभाजन रेखा में जाती थी और उसके दोनों तरफ़ क़द्दावर दरख़्त साया किये खड़े थे। वह इस सड़क पर कुछ ऐसी बेतकल्लुफ़ी और रवानी से चल रहे थे जैसे इंसान खाना खाते वक्त चाहे बात जलियांवाला बाग़ की कर रहा हो मगर कौर सीधा मुँह को जाये। अलबत्ता कभी-कभी उस सड़क पर एक प्रासाद सा उभर आता और वह शून्य में घूरते रह जाते जहाँ उन्हें अपने हामिद की कटी-फटी लाश सड़क के ठीक बीच में पड़ी हुई दिखाई दे जाती और वह सोचते, "तो क्या मेरा बेटा क़यामत तक इसी तरह पड़ा रहेगा?" यह ख़याल आते ही वह अस्तग़फ़िरुल्लाह का जाप करने लगते। चन्दन की तस्बीह के मनके उनकी पोरों से रगड़ कर भीनी-भीनी खुशबू छोड़ते। प्रासाद गिर जाता और मियाँ सैफ़ुलहक़ आगे बढ़ जाते।

आज भी वह सुबह की नमाज़ के बाद घर वापस जा रहे थे। वह अपनी ख़ुशबूदार तस्बीह पर इस्तग़फ़ार पढ़ रहे थे। सुबह अभी पूरी तरह नहीं चमकी थी। क़ज़ा नीली हो रही थी। इक्का-दुक्का परिन्दे यूँ उड़े जा रहे थे जैसे नींद से बोझिल हो रहे हैं

और अभी गिर पड़ेंगे। शरीफ़ चरसी की सिगरेट-पान की दुकान से वह हमेशा कतरा कर निकलते थे। एक बार सुबह-सुबह चरस की धुएँ के एक भभके ने उन्हें कुछ ऐसा चकरा दिया था कि दिनभर कण्ठ तक जैसे चरस में ठँसे फिरते रहे। आज भी वह दुकान से बच कर निकल गये, लेकिन कुछ क़दम आगे जाकर रुक गये। पलट कर देखा और सोच कर जेब टटोलने लगे।

सड़क पर एक व्यक्ति सर से पैर तक एक चादर ओढ़े सीधा-सादा लेटा हुआ था और दूसरा उसके पास बेजान व निष्क्रिय बैठा था। मियाँ सैफ़ुलहक़ की ज़िन्दगी में यह पहला संयोग था कि सूरज उगने से पहले ही उन्हें पटरी पर भिखारी बैठा हुआ नज़र आया हो। वह दिन में कुछ आने की ख़ैरात (दान) ज़रूर बाँटते थे लेकिन उनकी हमेशा यह तमन्ना रही कि सूरज निकलने से पहले भी उन्हें कोई भिखारी मिलता क्योंकि उनके विश्वास के अनुसार यही वह वक्त था जब खुदा और इंसान के दरमियान फ़रिश्तों की फ़ौजें मध्यस्थ नहीं होती थीं।

उन्होंने जेब से एक चवन्नी निकाली और दूर ही से भिखारी की तरफ फेंक दी। उन्होंने कुत्ते के सामने हड्डी फेंकने के अन्दाज़ में ख़ैरात आज तक नहीं दी थी लेकिन शरीफ़ चरसी की दुकान क़रीब थी और यद्यपि वह बन्द थी मगर मियाँ सैफ़ुलहक़ को हमेशा ऐसा महसूस होता था जैसे क़िवाड़ों की झिर्रियों में से चरस का धुआँ बाहर उमड़ा पड़ रहा है।

मियाँ सैफ़ुलहक़ की चवन्नी लेटे हुए व्यक्ति के पेट पर गिरी और बैठा हुआ व्यक्ति कुछ यूँ तड़प कर उठ खड़ा हुआ जैसे अब तक सो रहा था। मियाँ जी भिखारी की इस बदहवासी को चवन्नी की बड़ी राशि की महत्ता की आत्मसन्तुष्टि से मुस्कराए और तस्बीह के मनके गिराते और खुशबू उड़ाते हुए अपनी राह जाने लगे।

अचानक उन्हें अपने पीछे तेज़-तेज़ क़दमों की आवाज़ आयी, उन्होंने मुड़ कर देखा। भिखारी उनकी तरफ लपका आ रहा था मगर बार-बार पलट कर पीछे भी देख लेता था। फिर भिखारी उनके बिलकुल पास आ गया और फिर उसने मियाँ सैफ़ुलहक़ की चवन्नी मियाँ सैफ़ुलहक़ के तस्बीह वाले हाथ में दे दी।

मियाँ जी ने देखा कि भिखारी का चेहरा बिलकुल कीचड़ हो रहा था। मटियाले रंग पर फैले हुए आँसू कीचड़ ही की स्थिति पैदा करते हैं। वह कुछ ऐसा मसला और निचुड़ा हुआ लग रहा था जैसे रस निकालने वाले शिकंजे में से कुचला हुआ गन्ना लटक रहा हो। मियाँ जी को उस पर तरस आ गया और वह अपनी जेब को टटोलते हुए बोले, "चवन्नी कम थी क्या?"

भिखारी की लिपटी और बँधी हुई आवाज़ में कुछ ऐसा था जैसे उसने अपने सर पर गिरती हुई छत को दोनों हाथों से बड़ी मुश्किल से रोक रखा है। वह बोला, "मैं भिखारी तो नहीं हूँ जी, पर चवन्नी बहुत कम थी। मुझे तो पन्द्रह-बीस रुपये और कुछ आदमी भी चाहिए।"

मियाँ सैफ़ुलहक़ का हाथ जेब से निकल रहा था मगर अचानक यूँ रुक गया जैसे सुन्न होकर रह गया है। भिखारी ने बहुत सी हवा को पानी के एक बड़े घूँट की तरह निगल कर बोलने की कोशिश की और आँसू उसके चेहरे पर फैलते चले गये, "अगर कफ़न एक आने में मिल जाता तो मैं आपको तीन आने वापस कर देता, पर आजकल तो जी कपड़ा बड़ा महँगा हो रहा है। मैं एक चवन्नी लेकर क्या करूँगा।"

मियाँ जी उसी तरह सुन्न खड़े रहे।

"यह मेरी बीवी की मैयत है," वह बोला, "वह मर गयी है।"

"इन्ना लिल्लाहे व इन्नाइलैहे राजेऊन।" मियाँ सैफ़ुलहक़ ने काँपती हुई आवाज़ में कहा और फिर अपना निचला होठ दाँतों में कस कर दबा लिया। उनके नथुने ज़ोर-ज़ोर से फड़के और आन की आन में उनकी दाढ़ी के बालों ने उनके बहुत से आँसू पिरो लिये। और वो कुछ यूँ फ़क़ से हो गये जैसे उन्हें भी रस निकालने वाले शिकंजे में से गुज़रना पड़ा है।

अख़बार बेचने वालों की एक भीड़ सड़क पर से चीख़ती-चिल्लाती गुज़र गयी। शरीफ़ चरसी की दुकान के बन्द दरवाज़े में से शरीफ़ की बजती हुई खाँसी की आवाज़ के साथ चरस की बू से लदा हुआ धुआँ भी आज सचमुच बाहर आने लगा। बाज़ारी कुत्तों का एक गोल कुदकड़े लगाता एक गली से निकलकर दूसरी गली में घुस गया। पेड़ों पर चिड़ियों का झुण्ड उतर आया और सुबह की कली का सीना चाक होने लगा।

मियाँ सैफ़ुलहक़ लाश से कुछ फ़ासले पर जाकर रुक गये। उनका निचला होठ उसी तरह दाँतों में दबा हुआ था। उनके चेहरे पर अप्राकृतिक रूप से सुर्ख़ी आ गयी थी और दाढ़ी के बालों में अटके हुए आँसू नये आँसुओं के लिए जगह खाली करते हुए उनके सीने पर टपक रहे थे, "तो क्या अपनी बीवी की लाश को दफ़नाने के लिए तुम्हारे पास कफ़न भी नहीं?" वह एक विचित्र अजनबी सी आवाज़ में बोले, "तो क्या मेरे मौला की दुनिया में ऐसा भी होता है!" ज़रा सा रुक कर बेहद घुटी और पिसी हुई आवाज़ में बोले, "तो क्या हामिद की लाश भी..." वह बच्चों की तरह बिलख-बिलख कर रोने लगे और उन्हें यह तक ख़याल नहीं आया कि उन्होंने शरीफ़ चरसी की दुकान के तख़्ते का सहारा ले लिया है और हवा में चरस की गन्ध बरस रही है।

अचानक उन्होंने कन्धे पर से रूमाल उठाकर अपने चेहरे को यूँ माथे से गर्दन तक पोंछ डाला जैसे वज़ू करके उठे हैं। फिर वह लाश के पास आ गये और गला साफ़ करके बोले, "तुम्हारा यहाँ कोई भी नहीं?"

"जी नहीं!" वह बोला। वह लाश के पास उसी तरह बैठ गया था और उसकी आँखों से यूँ निरन्तर आँसू गिर रहे थे जैसे आँसू रुक गये तो वह मर जायेगा।

"तो फिर तुम यहाँ क्यों आये?" मियाँ जी ने पूछा।

वह कुछ यूँ बोलने लगा जैसे सर पर से एक बहुत भारी गठरी उतार रहा है और

जैसे मियाँ सैफ़ुलहक़ उसका हाथ बँटा रहे हैं, "जब कली को तकलीफ़ शुरू हुई है..." वह रुक गया। एक क्षण के बाद बोला, "मेरी बीवी का नाम कली है।" वह फिर रुक गया और उसकी आँखों से बहुत से आँसू इकट्ठे बह गये, "कली था।" उसने सुधार किया। "उस वक्त उसने कहा था, देखो ग़फ़ूरे, मेरी आँखों के सामने ये जो तिरमिरे नाच रहे हैं तो माँ कहती थी, यह हज़रत इज्राईल के आने की निशानी है।"

"फिर सुनेंगे।" मियाँ सैफ़ुलहक़ एक बार फिर रूमाल से चेहरा पोंछते हुए एक बैलगाड़ी की तरफ बढ़े, "ऐ रेढ़े वाले भाई," उन्होंने पुकारा, "सुनो तो, ज़रा सा काम कर दोगे?"

रेढ़े वाले ने बैल रोक लिये। मियाँ सैफ़ुलहक़ ने उसे बताया कि यहीं एक फर्लांग के फ़ासले पर, "एक बीबी की लाश ले जानी है।"

रेढ़े वाला जैसे घबरा कर रेढ़े से कूद पड़ा।

रेढ़े वाले ने आश्चर्य और निरादर के मिले-जुले प्रभाव से मियाँ सैफ़ुलहक़ की तरफ देखा, "जनाज़ा उठाने के भी किसी ने कभी दाम लिये हैं, भोले बादशाह," वह बोला, "पर बीबी सड़क पर कैसे मर गयी।"

"मेरे मौला की दुनिया में ऐसा भी हो जाता है!" मियाँ सैफ़ुलहक़ ने कहा, "खुदा तुम्हारा भला करे, रेढ़ा इधर ले आओ।"

मियाँ सैफ़ुलहक़ वापस लाश की तरफ गये तो ग़फ़ूरा हैरत और सम्मान भाव से उठ खड़ा हुआ और मियाँ जी जैसे मुक़दमे का फ़ैसला सुनाते हुए बोले, "लाश मेरे घर जायेगी।"

"आप..." ग़फ़ूरा हकला कर रह गया।

"यह मेरी बेटी है," वह बोले, "इसका कफ़न-दफ़न मेरे ज़िम्मे है। मेरे हामिद के जनाज़े को भी तो किसी ने अपने ज़िम्मे लिया होगा।"

"जी...!" ग़फ़ूरा हैरान रह गया।

मगर जब तक रेढ़ा आ गया था। लाश को उठाने से पहले मियाँ सैफ़ुलहक़ ने ग़फ़ूरे से पूछा, "इजाज़त है?"

और ग़फ़ूरा ज़ोर-ज़ोर से रोता हुआ मियाँ जी की टाँगों से लिपट गया। सड़क पर जाते हुए इक्का-दुक्का लोग ठिठक गये और उनकी तरफ आने लगे। शरीफ़ चरसी की दुकान का दरवाज़ा चीख़ता-चिल्लाता हुआ खुला और वह अन्दर से बोला, "क्या हो गया भई लोग?"

ऊँची आवाज़ से "अश्हदो अल्लाइलाहइल्लल्लाह" पढ़ते हुए मियाँ सैफ़ुलहक़ और ग़फ़ूरे ने लाश उठाई तो चूड़ियाँ बज उठीं और ग़फ़ूरा यूँ टूट कर रो दिया कि अगर मियाँ सैफ़ुलहक़ लाश को सँभाल न लेते तो वह सड़क पर गिर पड़ती। बदहवास लोग मदद देने के लिए बढ़े मगर मियाँ जी ने सबको रोक दिया, "बीबी

है," वह बोले।

"बीबी है...?" किसी ने हैरत से कहा, "और बीबी सड़क पर मर गयी?"

"पुलिस को बुलाना चाहिए," दूसरा बोला।

"तुम इसके चचा लगते हो?" पहले ने पूछा।

और फिर मियां सैफ़ुलहक़ की आवाज़ आई, "ले चल भई, सीधा ले चल। कलमए शहादत पढ़ता जा।" और वह खुद ज़ोर-ज़ोर से कलमए शहादत पढ़ने लगे।

रेढ़े ने ज़रा सी हरकत की तो अचानक ग़फ़ूरे ने चीख़ कर रेढ़े वाले को रोका, "रोकना भाई, ठहरना ज़रा, कली का सिर हिल रहा है।" मियाँ सैफ़ुलहक़ ने कन्धे का रूमाल कली के सर के एक तरफ़ रखा। ग़फ़ूरे ने अपनी पगड़ी दूसरी तरफ़ रख दी और रेढ़ा चला।

तीनों आहिस्ता-आहिस्ता कल्मा पढ़ते रहे और रेढ़े के पहिए जैसे हिचकियाँ लेते और रोते रहे और जब रेढ़ा मियाँ जी के मकान के सामने रुका तो एकदम सारा मुहल्ला जमा हो गया, और मियाँ सैफ़ुलहक़ किसी को कुछ बताये बिना अन्दर लपक गये।

ज़रा सी देर के बाद मियाँ सैफ़ुलहक़ के घर में कोहराम सा मच गया और आसपास के घरों से औरतें खिड़कियों से आधी-आधी लटक कर मियाँ जी के घर की तरफ देखने लगीं। मियाँ जी की बीवी और नौकरानी के रोने की आवाज़ें गली में खड़े हुए लोगों तक पहुँचने लगीं और मियाँ जी अपने बेटों के साथ एक पलंग लेकर बाहर आये। उन्होंने मुहल्ले के एक बुज़ुर्ग को अलग ले जाकर उसे सारी बात संक्षिप्त शब्दों में समझाई और फिर यह बात सारी भीड़ में प्रसारित हो गयी, सारे मुहल्ले में फैल गयी। आसपास के मुहल्लों में भी इसकी चर्चा होने लगी और लोग मियाँ जी की गली में जमा होने लगे।

ग़फ़ूरे और मियाँ सैफ़ुलहक़ ने कली की लाश को पलंग पर रखा, मगर ग़फ़ूरे ने अबकी बार कली की चूड़ियाँ नहीं बजने दीं। पहले चूड़ियाँ बजी थीं तो ग़फ़ूरे को ऐसा लगा था जैसे कली की लाश पर से चादर उतर गयी है। मियाँ जी ने ग़फ़ूरे से कहा, "ये मेरे बेटे हैं, इन्हें मरहूमा (स्वर्गीया) बीबी के भाई समझ लो।"

उसका गला भर आया था इसलिए सिर्फ़ "जी" कहकर रह गया और भीड़ से अपने आँसू छुपाने के लिए वहीं गली में बैठ कर सर घुटनों में छुपा लिया। और लोग उसके आसपास यूँ जमा हो गये जैसे उन्हें कोई अजूबा हाथ आ गया है।

मियाँ सैफ़ुलहक़ और उनके बेटे कली की लाश को अन्दर ले गये और जब पलंग को आँगन में उतारा तो उस वक्त पड़ोस के घरों से बहुत सी औरतें छतें फाँद कर मियाँ जी के यहाँ पहुँच चुकी थीं। रोने का इतना बड़ा शोर बुलंद हुआ कि मालूम होता था सारा लाहौर मातम कर रहा है।

मियाँ जी का एक लड़का क़ब्रिस्तान की तरफ़ चला। दूसरा गुस्सालन (मृतक

को नहलाने वाली) को बुलाने निकल गया। तीसरे को मियाँ सैफ़ुलहक़ ने इत्रे ख़स और कस्तूरी-कपूर खरीदने का निर्देश दिया और फिर कहा, "कफ़न बेहतरीन लट्ठें का हो। महँगा हो तो हुआ करे। यूँ समझो कि तुम हामिद के लिए कफ़न ला रहे हो।"

फिर उन्होंने मुहल्ले के हमदर्द बुज़ुर्गों को बैठक में बिठाया। नौजवान गली में टोलियाँ बनाये खड़े रहे और मियाँ जी ग़फ़ूरे को साथ लेकर उस कमरे में चले गये जहाँ मेज़ पर धरे हुए रेहल में क़ुरआन शरीफ़, दुआए गजंलउर्श और क़सीदा वुर्दा रखे थे और टूटे हुए शीशे वाली खिड़की के नीचे ताज़ा अख़बार पड़ा था।

और वहां ग़फ़ूरे ने अपने सर पर से भारी गठरी उतार दी और उसे खोल कर अपना एक-एक दुख मियाँ सैफ़ुलहक़ के सामने रख दिया, "कली उम्मीद से थी।" उसने बोलना शुरू किया मगर गला भर आया तो रुक गया। फिर बोला, "माफ़ करना मियाँ जी, रोना मर्दों का काम नहीं पर कली तो मेरा सारा ग़रूर ले गयी।"

मियाँ सैफ़ुलहक़ की आँखें भी भीग गयीं जैसे ग़फ़ूरे का समर्थन कर रहे हों। अब ग़फ़ूरे ने निरन्तर बोलना शुरू किया। उसकी आवाज़ कभी घुट जाती, कभी भर्रा जाती, कभी आँसुओं में घुल कर रह जाती। मगर वह बोलता चला गया। और मियाँ सैफ़ुलहक़ भीगी हुई आँखों से उसे टकटकी बाँधे देखते चले गये।

"कली उम्मीद से थी।" उसने कहा, "वह कहती थी, देख ग़फ़ूरे, ये जो मेरी आँखों के सामने तिरमिरे नाचने लगे हैं तो ये तो दूसरी दुनिया की निशानियाँ हैं। पिछले दस दिन से इतनी तकलीफ़ हुई कि अगर उसकी उम्र सोलह-सत्रह की न होती, मेरी तरह पैंतीस-चालीस की होती तो वह उसी तकलीफ़ में मर गयी होती। मैं चुनियाँ में डाकख़ाने के एक बाबू का नौकर हूँ। वहाँ एक स्यानी से बात की। वह बोली, कली का पेट कटेगा। नहीं कटेगा तो बच्चा मर जायेगा और बच्चा पेट में मर गया तो ये भी मर जायेगी। कली बोली—देख ग़फ़ूरे, मेरा पेट कटवा दे। मैं मरना नहीं चाहती। मैंने तो तुमसे अभी थोड़ा सा प्यार किया है—ऐसा कहा था उसने। मैंने स्यानी से कहा, काट दो। वह बोली, लाहौर ले जाओ। पेट लाहौर में अच्छा कटेगा। मैं उसे बच्चे की तरह उठा कर लारी में बैठा और यहाँ आ गया। यहाँ मिस ने कहा कि कोई पलंग खाली नहीं है। मैंने कहा हम पलंगों वाले नहीं, हमें तो खटोला भी न मिले तो ज़मीन पर पड़े रहते हैं। इतना बड़ा अस्पताल है इसे किसी कोने-खुदरे में जमीन पर ही डाल दो पर इसका कुछ करो। मिस ने मेरी बात नहीं मानी। फिर कली ने कहा हम किसी पेड़ के नीचे पड़े रहते हैं। इस पर मिस को तरस आ गया और उसे एक पलंग दे दिया और मुझसे कहा, जाओ सब ठीक हो जायेगा। कली ने यह सुना तो ज़ोर-ज़ोर से रोने लगी और कहने लगी, देख ग़फ़ूरे, तू चला गया तो मैं मर जाऊँगी। पर मिस मुझे वहाँ से जबरन बाहर ले आयी और मुझसे मेरा पता पूछने लगी। मैंने चुनियाँ का पता लिखवाया तो बोली, यहाँ का पता

भी बताओ। मैंने कहा मैं तो हर वक्त अस्पताल के दरवाज़े पर मिल जाऊँगा। मैं तो यहाँ से कहीं नहीं जाऊँगा। मैं कहीं जाकर क्या करूँगा। फिर मेरे पास इतने पैसे भी नहीं थे और कली कहती थी, क़र्ज़ कभी न लेना वर्ना सारी उम्र क़र्ज़ ही लेते रहोगे। परसों शाम को मैं अस्पताल में गया तो वहाँ कोई और मिस बैठी थी, बोली, पेट काटने से पहले ही बच्चा हो गया है, पर तुम कली को नहीं देख सकते। वह बेहोश है। उसका ख़ून नहीं रुकता। फिर बोली, जाओ बच्चे का नाम सोचो। कल शाम को मैं फिर अन्दर गया। मिस बोली, अब उसकी नाक से भी खून बहने लगा है। मैं कली के पास गया। वह आँखें बन्द किये लेटी थी। मैंने कहा, "कली", तो उसने आँखें खोल दीं और मुस्कराने लगी। ख़ुदा की कसम मियाँ जी वह मुस्कराई थी। फिर वह रो दी और बोली, "देख ग़फ़ूरे, तूने मुझे यह क्यों नहीं बताया था कि बच्चा होता है तो ऐसा भी हो जाता है।" मैंने मियाँ जी उस वक्त उसके में मौत की जलती लाट देख ली थी। पीली तो वह बहुत हो गयी थी, पर यह मैला रंग पहले इतना चमकता नहीं था। परसों रात चमक रहा था। मैंने कहा, तू रो नहीं कली, तू अब ठीक हो जायेगी। बोली, "देख ग़फ़ूरे दोपहर को जब मेरी नाक से खून जारी हो गया था तो उस समय साथ वाली ने मिस को बुलाकर कहा था, देखो यह लड़की मर रही है। तब से मैं बड़ी डर गई हूँ ग़फ़ूरे। एक बार मिस बच्चे को मेरे पास लायी, ऐसा लगा जैसे ग़फ़ूरा सिमट कर नन्हा सा हो गया है। वह मेरे पास आया पर मुझे तो दूध पिलाने ही नहीं आता, मैंने कहा कैसे पिलाऊँ तो यह इधर-उधर वालियाँ हँसने लगीं। तबसे मुझे बड़ा रोना आ रहा है। उनको पता नहीं ना कि यह मेरा पहला बच्चा था और मैं बेचारी तो चुनियाँ की रहने वाली हूँ।" मैं जब अस्पताल से आने लगा तो उसने मेरा हाथ पकड़ लिया, बोली, "आज रात न जाओ।" फिर जब मैंने कहा कि सब मुलाक़ाती उठे जा रहे हैं और वक्त हो गया है तो वह बोली, "दाता गंज बख़्श लाहौर में है ना ग़फ़ूरे, उसके पास जाओ और कहो, दाता, कली मरे नहीं। कली ने तेरे नाम की मन्नत मानी थी तो ग़फ़ूरे को पा लिया था और कली ने तो ग़फ़ूरे से अभी ज़रा सा, छंगलिया के नाखून जितना प्यार किया है।" उसका हाथ बड़ा ही ठण्डा था मियाँ जी। बर्फ़ भी ठण्डी होती है पर वह कुछ और तरह ठण्डी होती है। कली के हाथ में कुछ अजीब सी ठण्डक थी जो मेरी हड्डियों तक में उतर गयी और मैं काँपने लगा और मैं वहाँ से भाग आया। फिर मैं दाता के पास गया और जब वापस अस्पताल के दरवाज़े पर आया तो वह पहले दिन वाली मिस अधखुले दरवाज़े से लगी खड़ी थी। उसने मुझे अपने पास बुलाया और बोली, "कली ने तुमको सलाम बोला है। मैंने खुश होकर कहा, कली तो लाहौर में अकर मेम हो गयी है, सलाम बोलने लगी है। मिस ने मेरा हाथ ज़ोर से पकड़ लिया, बोली, देखो, कली ने तुमको आख़िरी सलाम बोला है। मैं वहाँ से पागलों की तरह भागा, मेरे पीछे चौकीदार भागने लगा। चौकीदार के पीछे मिस भागने लगी। और मियाँ जी, जब मैं कली के पास पहुँचा तो

उसे वहाँ से कहीं और ले जाने की तैयारियाँ हो रही थीं और मेहतरानियाँ आयी हुई थीं और आसपास की औरतों ने करवट बदल ली थीं। मेहतरानियों ने मुझे रोका, चौकीदार ने मुझे पकड़ लिया मगर फिर मिस आ गयी। उसने बताया कि यह कली का घर वाला है। मैंने कली के मुँह पर से कपड़ा हटाया तो मियाँ जी, मैंने देखा कि कली मर गयी है। उसके ऊपर के होठ पर कहीं-कहीं ख़ून जम गया था और उसकी नाक में मिसों ने रुई दे दी थी। उसकी आँखों पर भी किसी ने हाथ नहीं रखा था। उसका ढाठा भी किसी ने नहीं बाँधा था। ऐसा लगता था जैसे वह कहेगी, "देख ग़फ़ूरे..." पर मियाँ जी वह तो मर गयी थी। मिस ने मुझे मेरा बच्चा दिखाया, ऐसा लगता था कली सिमट कर बिलकुल नन्ही सी हो गयी है। मिस बोली, "तुम कली को दफ़न कर आओ, फिर आकर ले लेना।" फिर जब लाश को अस्पताल से बाहर लाया गया था तो मैंने उसे यूँ उठा लिया जैसे बच्चे को उठाते हैं। मेरे हर क़दम पर कली की चूड़ियाँ बज उठी थीं मियाँ जी। पहले तो जी चाहा कि उन्हें तोड़ डालूँ। फिर जब मैंने कली को ज़मीन पर लिटाया और उसकी कलाई देखी तो वह बड़ी अच्छी लग रही थी। मैं वहाँ सड़क पर बैठ गया और सारी रात बैठा रहा। पुलिस वालों ने एक बार पूछा तो मैंने सच-सच बता दिया और वह बोले, "ख़ुदा किसी को ग़रीब न करे।" एक-दो बार तो जी चाहा मियाँ जी वहीं पंजों से ज़मीन खोद कर कली को सड़क के किनारे दफ़न कर दूँ पर जनाज़ा भी तो पढ़ना था। सुबह को अल्लाह ने आपको भेज दिया। आप न आते तो मैं कली को यूँ उठाये फिरता जैसे बन्दरिया अपने मरे हुए बच्चे को चिमटाए फिरती रहती है। बस, ये बात है मियाँ जी।"

उसने एक लम्बी गहरी साँस ली और सर को झटक कर पगड़ी के पल्लू से आँखें पोंछी और फिर यूँ बोला जैसे एक ज़रूरी बात कहना भूल गया था, "कली को मुझ से बड़ा प्यार था मियाँ जी। मैं उम्र में उससे कितना बड़ा हूँ, पर वह सबसे लड़ कर मेरे पास आ गयी थी और मैंने भी सबसे लड़कर शादी कर ली। हमने सारी दुनिया से लड़कर प्यार किया था मियाँ जी।"

फिर वह ज़रा देर को कुछ सोच कर मियाँ सैफ़ुलहक़ के क़दमों से लिपट गया और बोला, मैं आपके सामने कैसी बातें करने लगा हूँ। मैंने तो सारी बातें कर दीं आपके सामने। आप भी क्या कहेंगे। आप बुरा तो नहीं मानेंगे मियाँ जी।"

मियाँ सैफ़ुलहक़ ने उसके कन्धे को थपथपाया और रूमाल से मुँह साफ करके बाहर चले गये। कुछ देर के बाद वापस आये और बोले, "गुस्सालन आ गयी है। कफ़न भी आ गया है। क़ब्र के लिए भी शफ़क़त कह आया है।"

ग़फ़ूरा उनके करीब आया और बच्चे के से भोलेपन से बोला, "गुसुल हो जाये मियाँ जी तो एक बार मैं कली को देखूँगा।"

और मियाँ सैफ़ुलहक़ मुँह में रूमाल ठूँस कर बाहर चले गये।

फिर जब वह आये तो उनके हाथों से इत्रे ख़स और कपूर की गन्ध आ रही

थी। नहलाया जा चुका था। वह ग़फ़ूरे से कुछ नहीं बोले। बस कमरे में आये तो वह मेज़पोश के एक कोने को हाथ पर फैलाकर कढ़े हुए फूल देख रहा था। उसने मियाँ सैफ़ुलहक़ को देखा तो उठ खड़ा हुआ। उनके पास आया और बोला, ''मियाँ जी, मैं आपको यह तो बताना भूल ही गया था कि कली बड़ा अच्छा कशीदा काढ़ती थी।'' मियाँ जी कुछ बोले बिना वापस जाने लगे और ग़फ़ूरा उनके पीछे-पीछे हो लिया। फिर दरवाज़े पर रुक कर बोला, ''आ जाऊँ मियाँ जी?''

''तुमसे कौन पर्दा करेगा भाई?'' वह बोले और आगे बढ़ गये। ग़फ़ूरा उनके पीछे था। आँगन में बहुत सी औरतें जमा थीं, अक्सर ज़ार-ज़ार रो रही थीं। चन्द एक तरफ बैठी क़ुरआन शरीफ़ की तिलावत (पाठ) कर रही थी और जब ग़फ़ूरा अन्दर गया तो उससे किसी ने पर्दा नहीं किया। उसके पहुँचते ही रोने में तेज़ी आ गयी थी। सबसे पहले मियाँ जी ने पाँच रुपये का एक नोट निकाल कर ग़ुस्सालन की तरफ़ बढ़ाया मगर वह सुर्ख-सुर्ख आँखें मल कर बोली, ''नहीं मियाँ जी, एक दिन मुझे भी मरना है। क्या ख़बर इसी तरह सड़क के किनारे दम निकल जाये। नहीं जी, मैं नहीं लूँगी।''

''सड़क किनारे।'' मियाँ जी की बीवी की चीखें निकल गयीं, ''मेरे हामिद की तरह।''

और मियाँ सैफ़ुलहक़ भी औरतों की मौजूदगी से बेपरवाह होकर टूट कर रो दिये। फिर उन्होंने रूमाल को मुँह में ठूँसा और ग़फ़ूरे के कन्धे पर हाथ रखकर खड़े हो गये। कुछ देर के बाद उन्होंने रूमाल निकाला और बोले, ''मेरे मौला की दुनिया में क्या कुछ नहीं होता। यह भी होता है कि कोई सड़क के किनारे मर गया पर यह भी तो होता है कि उसे अच्छा कफ़न-दफ़न मिल गया। तुम कहती हो हामिद बरसों पहले मरा था। मैं तो कहता हूँ वह आज मरा है और उसका जनाज़ा यह हमारे सामने रखा है।''

औरतें फिर ज़ोर-ज़ोर से रोने लगीं।

ग़फ़ूरा चुपचाप खड़ा कली की लाश पर बिछी हुई रेशमी गुलाबी चादर को हवा के अदृश्य झोंकों में हिलते हुए देखता रहा। मियाँ जी की बीवी ने अच्छी तरह रो लेने के बाद चादर एक तरफ से उठाई, कलमए शहादत पढ़ते हुए कली के चेहरे पर से कफ़न सरका दिया और ग़फ़ूरे की तरफ देखने लगीं।

सब औरतें ग़फ़ूरे की तरफ़ देखने लगीं।

मियाँ सैफ़ुलहक़ ने भी घबरा कर ग़फ़ूरे को देखा और बोले, ''क्यों मियाँ, पहचाना नहीं क्या, यह मेरा हामिद है। यह तुम्हारी कली है।''

ग़फ़ूर की आँखों में उमड़े हुए आँसू भी जैसे सूख गये थे और देर तक पलकें झपके बिना कली के चेहरे को देखता रहा और औरतें बिलकुल खामोश हो गयीं।

फिर ग़फ़ूरे के शरीर में हरकत हुई। उसने कली को छूने के लिए हाथ बढ़ाया

तो मियाँ जी की बीवी बोलीं, "न... न...ऐसा नहीं करते। बीवी के मरने के बाद अब तुम उसके मोहरम नहीं रहे। तुम्हारा तो इस पलंग को छूना तक गुनाह है।"

ग़फ़ूरा जैसे सन्न रह गया। वह थोड़ी देर तक झुका हुआ हाथ बढ़ाये यूँ खड़ा रहा जैसे जड़ हो गया है। फिर वह सीधा हो गया और कली के चेहरे पर टकटकी बाँधे रखी।

अचानक मियाँ सैफ़ुलहलक़ ने उसे दोनों कन्धों से पकड़ कर झिंझोड़ डाला और बोले, "रोओ, खूब रोओ। खुल कर रोओ। तुम रोओगे नहीं तो मर जाओगे। तुम्हारे दिल की धड़कन बन्द हो जायेगी। हामिद मरा था तो मुझे भी ऐसा हो गया था। यूँ समझो कि यह छः वर्ष मैंने सुन्न की हालत में गुज़ारे हैं। मैं आज रोया हूँ तो जैसे नयी ज़िन्दगी पायी है।"

"मैं ठीक हूँ मियाँ जी।" ग़फ़ूरा आहिस्ता से बोला। फिर वह चलने लगा। वह आँगन के उस कोने में जाकर रुक गया जहाँ कली को नहलाया गया था। उसने मुज़रिमों की तरह मियाँ सैफ़ुलहक़ की तरफ़ देखा, फिर झुका। टूटी हुई चूड़ियों के टुकड़े चुने और जेब में डाल लिये।

और औरतें यूँ एकदम सिसक-सिसक कर रोने लगीं कि बाहर बैठक में बैठे हुए और गली में खड़े हुए लोग भी एक बार तो दहल कर रह गये।

और जब ग़फ़ूरा चूड़ियों के टुकड़ों को जेब में डाले वापस आ रहा था तो मियाँ सैफ़ुलहक़ ने कहा, "सब बीबियाँ एक तरफ़ चली जायें। मैं फ़तवा देता हूँ कि ग़फ़ूरा अपनी बीवी की मैयत को छू सकता है।" उन्होंने पास खड़ी हुई बेटी के कान में कहा, "न छू सका तो पागल हो जायेगा।"

ग़फ़ूरा उसी सुन्न की स्थिति में आगे बढ़ा। कली के चेहरे पर झुक गया। उसके चमकते हुए ज़र्द माथे पर एक बाल हटाकर गीले बालों में मिला दिया और बजाये इसके कि कली को सम्बोधित करता, बोला, "देख ग़फ़ूरे..."

फिर वह उसी तरह सूखी आँखें और ज़र्द चेहरा लिये बाहर चला गया। और मियाँ जी बोले, "मुझे तो अब इस बदनसीब की फ़िक्र पड़ गयी है।"

जब कली का जनाज़ा उठा तो उसके साथ बहुत भीड़ थी। बहुत बड़ी नमाज़े जनाज़ा पढ़ी गयी। बहुत सुन्दर क़ब्र तैयार हो चुकी थी तो ग़फ़ूरे ने जेब में हाथ डाला और टूटी हुई चूड़ी का एक टुकड़ा निकाल कर क़ब्र पर रख दिया।

और मियाँ सैफ़ुलहक़ लोगों से कह रहे थे, "मुझे हामिद के कफ़न-दफ़न का मौक़ा मिलता तो मैं इससे ज़्यादा और क्या करता। मैंने तो सिर्फ़ अपना फ़र्ज़ अदा किया है।"

मियाँ सैफ़ुलहक़ जब क़ब्रिस्तान से पलटे तो एक श्रद्धालु भीड़ उनके साथ थी। हर व्यक्ति के मुँह से मियाँ जी की बड़ाई और नेक नीयती के क़िस्से थे और सब लोग इस बात पर सहमत थे कि इस चौदहवीं सदी में भी मानवीयता मरी नहीं। अभी

इसमें ज़िन्दगी की एक चमक बाकी है और उस चमक का नाम मियाँ सैफ़ुलहक़ है।

मियाँ सैफ़ुलहक़ ये बातें सुनते तो घबरा जाते, "अरे भई मैं किस लायक़ हूँ," वह प्रतिरोध करते, "बन्दा किस लायक़ है, यह तो तौफ़ीक़ की बात है और देने वाला मेरा मौला है। यह तो सब मेरे मौला का एहसान है दोस्तो।"

फिर उनकी आँखों में विचित्र चमकते-दमकते से आँसू आ जाते और वह एक लम्बी गहरी साँस लेकर कहते, "मैंने एक मिस्कीन बीबी को नहीं दफ़नाया है। मैं तो आज छः वर्ष के बाद अपने हामिद को दफ़ना के आ रहा हूँ। मैं तो हर मोहर्रम के महीने में इस क़ब्र पर फ़ातिहा पढ़ने और पानी छिड़कने आऊँगा।" और लोग उनके चेहरे के आसपास घेरा उभरता हुआ देखने लगते।

अपनी गली में आकर मियाँ सैफ़ुलहक़ ने लोगों को विदा किया। कुछ बुज़ुर्गों को वह बैठक में ले आये और फिर अचानक बोले, "ग़फ़ूरा कहाँ है?"

बैठक में चारों तरफ नज़रें दौड़ा कर वह गली में आ गये और ऊँची आवाज़ में जैसे अपने आप से पूछा, "अरे भई, ग़फ़ूरा किधर गया?"

वह गली के उस पार सड़क तक लगभग दौड़ते चले गये और उन्हें इस हालत में देखकर घरों को जाते हुए लोग उनके आसपास जमा हो गये, "जाने वह ग़फ़ूरा कहाँ गया?" मियाँ जी बोले।

"अरे हाँ!" लोगों ने एक दूसरे की तरफ़ देखकर कहा, "वह तो सारे रास्ते नज़र नहीं आया।" वापस आकर वह सीधे ज़नान ख़ाने में चले गये और बोले, "न जाने वह ग़फ़ूरा कहाँ ग़ायब हो गया।"

लेकिन उनकी बीवी ने सवाल का जवाब सवाल में दिया, "अब मुझे कब ले चलेंगे क़ब्र दिखाने?"

"ले चलेंगे।" मियाँ सैफ़ुलहक़ बोले।

और दूसरे रोज़ वह अपनी बीवी, तीनों बेटों और चारों बेटियों के साथ क़ब्र देखने गये।

कली की रस्मे क़ुल भी अदा हुई। चालीसवें तक हर जुमेरात (वृहस्पतिवार) को मुहल्ले की मस्जिद के इमाम साहब को दावत पर भी बुलाया और फ़ातिहा पढ़वाई। फिर चालीसवाँ भी हुआ और उसे रोज़ हामिद की तस्वीर को उसकी बहनों ने हार पहनाये।

और इस बहुत बड़ी घटना के बाद मियाँ सैफ़ुलहक़ की ज़िन्दगी बिल्कुल समतल चमकती हुई सड़क बन गयी जो दृष्टि की सीमा तक विभाजन रेखा तक जाती थी और जिसके दोनों तरफ़ कद्दावर दरख़्त साया किये खड़े रहते थे। वह उस सड़क पर फिर से कुछ ऐसी अनौपचारिक और गति से चलने लगे जैसे इंसान खाना खाते वक़्त चाहे बात जलियांवाला बाग़ की कर रहा हो मगर खाने का कौर सीधा

मुँह को जाये। अब उस सड़क पर वह प्रासाद भी नहीं उभरता था जिसके पास कभी ठिठक कर वह शून्य में घूरते रह जाते थे। अब दृष्टि की सीमा तक पौ साफ था।

यह कोई सालभर की बात है कि मियाँ सैफ़ुलहक़ अज़ान की आवाज़ पर जागे और नीला रूमाल कन्धे पर रख कर मस्जिद की राह ली। संदल (चन्दन) की तस्बीह पर इस्तग़फ़ार का जाप करते हुए पलटे। शरीफ़ चरसी की दुकान से बचकर निकले और घर आ गये। क़ुरआन शरीफ़ का पाठ, दुआए गजुंलअर्श और क़सीदा बुर्दा पढ़े। अख़बार वाले ने अख़बार गोल करके उसे खिड़की के टूटे हुए शीशे में से अन्दर फेंक दिया और बोला "अस्सलामो अलैकुम, मियाँ जी।"

सीने पर छूकर मियाँ सैफ़ुलहक़ ने कहा, "आ गये मियाँ? वालैकुम अस्सलाम," और अख़बार उठाने को उठे।

अचानक रुक कर फिर आवाज़ आयी, "अस्सलामे अलैकुम मियाँ जी।"

"आ गये मियाँ?" उन्होंने आदत के अनुसार कहा और वालैकुम अस्सलाम कहने ही को थे कि उनका मुँह खुला का खुला रह गया। और टूटे हुए शीशे के उस पार उन्होंने कुछ यूँ आँखें सुकेड़ कर देखना शुरू किया जैसे उनकी नज़रों को किसी ने कस कर तान लिया है।

"मियाँ जी।" फिर आवाज़ आयी।

और मियाँ सैफ़ुलहक़ ने इस बीच पहली बार आँखें झपकीं और दरवाज़े की तरफ़ लपके, "आ जाओ भई, आ जाओ, सुनाओ कहाँ रहे तुम? कहाँ ग़ायब हो गये थे? मैं तो उस रोज तुम्हें गली-गली पूछता फिरा, और ये क्या हालत बना रखी है? आओ अन्दर आ जाओ। कमाल है भई, मैं तो समझा था कि तुम..."

ग़फ़ूरा अन्दर आ गया। उसने एक मैली सी चादर लपेट रखी थी। सर पर खादी की एक पुरानी चिकट टोपी थी। आँखें बहुत पीछे हट गयी थीं और भौं और गालों की हड्डियाँ अस्वाभाविक रूप से उभरी हुई मालूम होती थीं। नाक झुक आयी थी। दाढ़ी बढ़ी हुई थी और बिलकुल खिचड़ी हो रही थी। होठ आपस में कुछ यूँ पैवस्त थे जैसे अलग हुए तो उनसे ख़ून बहने लगेगा। वह मियाँ सैफ़ुलहक़ के पीछे धीरे-धीरे चलता हुआ कमरे में आया और वहीं जाकर खड़ा हो गया जहाँ बैठकर मियाँ जी को अपनी सारी कहानी आदि से अन्त तक सुना डाली थी।

मियाँ सैफ़ुलहक़ ग़फ़ूरे को देखते हुए भी शून्य में घूरते हुए मालूम हो रहे थे। वह भी वहीं जा खड़े हुए जहाँ बैठकर उन्होंने ग़फ़ूरे की कहानी सुनी थी। फिर मियाँ जी बैठे तो ग़फ़ूरा भी बैठ गया। खिड़की के नीचे आज का अख़बार पड़ा था। और सामने मेज़ पर धरे हुए रेहल में क़ुरआन शरीफ़ और दूसरी मज़हबी किताबें रखी थीं। यूँ मालूम होता था जैसे ग़फ़ूरे ने जो कहानी आज से एक साल पहले शुरू की थी वह अब तक जारी है और इस शिद्दत से जारी है कि वह जिस पहलू से बैठे थे उसी पहलू से जम कर रह गये हैं।

"हम तो समझते थे," मियाँ सैफ़ुलहक़ बोले, "कि तुम हमें भूल-भाल गये होगे।"

"मैं आपको कैसे भूल सकता हूँ मियाँ जी," ग़फ़ूरा बोला, "जब तक मैं कली को नहीं भूलता आपको भी नहीं भूलूँगा और मैं कली को तो उम्र भर नहीं भूल सकूँगा मियाँ जी।"

एक क्षण के विराम के बाद ग़फ़ूरा बोला, "मियाँ जी, आप कितने नेक आदमी हैं और मैं कितना खुदग़र्ज़ आदमी हूँ। मैंने पहली खुदग़र्ज़ी तो ये की कि कली दफ़न हो गयी तो आपसे मिला तक नहीं और चला गया... दूसरी खुदग़र्ज़ी ये है मियाँ जी कि... मुझे कुछ ऐसा लगता है कि...

रुक कर उसने आँखें मलीं और बोला, "मुझे ऐसा लगता है जैसे कली अब तक सड़क किनारे बेकफ़न पड़ी है।"

"पागल तो नहीं हो गये तुम..." मियाँ जी ने प्यार से डाँटा, "मैंने उस दिन कहा था ना कि खुल कर रोओ, नहीं तो पागल हो जाओगे।"

"नहीं मियाँ जी..." ग़फ़ूरा बोला, "पागल कहाँ हुआ हूँ। पागल होना होता तो उसी दिन न हो जाता जब मरी हुई कली की कलाइयों में चूड़ियाँ बजी थीं। मैं सच कहता हूँ, मुझे इस एक साल में एक दिन भी तो ऐसा नहीं मिला जब कली की याद ने मुझे गाली न दी हो और यह न कहा हो कि देख ग़फ़ूरे, मैं तो अब तक सड़क किनारे चादर में लिपटी रखी हूँ।"

"तुम्हें कुछ हो गया है भई," मियाँ जी ने परेशान होकर कहा।

"मियाँ जी..." अब ग़फ़ूरे के आँसू आज से एक बरस पहले की तरह बहने लगे और उसकी आवाज़ भर्राने और घुटने लगी, "कली को मुझसे बड़ा प्यार था मियाँ जी। मैं उम्र में उससे कितना बड़ा था पर वह सबसे लड़कर मेरे पास आ गयी थी। हमने सारी दुनिया से लड़कर आपस में प्यार किया था। पर मैं कैसा बुरा हूँ कि मैं उसके जनाज़े पर एक पैसा भी तो न लगा सका। मैंने कली के मरने के बाद उसका तो कोई हक़ अदा न किया ना मियाँ जी। मैंने इधर एक साल में बड़ी मेहनत की। मैं बीमार भी हो गया। मैं अस्पताल में भी पड़ा रहा। पर जो कुछ मुझसे हो सका किया। मैं नहीं जानता आपने कली के जनाज़े पर कितना ख़र्च किया था। बहुत किया होगा क्योंकि आपने तो उसे बिलकुल अपना बना लिया था। अगर मैं खुद उसके जनाज़े पर ख़र्च कर सकता तो..." उसने जेब में हाथ डालकर कुछ नोट निकाले। उन्हें फ़र्श पर रख दिया और बोला, "तो इससे ज़्यादा तो क्या करता कुछ कम ही करता।" पल भर के लिए वह खामोश रहा।

मियाँ जी भी खामोश रहे। कहीं अन्दर से घड़ी की टिक-टिक की दबी-दबी आवाज़ आने लगी।

फिर वह बोला, "मियाँ जी, यह आप ले लीजिए।"

मियां सैफ़ुलहक़ तड़प कर उठ खड़े हुए।

''नहीं मियाँ जी...'' ग़फ़ूरा भी उठ खड़ा हुआ, ''मैं आपको दुख देने नहीं आया। यह रक़म आप ले लीजिए। आप ले लेंगे तो मेरे दिल को तसल्ली होगी। मैं समझूँगा मैंने कली के कफ़न-दफ़न का सामान खुद किया। कली भी मुझे गालियाँ नहीं देगी और उसकी रूह भी खुश होगी। ले लीजिए मियाँ जी।''

मियाँ सैफ़ुलहक़ जो इस मध्य हाँफने लगे थे। गरज उठे, ''तो क्या मैंने तुमसे कोई सौदा किया था? ले जाओ ये रुपये। क्या मैं तुम्हारे इन चन्द रुपयों का भूखा हूँ? क्या तुमने मुझे अपनी तरह...'' और उन्होंने नोट उठा कर ग़फ़ूरे की तरफ़ फेंक दिये। यह नोट एक-एक करके फ़र्श पर बिखर गये और ग़फ़ूरा ख़ामोश खड़ा रहा।

फिर जब उसने देखा कि मियाँ सैफ़ुलहक़ काँपने भी लगे हैं तो वह आहिस्ते से बोला, ''मियाँ जी, देखिए ख़फ़ा न होइए। आपने मुझ पर इतना बड़ा एहसान किया है। मैं ऐसा कमीना नहीं हूँ कि उस एहसान को भूल जाऊँ। पर बात ये है मियाँ जी कि आपने तो कली की जगह हामिद मियाँ को दफ़न किया था और मेरी कली तो वहीं सड़क के किनारे बेकफ़न पड़ी रह गयी। इन रुपयों को चाहे आप नाली में फेंक दीजिए पर मैंने तो आज ही अपनी कली को अपने हाथों से क़ब्र में उतारा है मियाँ जी।''

फाँसी का फन्दा

नत्थू तीस वर्ष का था जब इधर उसका बाप मरा और उधर उसके बेटे पर चौथी बेटी पैदा हुई। और ख़ानदानी ज़िम्मेदारियों का एक बोझ उसके कन्धों पर टूट पड़ा।

"नत्थूरे।" उसकी माँ ने दायें हाथ की पहली अँगुली को बड़े रहस्यमय ढंग से घेरों के रूप में हवा में यूँ लहराया जैसे विलाप करने चली है और कुछ क्षणों के लिए खूब-खूब रोकर अँगुली को उसी तरह घेरों में लहराते हुए उसने विलाप करना शुरू कर दिया, "मेरे सर के फूल को मौत तोड़ ले गयी रे नत्थू। आज मेरी पतंग आध-आसमान पर कट गयी। वह जुम्मा जिसने एक न दो पूरे नौ कम दो सौ जवानों को मौत के घाट उतारा, खुद भी उसी घाट उतर गया रे नत्थू! और तेरी घर वाली के दीदों का पानी ऐसा ढला कि इधर तेरे बाप ने दम तोड़ा उधर उसने ठक् से एक छोकरी जन दी और जनी भी तो छोकरी रे नत्थू। हया न आयी उसे कि आज उसी के नत्थू के सर का चित्र टूट रहा है रे नत्थू। उसकी जगह मैं होती तो पेशाब के बहाने कहीं वीराने में जा कर गाड़ आती पर घराने के माथे का कलंक न बनती रे नत्थू। अँगुलियाँ न उठती। ठट्ठे न होते, नाकों पर दुपट्टे रख कर ठाँय-ठाँय हँसा न जाता रे नत्थू। अब तू इस कलंक को यूँ धो सकता है कि कातिल जवानों को मारने में अपने बाप की सी हाथ की सफाई दिखाना रे नत्थू। तेरे बाप के पास एक साफ-सुथरी रुई की सी नर्म मौत का हुनर था रे नत्थू। उसकी लाज रखना रे नत्थू। हाय रे नत्थू।"

इस लम्बे विलाप के बाद वह खड़े हुए नत्थू की टाँगों पर सर छुपाकर यूँ कुड़क-कुड़क कर रोई थी कि दीवार के साथ-साथ दूर तक बैठी हुई रिश्तेदार औरतों और पड़ोसनों में से एक बोली, "मज़ा आया रोने का। सर का साईं मर जाये और यूँ फड़क-फड़क कर न रोया जाये तो ये रोना तो न हुआ, बिलोना हुआ। और उधर बहू को देखो, इधर आँसुओं की नदियाँ बह रही हैं और वहाँ दूध पिलवाये जा रहे हैं और दाया से पेडू दबवाये जा रहे हैं। एक बेटा और तीन बेटियाँ क्या कम थीं कि चौथी बेटी के लिए इतनी बेसब्र हो गयी। मौक़ा-महल तक न देखा। हाय री, कैसी उलटी सदी आ गयी है, बन्दूक से चींटी के शिकार हो रहे हैं, आसमान पर थगली लग रही है।"

"हा।" सारी औरतों ने गहरी ठण्डी साँसें लीं और नत्थू नाक पर पगड़ी का एक पल्लू रखे माँ के पास से हटा और परली दीवार से लग कर खड़ा हो गया। जैसे गड़ कर रह गया है।

नत्थू का बेटा गली से भागता और कूदता हुआ आया मगर बाप को यूँ उदास खड़ा देख कर जरा सा रुका और फिर बाहर चला गया।

अन्दर कोठे में से नत्थू की पत्नी की कराहों और सिसकियों की आवाज़ें आ रही थीं।

नत्थू की माँ रेंगती हुई पड़ोसनों के पास आ बैठी और आराम से आलती-पालथी मारने के बाद बिलख-बिलख कर रोने लगी।

"यूँ फूट-फूट के और टूट-टूट के तू न रोयेगी मासी तो और क्या तेरी बहू रोयेगी?" एक पड़ोसन बोली, "मान तो तेरा ही टूटा है ना।"

"मेरे मान की क्या बात करती हो बेटी।" बुढ़िया ने ठसक-ठसक कर रोते हुए दोनों हाथों के अँगूठों और पहली अँगुलियों से एक घेरा सा बनाते हुए कहा, "यूँ चाँद सा चेहरा था मरने के बाद, जैसे पन्द्रहवीं का चाँद घड़ी भर कर उभरे। होठों पर मुस्कराहट जैसे फूल खिल रहा हो। ऐसा फूल सा हल्का हाथ मरने वाले का कि सुनते हैं इधर जवान के क़दमों तले से तख़्ता खिसका उधर वह जुम्मे के बनाये हुए फन्दे में यूँ लटक गया जैसे बेल से तोरई लटकती है। आँख के एक पलकारे में जान हुआ। ये नहीं कि तख़्ता गिरा और फाँसी पाने वाले ने फड़क-फड़क के रस्सा ही तोड़ दिया। और यह मेरा नत्थू बेचारा। इसने तो बाप तक को मरता नहीं देखा। अपनी लाडो के लिए दाया लाने गया हुआ था भोला बादशाह, कि इधर बाप चलता बना। ये कैसे देगा फाँसियाँ। ये कैसे देखेगा, उबली हुई आँखें और खिंची हुई बाँछें। और वहाँ फाँसी पर तो बड़े-बड़े कड़ियल जवानों की गर्दनें तड़ से टूट जाती हैं और हाथ-हाथ भर लम्बी हो जाती हैं और ज़बानें धज्जियों की तरह लटक कर ठोढ़ी पर आ रहती हैं और नाक-मुँह से खून फूट पड़ता है... हाय रे मेरा नत्थू।"

औरतों को नत्थू की माँ की आदत बुरी लगती थी कि आसमान की बात करो या ज़मीन की, वह अपनी बात को जुम्मे की बड़ाई पर ख़त्म करती थी, "मारने को हुनर बना डाला है नत्थू के बाप ने। फाँसी नहीं देता, गुबारे में काँटा चुभोता है। अभी यूँ फूला-फूला कुप्पा सा लग रहा है और अभी झुर्रियों पड़ा छिछड़ा।"

मुहल्ले और बिरादरी की बड़ी-बूढ़ियाँ तो ख़ैर अब तक उसकी बातें बर्दाश्त कर लेती थीं मगर जब नयी-नवेली बहुएँ उन घरों में आती थीं और चाचा जुम्मे के कारनामे सुनती थीं तो कितनी रातें आँखों में काट देती थीं। चीख़-चीख़ उठती थीं और कुछ एक पर तो जिन्न तक आ गये थे, मगर नत्थू की माँ थी कि अपनी रट से बाज़ नहीं आती थी। जुम्मे तक ने उसे मना किया मगर वह रह न सकी।

जब वह ब्याह कर इस घर में आयी थी तो पहली रात को जुम्मे की ज़बान से मौत के आसान नुस्ख़ों का ज़िक्र सुन कर पटाख़ से पलंग की पट्टी पर गिरी थी

और बेहोश हो गयी थी। फिर उसकी बत्तीसी खोलने के लिए कितने ही चमचे टेढ़े हो गये थे और सामने का एक दाँत तक टूट गया था, पर सुबह की अज़ान तक वह यूँ पड़ी रही थी जैसे उसे फाँसी पर लटका दिया गया है।

और फिर जाने क्या हुआ कि होश आने के बाद उसने पहली बात यह की, "अहाहा, उबली हुई आँखें देखने को मेरा कैसा-कैसा जी चाहता रे जुम्मे। उबलने के बाद ये आँखें मुँह पर लटकी रहती हैं कि नीचे गिर पड़ती हैं रे जुम्मे? आँखों के टूटने की आवाज़ भी तो आती होगी रे जुम्मे? यह तमाशा मुझे कब दिखाओगे रे जुम्मे?"

"पागल हो गयी?" किसी ने कहा, "दिमाग़ चल गया दुल्हन का।"

लेकिन दुल्हन का दिमाग़ नहीं चला था। बस इतना हुआ कि उसे एकदम मौत से प्यार हो गया और वह भी भद्दी-गन्दी लहूलुहान मौत से। जब कभी सुनती कि शहर में कोई बुखार से मर गया है तो उदास सी हो जाती और कहती, "यह मौत भी कोई मौत है कि लेटे-लेटे जान निकल गयी। ठाठ से मरना था तो कोई क़त्ल-वत्ल करके जुम्मे के हाथों फाँसी पाता। ज़बान तो लटकती, गर्दन तो खिंचती, ख़ून तो फूटता, बड़ी फुसफुसी मौत मिली बदनसीब को।"

शुरू-शुरू में तो उसकी बातों से मुहल्ले में काफी बेचैनी फैल गयी मगर बाद में फैसला हुआ कि वह अपाहिज है।

वह अपने बेटे नत्थू तक को लाशों की कहानियाँ सुनाती थी और नत्थू नींद में भड़क कर उठ बैठता और चीख़-चीख़ कर सारा घर सर पर उठा लेता तो वह फ़क़ीरों, जोगियों के पास टोने-टोटके और तावीज-गण्डे लेने चली जाती। दरअसल उसकी समझ में नहीं आता था कि आख़िर फाँसी और फाँसी पाने वालों का ज़िक्र सुन कर बच्चे-बूढ़े बौखला क्यों जाते हैं। यूँ वह अपनी बेबसी को स्वीकार कर लेती थी और उसकी यह विवशता आज जुम्मे के मर जाने तक बाकी थी। उसने कहा था, "जिसने एक न दो पूरे नौ कम दो सौ जवानों को फाँसी पर लटकाया वह खुद यहाँ खाट पर पड़ा एड़ियाँ रगड़ता रहा। हुनर वाले यूँ ही मर जाते हैं बेचारे।

नत्थू के बेटे ख़ैरू को भी अब वह ऐसी ही कहानियाँ सुनाती थी, "एक बार की बात है बेटा कि तेरे दादा ने एक नौजवान को फाँसी पर लटकाया। उस जवान ने एक न दो इकट्ठे पाँच क़त्ल किये थे और वह भी बन्दूक-वन्दूक से नहीं, छुरे से। छः फुट का जवान था और जब उसके क़दमों तले से तख़्ते हटे हैं तो जानते हो क्या हुआ?"

"मर गया।" ख़ैरू कहता।

"हाँ, हाँ मर तो गया," वह कहती, "समझने की बात ये है कि कैसे मरा। झटका लगा तो गर्दन धड़ का बोझ न सहार सके। तड़ से टूट गयी और उसका सर और धड़ दोनों तुम्हारे दादा के क़दमों में आ रहे।" वह ठाह-ठाह हँसने लगती। और

नत्थू को यह देख कर बड़ा दुख होता कि ख़ैरू अपनी दादी का साथ दे रहा है। "अहा हा" ख़ैरू कहता, "कैसा मज़ा आया होगा। क्यों दादी?"

"क्यों बाबा?" ख़ैरू नत्थू को पुकारता और नत्थू कहता, "मैं बच्चा नहीं हूँ कि मुझे कहानियों का मज़ा आये। मुझे न पुकारो, मुझे नींद आती है।"

"इसका, तेरे बाप का तो इतना ज़रा सा, छोटा सा दिल है," नत्थू की माँ ख़ैरू से कहती, "जाने ये कैसे देगा फाँसियाँ।"

वैसे नत्थू ने अपने माता-पिता से बिगड़ी हुई लाशों की इतनी कहानियाँ सुनी थीं कि उसे मौत से डर नहीं लगता था। लेकिन आज जब वह दाया को लेकर आया था और बाप के चेहरे के स्याह रंग में मौत की ज़र्द वीरानी देखी थी तो वह सहम गया था। और जब उसकी माँ ने लाश की मूँछों को बल दिया था तो नत्थू को झुरझुरी आ गयी थी। मगर बाप-दादा का पेशा यही था। इसलिए तुरन्त जाकर बाप की मौत की रिपोर्ट की और पारिवारिक सेवाओं के बदले में उसे बाप का उत्तराधिकारी घोषित कर दिया गया था। अफ़सर मेहरबान थे। फाँसियों की तारीख़ मुल्तवी भी हो सकती थी, सो फैसला हुआ कि उसे किसी दूसरे सूबे में ट्रेनिंग के लिए भेज दिया जाये।

फिर जब नत्थू घर वापस आया तो उसकी पत्नी की चीख़ें आसमान की ख़बर ला रही थीं। सारा मुहल्ला जमा था और गली में भगदड़ मची हुई थी। सब लोग नत्थू को देख कर एक तरफ हो गये। सिर्फ़ चुप खड़ा हुआ ख़ैरू रास्ते में बाधक था। उसके पास पहुँचकर नत्थू ने पूछा, "क्या तुम्हारी माँ को?"

"बच्चा दिया है, दर्द हो रहा है।" ख़ैरू बोला।

नत्थू जैसे एक धक्का सा खाकर कोठे के अन्दर जा पड़ा और ख़ैरू की इस बात पर सारी भीड़ में एक कानाफूसी होने लगी।

नत्थू की माँ अन्दर कोठे में थी। नत्थू को देखा तो उसे एक कोने में ले जाकर बोली, 'मर रही है, मरने वाले का सब्र पड़ा है।"

नत्थू ने पलट कर पत्नी की तरफ देखा और उसकी भयानक रंगत देख कर उसे ऐसा महसूस हुआ जैसे उसने एक बार फिर अपने बाप के मुर्दे को देख लिया है, और उसका अन्दाज़ा सच निकला। थोड़ी देर के बाद उसकी पत्नी मर गयी। और फिर थोड़ी देर के बाद उठ भी गयी और खाली ढंढार घर में एक दिन की बच्ची बिलखती और हाथ-पाँव मारती रह गयी। उस रोज़ नत्थू को अपने घर ही से डर लगने लगा था, और वह सारी रात जागता रहा था। कभी उसके कानों में मरती हुई पत्नी की चीख़ें गूँजतीं और कभी उसकी आँखों में मरे हुए बाप की मूँछें बल खा जातीं और वह सूखे होंठों पर खुश्क ज़बान फेर कर रह जाता।

दूसरे ही दिन वह जैसे अपने घर से भाग गया और अपने पेशे की ट्रेनिंग लेने दूसरे सूबे में चला गया। वापस आया तो लोगों ने यूँ समझा जैसे उसी बुरी तरह से पीलिया हो गया है। उसके चेहरे की ज़र्दी में कहीं-कहीं नीले निशान भी उभर आये

थे, उसकी आँखें कुछ ऐसी खाली-खाली हो गयी थीं जैसे उनमें से रोशनी छलक पड़ी हो। चेहरे पर जगह-जगह ऐसी शिकनें उभर आयी थीं जैसे वह मौत की पीड़ा में गिरफ्तार है। होठ स्थायी रूप से सूख कर फट गये थे और हाथों की अँगुलियों में कम्पन था। माँ ने उसकी जब यह हालत देखी तो उसका माथा ठनका। छाती से लगा कर उसे पारिवारिक परम्पराएँ याद दिलायीं; ''मरे हुओं की आत्माएँ देखेंगी रे नत्थू कि तू जवानों को कैसे फाँसी देता है।'' उसने फ़रियाद की थी, और नत्थू ने विचित्र अस्वाभाविक, फटी-फटी और गूँजती हुई आवाज़ में माँ को विश्वास दिलाया था कि वह क़ातिलों की ज़िन्दगी को मौत में यूँ बदलेगा जैसे बिजली के झुके हुए बटन को उठा दिया जाये... टिक और क़िस्सा ख़त्म। ''पर, माँ जब तख़्ता हटता है ना और जवान लटकता है ना तो यहाँ सीने में कुछ टूटने लगता है और दम घुटने लगता है। पर, ख़ैर यह कोई ऐसी बात नहीं। दो घूँट पानी पीकर ठीक हो जाता हूँ।'' और जिस रोज़ नत्थू ने अपने सूबे में पहली फाँसी दी तो देखने वाले उसके हाथ की सफाई के प्रशंसक हो गये। तख़्ते के गिरते ही लटकने वाले को पाँव से पकड़ कर उसने ज़रा सा झटका दिया। और छोड़ दिया तो कुछ ऐसा लगा जैसे लटकने वाला सदियों से लटक रहा है। लेकिन जब लाश के उठने का वक्त आया तो नत्थू आगे बढ़ा। गुलाब का एक फूल लाश के चेहरे के पास गाढ़े की चादर पर रख दिया और डबडबाई हुई आँखें झुकाये हाथ जोड़ कर बोला, ''मुझे माफ़ कर देना दोस्त!''

उपस्थित गण उसकी इस हरकत से कुछ इस तरह त्योरा कर पीछे हटे थे जैसे उन्होंने लाश को हरकत करते देख लिया है। खुसुर-फुसुर हुई मगर तुरन्त ही दब गयी। हेड वार्डर ने उसे अलग ले जाकर समझाया था कि आख़िर तुम्हें मरने वाले से क्या? उसने एक आदमी को मारा, क़ानून ने इसे मार डाला। और नत्थू ने जवाब दिया, पर उसने तो मुझे अपनी जान दे दी। मैं उसे एक ज़रा सा फूल भी न दूँ? और हेड वार्डर जैसे लाजवाब होकर पगड़ी के नीचे एक अँगुली ले जाकर सर खुजाने लगा था।

कुछ ही दौरों में नत्थू के कमाल की धाक जम गयी। लेकिन लाश को गुलाब का फूल प्रस्तुत करने और डबडबाई आँखें झुकाए जोड़ कर, ''मुझे माफ कर देना दोस्त,'' में फ़र्क़ न आया। महीनों बाद जब नत्थू की माँ को इस बात का ज्ञान हुआ तो कुछ देर तक सोचती रही, फिर बोली, ''मेरी कुछ समझ में नहीं आता रे नत्थू।''

उसकी माँ की समझ में तो यह बात भी न आती थी कि नत्थू का रंग क्यों उड़ा रहता है। उसकी आँखें हर वक्त डरी-डरी सी क्यों रहती हैं और जिस रोज़ दौरे से वह वापस आता है तो सहन के एक कोने में चुपचाप क्यों बैठ जाता है, और रात भर टहलता क्यों रहता है। ''नत्थू रे,'' वह फ़रियाद करती, ''यह तुझे क्या हो गया है? तू किधर जा रहा है रे नत्थू?'' और नत्थू जवाब में मुस्करा देता। लेकिन यह मुस्कराहट मुर्दे की मुस्कराहट जैसी होती जिसके होठ अकड़ कर उसके दाँतों पर से

हट गये हों।

फिर वह सोचती कि शायद वह अपनी बच्ची की निरन्तर बीमारी से परेशान रहता है। यूँ मालूम होता था जैसे अपनी माँ को मार कर यह लड़की अब बाप को मार डालने पर धार खाये बैठी थी। चार साल की होने को आयी थी मगर एक बरस के बच्चे की सी गूँ-गाँ के सिवा उसे कुछ आता ही नहीं था। बड़ी बहन के बिस्तर पर दिनभर यूँ दम साधे पड़ी रहती जैसे हरकत करेगी तो टूट जायेगी। हाथ भर की इस बच्ची की आँखों में जैसे फाँसी पर लटकती हुई कितनी लाशों का आसेब घुस गया था। नत्थू उसे देखता था तो रो देता था और नत्थू की माँ कहती थी, "तू नहीं जानता रे नत्थू, इस पर भी तो अपने दादा का सब्र पड़ा है।"

वह अपने बेटे के कारनामों का बाक़ायदा हिसाब रखती थी और जिस दिन नत्थू दौरे से वापस आता तो सबसे पहला सवाल यह पूछती, "कितने?"

"चार।" वह अपनी आदत के अनुसार धीरे से कहता और उसकी माँ दीवार पर चार और चिह्न बना देती।

और यह कोई दस वर्ष बाद की बात है, जब एक दिन वह दौरे से वापस आया और उसने माँ के सवाल के जवाब में "पाँच" कहा तो माँ ने मारे खुशी के ताली बजा दी और बेटे से लिपट कर बोली, "तू तो दस ही साल में अपने बाप से भी बढ़ गया रे नत्थू। वाह रे नत्थू।"

"ख़ैरू कहाँ है?" उसने इधर-उधर देखकर पूछा।

माँ बोली, "सुबह को गया था, अब तक नहीं आया। खाना रखे-रखे ठण्डा हो गया।"

"वह तो रोज़ ठण्डा होता था," नत्थू की बड़ी बेटी ने कहा, "मगर आज तो भैया कोट की जेब में कमानी वाली चाकू भी ले गया है।"

"हाँ, मैंने भी देखा था।" दूसरी बोली।

"मैंने पूछा भी था," तीसरी ने कहा, "पर वह नाराज़ होकर बोला, फिर पूछेगी तो पेट फाड़ डालूँगा।"

नत्थू कुछ देर तक अपने जूते की नोक से ज़मीन कुरेदता रहा। फिर बेटियों से गुड़गुड़ी लाने को कहा और सहन के कोने में जाकर एक खाट पर बैठ गया। मगर अन्दाज़ कुछ ऐसे थे कि अगर न बैठता तो गिर जाता।

गुड़गुड़ी उसके पास लायी गयी तो वह अचानक जैसे भड़क कर उठा और चूल्हे के पास बैठी माँ के पास आकर बोला, "माँ, यह ख़ैरू पर आखिर किसका सब्र पड़ा है?"

"क्यों रे नत्थू?" वह हैरान होकर बोली, "इस पर क्यों किसी का सब्र पड़े? ऐसा सजीला जवान है और फिर ठाठ-बाट ऐसे हैं कि मुहल्ले का बादशाह लगता है। जिस गली में से गुज़रता है सारी गली मुस्कराती नज़र आती है। घर आने में

देर लगाता है तो क्या हुआ? दोस्तों-यारों वाला है। जवानी का ज़माना है, जहाँ बैठे हैं बस बैठे हैं। यह तूने किसी के सब्र पड़ने की भी एक ही कही रे नत्थू?''

नत्थू गुड़गुड़ी लिये वापस आ रहा था तो अचानक ख़ैरू घर में दाख़िल हुआ और बाप को देख कर ज़रा सा ठिठका। फिर आगे बढ़ने लगा तो नत्थू बोला ''इधर आओ ख़ैरू, एक बात सुनो।''

नत्थू जाकर खाट पर बैठ गया और जब ख़ैरू उसके सामने आकर रुका तो नत्थू बोला, ''यह दुनिया दो दिन का मेला है लड़के। तू गलियों-बाजारों में नये-नये कपड़े खड़खड़ाता फिरता है, तू बालों में खुशबूदार तेल लगाता है। तेरी मूँछों के बाल बढ़ रहे हैं। तू दिन-दिन भर और आधी-आधी रात तक घर में पाँव नहीं रखता, और तेरी बहनें तेरा रास्ता तकते-तकते सो जाती हैं। पर याद रख लड़के, यह दुनिया दो दिन का मेला है। तख़्ता हटता है और पौ फटे रात आ जाती है। मिट के रहना सीख ख़ैरू। अकड़ी गर्दन को भी मौत के दरवाज़े में से झुक कर गुज़रना पड़ता है। मैंने इन आँखों से बड़े-बड़े पहलवानों को देखा है कि फाँसी के अहाते तक नारे मारते आये और फाँसी को दूर से देखा तो सिट्टी गुम हो गयी और अहाते के दरवाज़े पर ही ढेर हो गये। सुना?''

ख़ैरू नज़रें झुकाये सुनता रहा और जब वहाँ से हटा तो बाहर उसके दोस्त उसका इंतज़ार कर रहे थे। वह गया और आधी रात को वापस आया और नत्थू ख़ामोश रहा।

ख़ैरू जुआ खेलता, चकले जाता, शराब पीता और गले में चमेली के फूलों का हार डाल कर और कानों में इत्र की फुरेरियाँ सजा कर रातों को सिनेमाओं के आसपास लड़खड़ाता और गाता फिरता रहता। नत्थू को यह सब कुछ मालूम था मगर वह आये-दिन दौरे पर रहता था और जब वापस आता था तो पहले से ज़्यादा ज़र्द और ख़ामोश होता था। बाप के मरने के बाद किसी ने उसे ऊँची आवाज़ में बात करते नहीं सुना था और अब तो धीमे लहजे में उसे बोलने की आदत हो गयी थी, इसलिए ख़ैरू को डाँटने का सवाल ही नहीं पैदा होता था। वह गुड़गुड़ी सुलगाता और फिर उसके ठण्डे होने के बाद भी उसे गुड़गुड़ाता रहता। अब हर कश के साथ उसे खाँसी भी आती थी लेकिन खाँसते वक़्त भी उसके चेहरे पर सुर्ख़ी न झलक पाती। उसके हाथ और घुटने काँपने लगते। होठ नीले हो जाते और आँखों से पानी बह निकलता और और वह फिर ठण्डी गुड़गुड़ी के कश लगाने लगता।

एक दिन उसकी माँ उससे खाँसी की वजह पूछने आयी तो उसकी खाँसी के जवाब में खुद भी खाँसती हुई बोली, ''तुझे तो, क़ातिलों की लाशें खा गयीं रे नत्थू। एक वह तेरा बाप था कि फाँसी देकर आता था तो ऐसा लगता था जैसे दारू पी ली है और तू है कि हर लाश तेरा आधा ख़ून निचोड़ ले जाती है। तेरे घराने में तो बड़े-बड़े सावन्त गुज़रे हैं रे नत्थू। तेरा दादा मरा है तो उसके मुर्दे को आठ आदमियों ने कन्धा दिया था। पहले चार ने उठाना चाहा तो उठाते ही रह गये रे नत्थू। मेरी

तो कुछ समझ में नहीं आता रे नत्थू।''

नत्थू ने माँ से कुछ कहना चाहा कि अचानक ख़ैरू भागता और हाँफता हुआ घर में दाख़िल हुआ। उसके कपड़े फटे हुए थे और क़मीज़ तो ख़ून से लथपथ हो रही थी। वह नत्थू की तरफ जैसे पनाह लेने के लिए बढ़ा मगर गली में से भागती हुई भीड़ का शोर उठा और ख़ैरू ने तुरन्त जैसे ख़ून से सनी कमीज़ उतार कर छत पर फेंक दी और फिर शोर मचाते हुए लोगों की एक भीड़ सहन में उमड़ पड़ी। ख़ैरू ने तुरन्त उड़ते हुए शलवार के नेफ़े में से चाकू निकाल लिया और भीड़ के कदमों में जैसे बेड़ियाँ पड़ गयीं, नत्थू की माँ जहाँ बैठी थी बैठी रह गयी। उसकी बेटियाँ कोठे के दरवाज़े में खड़ी आँखें फाड़े भाई को घूरे जा रही थीं। मगर नत्थू आहिस्ते से उठा, ख़ैरू के पास आया और अपने धीमे लहजे में बोला, ''चाकू फेंक दे लड़के।''

ख़ैरू ने तुरन्त चाकू फेंक दिया। नत्थू उससे कुछ पूछने ही लगा था कि पुलिस वाले आये और ख़ैरू को हथकड़ी लगा दी। एक आदमी छत पर चढ़ कर उसकी कमीज़ भी उतार लाया और जब वे ख़ैरू को ले जाने लगे, तो नत्थू पुलिस वालों के सामने आ गया और धीरे से बोला, ''मैं इस लड़के का बाप हूँ।''

''तुम एक क़ातिल के बाप हो,'' पुलिस वाले ने कहा, ''तुम्हारे बेटे ने अभी-अभी अपने एक दोस्त को छुरा मार कर ख़त्म कर दिया है। लाश अब तक सड़क पर पड़ी है। यह जुए में हारा था और वह जीता था। थाने में चश्मदीद गवाहों की एक लम्बी लाइन है, दिन-दहाड़े चलती सड़क पर चीर-फाड़ कर रख दिया उसे... चलो।'' उन्होंने ख़ैरू की हथकड़ियाँ खींचीं और आन की आन में नत्थू के घर में उल्लू बोलने लगा। ख़ैरू की बहनें अपने भाई के पीछे रोती-पीटती चली गयीं। सिर्फ़ सबसे छोटी बहन अपनी मोटी-मोटी गोल-गोल आसेबी आँखों से दरवाज़े को घूरती रह गयी। नत्थू की माँ एक हाथ से लाठी टेकती और दूसरे हाथ को झुकी हुई कमर पर रखे गली के सिरे तक यूँ लपकी चली गयी जैसे ख़ैरू की हथकड़ियाँ काट कर ही वापस आयेगी और नत्थू ने खाट पर बैठ कर गुड़गुड़ी उठा ली। एक ही कश लगा कर उसे उलट दिया और सर पकड़ कर बैठ गया और जब उसकी बदहवास माँ दरवाज़े पर प्रगट हुई और उसकी तीनों बेटियाँ बाल नोचती, सीना पीटती, चीख़ती-चिल्लाती सहन में दाख़िल हुईं और नत्थू से लिपट-लिपट कर बिलख-बिलख कर रोने लगीं तो नत्थू ने धीमे लहजे से कहा, ''रोओ नहीं लड़कियों, अब न रोओ। उस वक्त रो लेना जब तुम्हारे भाई को तुम्हारा बाप फाँसी पर लटकायेगा,'' फिर उसने माँ को सम्बोधित किया, ''क्यों माँ मज़ा आयेगा न उस फाँसी का?'' और बुढ़िया फूट-फूट कर रोते हुए फर्श पर ढेर हो गयी।

तीनों लड़कियाँ एकदम ख़ामोश हो गयी थीं और फिर एक-दूसरे की तरफ देख कर रो पड़ी थीं और चेहरों को हाथों में छुपाकर कोठे में घुस गयी थीं। नत्थू ने अब माँ की तरफ़ देखा जो ज़मीन पर से मिट्टी उठा-उठा कर अपने सफेद चूंडे में डाल रही

थी और जैसे विलाप कर रही थी, ''यह क्या हो गया रे नत्थू? अब क्या होगा रे नत्थू? हाय रे नत्थू?'' और नत्थू आहिस्ता-आहिस्ता चलता हुआ गली में आ गया था।

ख़ैरू का मुक़द्दमा जब सेशन कोर्ट में चला गया और नत्थू को आसार बुरे नज़र आने लगे तो वह अपने बड़े अफ़सर के पास पहुँचा और इस्तीफ़ा पेश कर दिया। पत्र में उसने यहाँ तक लिख दिया था कि यद्यपि इस नौकरी के लिए बहुत कम लोग तैयार होते हैं मगर उसने एक व्यक्ति को तैयार कर लिया है और उसने हाथ बाँध कर कहा था, ''सरकार का काम बिलकुल नहीं रुकेगा। बस सरकार का सेवक यह नहीं चाहता कि अपने बेटे को अपने हाथों से फाँसी दे। और फिर सरकार, जब मेरे बेटे को फाँसी दे दी गयी तो मैं क्या ख़ाक फाँसियाँ दूँगा।'' और वह टूट कर रो दिया था।

बहुत दिनों के बाद इस्तीफ़ा मंज़ूर हो गया। मगर तय पाया कि नत्थू नवनियुक्त राजू को प्रशिक्षित करे और कम से कम तीन आरम्भिक फाँसियों के मौक़े पर मौजूद रहे।

और इस फैसले के साथ ही दूसरा फैसला भी हो गया। ख़ैरू को हाईकोर्ट ने फाँसी की सज़ा सुना दी और नवनियुक्त राजू की तीन आरम्भिक फाँसियों में से सबसे पहली फाँसी ख़ैरू की थी।

शाम से पहले नत्थू अपनी चार बेटियों और बूढ़ी माँ के साथ ख़ैरू से आखिरी मुलाक़ात के लिए गया। सब फूट-फूट कर रोये, मगर नत्थू एक फाँसी लगी लाश की तरह खड़ा ख़ैरू को टकटकी बाँधे देखता रहा। ख़ैरू आज हूबहू नत्थू हो रहा था। वही ज़र्द पीलिया का रंग... वही डर से भरी हुई आँखें, वही कम्पन... और जब सब वापस आने लगे थे तो ख़ैरू ने अपने बाप से सिर्फ इतना कहा था, ''मुझे माफ़ कर देना बाबा, कल सुबह को तुम से तो फिर भी मुलाक़ात होगी,'' नत्थू कुछ नहीं बोला। चुपके से पलट गया। मगर जब ख़ैरू ने दादी से कहा, ''मेरी मौत तो जवाँ मर्दों की मौत है अम्मा,'' तो बुढ़िया लाठी फेंक कर गिर पड़ी थी और ज़ोर-ज़ोर से रोते हुए अपना सर ज़मीन पर पटकने लगी थी। और नत्थू ने भाग कर उसे एक बच्चे की तरह उठा लिया था और वापस चला आया था।

रात को नत्थू की बेटियाँ निरन्तर रोती रहीं और नत्थू की माँ विलाप करती रही, लेकिन एक हल्की सी आशा की किरण ने उन्हें ऊँची आवाज़ में रोने या विलाप करने से रोके रखा। अलबत्ता जब नत्थू ड्यूटी पर जाने के लिए उठा तो एक कोहराम सा मच गया। नत्थू अपनी टाँगों के साथ लिपट-लिपट जाती हुई बेटियों को हौले-हौले झटकता जब दरवाज़े तक आया तो बुढ़िया बोली, ''मेरी तो कुछ समझ में नहीं आता रे नत्थू! हाय रे नत्थू...'' और नत्थू कुछ कहे बिना वहाँ से चला गया।

खैरू को जब फाँसी के अहाते में लाया गया तो उसे दो वार्डरों ने थाम रखा था। उसके पाँव ज़मीन पर घिसट रहे थे और उसकी आँखें ऊपर चढ़ आयी थीं। नत्थू उसी लाइन में ज़रा अलग हट कर खड़ा था, जिसमें मजिस्ट्रेट, सुपरिंटेंडेंट जेल, और डॉक्टर

खड़े थे, मगर उसने ख़ैरू की तरफ़ आँख उठा कर भी नहीं देखा। फाँसी के वक़्त जेल पर वैसे ही सन्नाटा छा जाता है मगर आज तो सब लोग जैसे बुत बन कर रह गये थे। सिर्फ़ इतना हुआ कि जब ख़ैरू अहाते में दाख़िल हुआ तो सबने पलट कर एक बार नत्थू को देखा जो हाथ बाँधे, आँखे झुकाए जैसे अपने ही क़दमों को घूरे जा रहा था।

राजू का यह पहला अनुभव था। वह डरता-डरता नत्थू के पास आया और जैसे फुसफुसाया, "चाचा।"

और नत्थू एकदम चिल्ला उठा, "पहले सब बता तो दिया था।"

सन्नाटे ने आवाज़ के प्रभाव को दोगुना कर दिया। सबने पलट कर उसकी तरफ़ देखा और झेंपता हुआ राजू फाँसी की तरफ़ बढ़ा।

"पहले सब बता तो दिया था राजू!" अब की बार नत्थू ने बड़ी नर्मी से कहा और कुछ यूँ जैसे अपने आप से कह रहा हो, "जा।"

ख़ैरू को टोपी पहना दी गयी थी और वह तख़्तों पर पहुँचा दिया गया था। नत्थू पहले की तरह ज़मीन को घूरता रहा।

रस्सी का फन्दा ख़ैरू के गले में डाल दिया गया और सिपाही हट गये मगर ख़ैरू कुछ यूँ बेजान होकर लटक सा गया जैसे फाँसी पाने से पहले फाँसी पा गया हो।

और फिर तख़्ते अपनी विशेष ताल पर हटे और नत्थू की आँखें जो अपनी असली आकार से दोगुनी हो गयी थीं; अचानक फाँसी की तरफ़ उठीं।

ख़ैरू ज़ख़्मी कबूतर की तरह फड़क रहा था।

"ओ राजू!" अहाते में नत्थू की आवाज़ गूँजी, "ओ हरामज़ादे।" वह फाँसी की तरफ़ पूरी तेज़ी से भागा, "अरे ऐसे प्यारे जवान को क्या यूँ ही फाँसी दी जाती है, ओ उल्लू के पठ्ठे।" वह फाँसी वाले गड्ढे में उतर गया।

ख़ैरू उसी तरह फड़क रहा था।

नत्थू ने एक हाथ ऊँचा करके ख़ैरू को पाँव से पकड़ कर एक झटका सा दिया और फिर बोला, "यूँ आराम से मारते हैं जवानों को।"

ख़ैरू की लाश रस्सी से यूँ लटक रही थी जैसे बेल से तोरई लटकती है।

और जब ख़ैरू की लाश को स्ट्रेचर पर रखा गया तो नत्थू अपने पाँव घसीटता हुआ आया। बेटे की लाश के पास हाथ जोड़ कर खड़ा हो गया और बोला, "जल्दी में कोई फूल नहीं मिल सका...मुझे माफ़ कर देना दोस्त..."

वह धप्प से स्ट्रेचर के पास गिरा और फिर न उठ सका!!

विलाप

बस कुछ ऐसा ही मौसम था मेरी बच्ची, जब तुम सोलह-सत्रह साल पहले मेरी गोद में आयी थीं। बकाइन के ऊदे ऊदे फूल इसी तरह महक रहे थे और बेरियों पर गिलहरियाँ चोटी तक इसी तरह भागी फिरती थीं और ऐसी हवा चल रही थी जैसे सदियों के सूखे किवाड़ों से भी कोंपलें फूट निकलेंगी। जब तुम मेरी गोद में आयी थीं तो दीये की काली-पीली रोशनी में ऊँघता हुआ कोठा चमकने सा लगा था और दाया ने कहा था कि हाय री, इस छोकरी के तो अंग-अंग में जुगनू टँके हुए हैं! उस वक्त मैंने भी दर्द के ख़ुमार में अपने जिस्म के इस टुकड़े को देखा था और मुझे तो याद नहीं पर दाया ने बाद में मुझे बताया था कि मैं मुस्कराकर तुम्हारे चेहरे की दमक में अपने हाथों की लकीरों को यूँ देखने लगी थी जैसे कोई ख़त पढ़ता है।

अगली रात जब तुम्हारे बाबा ने मौक़ा पाकर तुम्हें देखा था तो उदास हो गया था और मैंने कहा था, "तुम तो कहते थे बेटा हो या बेटी सब ख़ुदा की देन है, फिर अब क्यों मुँह लटका लिया है?" और उसने कहा था, "तू नहीं जानती ना भोली औरत, तू माँ है ना। तू कैसे जाने कि ख़ुदा इतनी ख़ूबसूरत लड़कियाँ सिर्फ़ ऐसे बन्दों को देता है जिनसे वह बहुत ख़फ़ा होता है।" उस वक्त मेरा जी चाहा था कि मैं तुम्हारे बाबा की आँखें उसकी खोपड़ी में से निकाल कर बादामों की तरह तोड़ दूँ क्योंकि मेरी जान, वह तो तुम्हें इस तरह देख रहा था जैसे चिड़िया साँप को देखती है, वह तुम्हारी ख़ूबसूरती देख कर डर गया था और फिर उसने अपनी उम्र के सोलह-सत्रह साल तुमसे डरते-डरते गुज़ार दिये। वह अब भी डरा और सहमा हुआ, बाहर गली में बिछी हुई चटाइयों पर लोगों में घिरा बैठा है और आसमानों को यूँ देख रहा है जैसे कोई उसकी तरफ़ आ रहा है।

तुम मुझ पर तो नहीं गयी थीं मेरी बच्ची, मैं तो गाँव की एक आम लड़की थी। मेरा नाक-नक़्शा बिलकुल सीधा-सादा था। हाँ, तुम अपने बाबा पर गयी थीं जो बहुत ख़ूबसूरत था। वह तो अब भी ख़ूबसूरत है पर अब उसकी ख़ूबसूरती सोलह सत्रह साल की गर्द से अट गयी है। अब भी उसकी बड़ी-बड़ी बादामी आँखें हैं और अब भी उसके चेहरे और मूँछों के रंग में सोना है पर जब तुम पैदा हुई थीं ना, तो वह बिलकुल मूरत था। तुम आयीं तो वह डर गया था मगर उस डरने से उसकी शक्ल नहीं बदली, बस ज़रा सी बुझा दी। तुम्हारे आने के बाद मैंने उसके मोतियों के से

दाँत बहुत कम देखे। उसके पंखुड़ी होठ हमेशा यूँ भिंचे रहे जैसे खुले तो कुछ हो जायेगा। अभी कुछ देर पहले जब वह आया और उसने तुम्हें देखा तो मुझे ऐसा लगा जैसे किसी बहुत बड़े महल की बुनियादें बैठ रही हैं। वह यहाँ खड़े-खड़े ही एक दम अन्दर से बूढ़ा हो गया। जब वह पलटा तो मैं डरी कि वह गली तक पहुँचने से पहले ही ढेर हो जायेगा मगर अभी-अभी मैंने दीवार पर से झाँका है तो वह गली में बैठा है और जमा होते हुए लोगों को यूँ डर-डर कर, चौंक-चौंक कर देख रहा है जैसे उसकी चोरी पकड़ी गयी है।

तुम जब तीन-चार साल की होकर भागने-दौड़ने लगीं तो देखने वालों को यक़ीन नहीं आता था कि मिट्टी का बना हुआ इंसान इतना ख़ूबसूरत भी हो सकता है। एक बार तुम गिर पड़ीं और तुम्हारे माथे पर चोट आयी तो मैं रोते-रोते निढाल हो गयी पर तुम्हारे बाबा ने चहक कर कहा था, "ख़ुदा जो भी करता है ठीक करता है। हमारी रानो बेटी के माथे पर चोट के निशान ने उसकी ख़ूबसूरती को दाग़दार कर दिया है।" पर ख़ुदा को तो कुछ और मंज़ूर था। चोट का निशान तो बाक़ी रह गया मगर यह निशान बिलकुल नये-नये चाँद का सा था, लाल-लाल सा भी और सुनहरा-सुनहरा सा भी, जो अब मेरी जान, पीला-पीला सा लग रहा है।

फिर जब तुम पाँच साल की हुई तो मैंने क़ुरान शरीफ़ पढ़ाने के लिए तुम्हें बीबी जी के पास बिठा दिया। तब पता चला कि तुम्हारी आवाज़ भी तुम्हारी तरह ख़ूबसूरत है। बीबी जी के घर की दीवारों से क़ुरान शरीफ़ पढ़ने वाली बच्चियों की आवाज़ें आती थीं तो उनमें से मेरी रानो बेटी की आवाज़ साफ़ पहचानी जाती थी। तुम्हारी आवाज़ में चाँदी की कटोरियाँ बजती थीं। ऐसी खनक कि तुम चुप भी हो जाती थीं तो जब भी चार तरफ़ से झंकार सी उठती रहती थी। फिर यूँ हुआ कि पहले तुम आयत पढ़ती थीं और तुम्हारे बाद तुम्हारी सहपाठियों की आवाज़ें आती थीं। यूँ जब तुम अकेली पढ़ रही होती थीं तो गली में से गुज़रने वालों के क़दम रुक जाते थे। और चिड़ियों के झुण्ड मुंडेरों पर उतर आते थे। एक बार मज़ार साईं दुल्हे शाह जी के मुजाविर साईं हज़रत शाह उधर से गुज़रे थे और तुम्हारी आवाज़ सुन कर उन्होंने कहा था, "यह कौन लड़की है जिसकी आवाज़ में हम फ़रिश्तों के परों की फड़फड़ाहट सुन रहे हैं।" और जब तुम्हें मालूम हुआ कि साईं हज़रत शाह ने तुम्हारे बारे में यह कहा है तो तुम इतनी खुश हुई थीं कि रोने लगी थीं।

तब यूँ हुआ कि औरतें पानी से भरे हुए बर्तन लातीं और तुम्हारी तिलावत (क़ुरान का पाठ) ख़त्म होने का इंतज़ार करती रहतीं। तुम क़ुरान पाक बन्द करके उठतीं और 'तुफ़ैल साईं दुल्हे शाह जी'' कहती हुई उन बर्तनों पर 'छु' करतीं और औरतें यह पानी अपने सगे-सम्बन्धियों को पिलातीं तो बीमार अच्छे हो जाते, बुरे नेक हो जाते, बेनमाज़ी नमाज़ी हो जाते।

उन दिनों मुझे यूँ लगने लगा जैसे तुम नूर की बनी हुई तो ख़ैर हमेशा से हो,

पर अब तुम बीबी जी के यहाँ से वापस आतीं तो तुम्हारे चेहरे पर मेरी नज़रें न जम पातीं; जैसे सूरज पर नज़र नहीं जमती।

ख़ुदा और उसके रसूल के बाद तुम 'साईं दुल्हे शाह जी' का नाम जपती रहती थीं। इसीलिए तो तुम्हारा बाबा तुम्हें साईं दुल्हे शाह जी के मज़ार पर सलाम भी करा लाया था।

क़ुरान शरीफ़ तुमने इतना पढ़ा मेरे जिगर के टुकड़े कि अब भी जब चारों तरफ़ सन्नाटा और सिर्फ़ इधर-उधर से सिसकी की आवाज़ आती है, मैं तुम्हारे आसपास, तुम्हारी ही आवाज़ में क़ुरान शरीफ़ की तिलावत सुन रही हूँ। तुम्हारे होठ तो नहीं हिल रहे, पर मैं अपने दूध की क़सम खाकर कहती हूँ कि यह आवाज़ तुम्हारी है। ज़मीन पर ऐसी नूरानी आवाज़ मेरी रानो के सिवा और किसकी हो सकती है।

एक दिन जब तुम्हारे चाचा दीन मुहम्मद की बीवी अपने बेटे के लिए तुम्हारा रिश्ता पूछने आयी तो तब मुझे मालूम हुआ कि तुम शादी की उम्र में पहुँच गयी हो। माँएँ तो बेटी के सर पर चुन्नी लेते ही समझ जाती हैं कि वक्त आ रहा है, पर तुम्हारे बारे में तो मैं सोच ही न सकी। तुमने सोचने की मोहलत ही न दी। मैंने तुम्हारे बाबा से अपनी इस बेख़बरी की बात की तो वह बोला, "तू तो सदा की बेख़बर है, पर मैं ऐसा बेख़बर नहीं हूँ। बस ये है कि मुझे लड़की से डर लगता है, उससे भी तो बात करो। उसने तो जैसे अपना सब कुछ मौला की राह में तज दिया है।"

तब पहली बार मुझे भी तुम से ख़ौफ़ आया। मैंने सोचा अगर मैंने तुमसे रिश्ते की बात की तो कहीं तुम जलाल में न आ जाओ, मगर फिर उसी शाम को साईं हज़रत शाह का एक ख़ादिम (सेवक) आया और उसने बताया कि कल से साईं दुल्हे शाह का उर्स (वार्षिक उत्सव) है जो तीन दिन तक चलेगा और साईं हज़रत शाह ने ख़्वाब में साईं दुल्हे शाह जी को देखा है और यह फ़रमाते सुना है कि मेरी चेली रानो को बुलाकर तीन दिन तक उससे मेरे मज़ार पर क़ुरान शरीफ़ की तिलावत कराओ, वरना सबको भस्म कर दूँगा। तुम जानती थीं बेटी कि साईं दुल्हे शाह जी बड़े जलाल वाले साईं थे। ज़िन्दगी में जिसने भी उनके ख़िलाफ़ कोई बात की उसे बस एक नज़र भर कर देखा और राख कर डाला। मरने के बाद भी उनकी दरगाह में या उसके आसपास कोई बुरा काम या बुरी बात हो जाये तो उनका मज़ार शरीफ़ सिरहाने की तरफ़ से खुल जाता है और उसमें से उनका पवित्र हाथ प्रगट होता है। बुरा काम या बुरी बात करने वाला जहाँ भी हो खिंचा चला आता है। अपनी गर्दन साईं जी के पवित्र हाथों में दे देता है और फिर वहीं ढेर हो जाता है। साईं जी का पवित्र हाथ वापस मज़ार शरीफ़ में चला जाता है और मज़ार शरीफ़ की दरारें यूँ हो जाती हैं जैसे कभी खुली ही नहीं थीं।

किसकी मजाल थी कि साईं दुल्हे शाह जी का हुक्म टालता। दूसरे दिन सुबह को हम तीनों एक ऊँट पर कुजावा (ऊँट की काठी) में बैठे थे और दरगाह दुल्हे साईं

की तरफ़ जा रहे थे। मैं कुजावे के एक तरफ़ थी और तुम मेरी जान, दूसरी तरफ़ थीं और बीच में ऊँट के पालान पर तुम्हारा बाबा बैठा था। ऊँट जैसे ही उठा और चलने लगा था तो तुमने क़ुरान शरीफ़ की तिलावत शुरू कर दी थी और मेरी पाक व नेक बच्ची, मैंने अपनी आँखों से देख लिया था कि हमारा ऊँट जहाँ से भी गुज़रता था, लोग दूर-दूर से खिंचे चले आते थे। वह हमारे साथ-साथ चल रहे थे और रो रहे थे और सुब्हान अल्लाह कह रहे थे और कुजावे के ऊपर चिड़ियों और अबाबीलों और कबूतरों के झुण्ड के झुण्ड आते थे और ग़ोता लगाकर जैसे मेरी बच्ची की आवाज़ का शरबत पीकर नाचते-तैरते हुए दूर निकल जाते थे और मैं सोचती थी कि यह हम गुनहगारों की किस नेकी का बदला है कि ख़ुदा ने हमें ऐसी बेटी बख़्शी है जो ज़मीन पर क़ुरान शरीफ़ की तिलावत करती है तो उसकी आवाज़ आसमान तक जाती है। आसमान का ख़्याल मुझे यूँ आया था कि एक बार तुम्हारे बाबा ने पालान पर से झुक कर मेरे कान में हौले से कहा, "ये कैसे नूरानी परिन्दे हैं जो हमारे साथ-साथ उड़ रहे हैं। मैंने इन इलाक़ों में ऐसा परिन्दा कभी नहीं देखा कि उनके पंखों में सितारे चमकते हों। ये तो आसमानों से उतर कर आने वाले फ़रिश्ते मालूम होते हैं," और मेरी आँखों का नूर बच्ची, मैं तुम्हारी अनपढ़ माँ भी क़सम खा कर कह सकती हूँ कि वह फ़रिश्ते ही थे। कुछ ऐसे जैसे नन्हे-मुन्ने बच्चों के पंख लग गये हों और वह हवा में हुमकते फिरते हों। वह मेरी पहुँची हुई बेटी से तिलावत सुनने आये थे।

फिर जब दरगाई साईं दुल्हे शाह जी के पास हमारा ऊँट बैठा था तो जैसे तुम भूल गयी थीं कि तुम्हारे साथ तुम्हारे माँ-बाप भी हैं तुम मज़ार शरीफ़ की तरफ़ यूँ खिंची चली गयी थीं जैसे साईं दुल्हे शाह जी तुम्हारी अँगुली पकड़ कर तुम्हें अपने घर लिये जा रहे हों। मज़ार शरीफ़ को बोसा (चुम्बन) देकर और उसके एक तरफ़ बैठ कर तुमने क़ुरान शरीफ़ की तिलावत शुरू कर दी थी और तुम्हारी आवाज़ की मिठास चखने के लिए उर्स पर आने वाले लोग मज़ार शरीफ़ पर टूट पड़े थे। हम दोनों ने मज़ार शरीफ़ को अपनी पोरों से छुआ और फिर अपनी पोरें चूम लीं। फिर हम साईं हज़रत शाह की ख़िदमत में उनके घुटनों को छूने और करकमलों को चूमने पहुँचे थे और उन्होंने फ़रमाया था, "अपनी बेटी को साईं जी के क़दमों में बिठा कर तुमने अपने अगले पिछले गुनाह माफ़ करा लिये हैं। तुम इंशा अल्लाह जन्नती हो।" यह सुन कर खुशी से हमारी साँसें फूल गयी थीं। फिर मैंने अन्दर जाकर बीबियों को सलाम किया था और तुम्हें... मेरी जान... साईं दुल्हे शाह जी और साईं हज़रत शाह और उनके घराने की बीबियों की अमानत में देकर हम दोनों यह कह कर वापस गाँव आ गये कि उर्स के तीन दिन गुज़रने के बाद अगले रोज़ हम अपनी इस नेमत को लेने हाज़िर हो जायेंगे जो ख़ुदा ने और उसके हबीब पाक ने हम ग़रीबों गुनहगारों को हमारी किसी सीधी-सादी नेकी से ख़ुश होकर बख़्शी है।

ऐ मेरी बच्ची, ऐ मेरे जिगर की टुकड़ी, ऐ मेरी साफ़-सुथरी रानो बेटी! फिर जब

तीन दिनों के बाद हम दोनों साईं दुल्हे शाह जी के मज़ार पर गये थे तो तुम वहीं बैठी थी जहाँ हम तुम्हें बिठा गये थे, मगर क्या यह तुम ही थीं, तुम्हारी आँखों की पुतलियाँ फैल गयी थीं, तुम्हारे होठों पर जमे हुए खून की पपड़ियाँ थीं, तुम्हारे बाल उलझ रहे थे। चादर तुम्हारे सर से उतर गयी थी और अपने बाबा को देख कर भी तुम्हें अपना सर ढाँपने का ख़याल नहीं आया था। तुम्हारा रंग मिट्टी-मिट्टी हो रहा था और हमें देखते ही तुम चिल्ला पड़ी थीं, ''मुझसे दूर हटो बाबा, मेरे पास न आना अम्मा। मैं अब यहीं रहूँगी। मैं उस वक्त तक यहीं रहूँगी जब तक साईं दुल्हा शाह जी का मज़ार नहीं खुलता और उसमें से उनका पवित्र हाथ नहीं निकलता। जब तक फैसला नहीं होता मैं यहीं रहूँगी। जब तक इंसाफ़ नहीं होगा मैं यहीं रहूँगी और मज़ार शरीफ़ खुलेगा। आज नहीं तो कल खुलेगा। एक महीना बाद, एक साल बाद, दो साल बाद सही, पर मज़ार शरीफ़ ज़रूर खुलेगा और पवित्र हाथ ज़रूर निकलेगा। तब मैं खुद ही अपने बाबा और अपनी अम्मा की क़दमों में चली आऊँगी और सारी उम्र उनकी जूतियाँ सीधी करूँगी और उनके पाँव धो-धो कर पीऊँगी। पर अब मैं नहीं आऊँगी, अब मैं नहीं आ सकती। मैं बँध गयी हूँ, मैं मर गयी हूँ।'' फिर तुम्हें एकदम बहुत सा रोना आ गया था मगर तुमने एकदम अपने आँसू रोक लिये थे और तुम भीगी हुई आवाज़ में तिलावत करने लगी थीं। आसपास खड़े हुए बीसियों लोग हमारे साथ ज़ार-ज़ार रोने लगे थे और कहने लगे थे, ''असर हो गया है, दिन-रात मज़ार शरीफ़ पर रहने से इस पर असर हो गया है।''

तुम्हारे बाबा ने फ़रियाद की थी। असर हो गया है? दिन-रात क़ुरान शरीफ़ की तिलावत करने वाली लड़की पर कोई असर कैसे हो सकता है और अगर तुम कहते हो कि असर हो गया है तो साईं हज़रत शाह कहाँ हैं? वह रोता हुआ साईं हज़रत शाह की तरफ़ चल पड़ा था और मैं बिलखती हुई उसके पीछे-पीछे थी। मगर हमें ख़ादिमों (सेवकों) ने बताया था कि साईं जी तो उर्स के तुरन्त बाद एक हुजरे (कोठरी) में बन्द होकर बैठ जाते हैं और कई दिनों तक वज़ीफ़ा (जप) फ़रमाते हैं और किसी से नहीं मिलते। फिर मैंने अन्दर बीबियों के पास जाना चाहा था मगर बड़े दरवाज़े पर सेविकाओं ने बताया था कि रानो की हालत से बीबियाँ पहले ही बहुत परेशान हैं और उन्हें ज़्यादा परेशान करना गुनाह है।

हम उजड़े-पसड़े माँ-बाप, मज़ार शरीफ़ से एक तरफ़ हटकर बैठ गये थे और रो रहे थे और लोग हमें रोता देख कर रो रहे थे कि साईं हज़रत शाह का ख़ास ख़ादिम आया था और उसने बताया था कि साईं जी को रानो की इस हालत का बड़ा दुख था और उन्होंने फ़रमाया था कि यह लड़की अचानक जिन्न-भूत के क़ब्ज़े में चली गयी है और साईं हज़रत शाह एक ख़ास वज़ीफ़ा (विशेष मन्त्रजाप) फ़रमा रहे हैं कि यह जिन्न उतरे तो इस अमानत को उसके माँ-बाप तक पहुँचाया जाये। फिर हुक्म हुआ था कि तुम जाओ और रानो को दरगाह शरीफ़ की निगरानी में रहने दो।

"अब तुम जाओ।" हमारे सरों पर तुम्हारी आवाज़ आयी थी और हमने सर उठा कर देखा था कि तुम्हारी आँखें तालाबों की तरह भरी हुई थीं।" अब तुम जाओ मेरे बाबा, जाओ मेरी अम्मा। अब तुम जाओ, मज़ार शरीफ़ ज़रूर खुलेगा। पवित्र हाथ ज़रूर निकलेगा। फ़ैसला ज़रूर होगा। फ़ैसला हो जाये तो मैं सीधी तुम्हारे पास पहुँचूँगी। साईं दुल्हे शाह जी खुद मुझे तुम्हारे पास छोड़ जायेंगे। अब तुम जाओ..."

यह कह कर तुम मज़ार शरीफ़ की तरफ़ पलट गयी थीं और तुम चलते हुए यूँ डोल रही थीं जैसे कटी हुई पतंग डोलती है।

मैं तुम पर से सदक़े जाऊँ मेरी बेटी। हम तुम्हारे माँ-बाप इसके बाद भी बार-बार तुम्हारे पास पहुँचे मगर अब तो तुम हमें पहचानती भी नहीं थीं। हम तुम्हें पुकारते थे तो तुम हमारी तरफ़ यूँ खाली-खाली आँखों से देखती थीं जैसे हैरान हो रही हो कि यह आवाज़ किधर से आयी है। तुम्हारा रंग मिट्टी जैसा हो गया था। तुम्हारे होठ अकड़ कर कट गये थे। तुम्हारे बालों में गर्द था और तिनके थे और टूटे हुए खुश्क पत्ते थे। एक बार जब हम तुम्हारे लिए कपड़ों का नया जोड़ा लेकर गये और ये कपड़े हमने तुम्हारे सामने रख दिये तो तुम ये कपड़े हाथ में लेकर उठीं और एक तरफ़ चल पड़ीं। तुम्हारा एक भी क़दम सीधा नहीं उठता था। फिर तुम ग़ायब हो गयी थीं और हम खुश हुए थे कि तुम कहीं कपड़े बदलने गयी हो, मगर फिर एकदम एक तरफ़ से शोर उठा था। तुम उसी रफ्तार से वापस आ रही थीं और तुम्हारे पीछे दरगाह शरीफ़ के कुछ सेवक थे जिन्होंने बताया था कि तुमने नये कपड़ों का यह जोड़ा दरगाह शरीफ़ के लंगर की देग के नीचे भड़कती आग में झोंक दिया था।

तिलावत तो तुम अब भी कर रही थीं मगर आवाज़ में चाँदी की कटोरियां नहीं बजती थीं। फिर तुम पढ़ते-पढ़ते मज़ार शरीफ़ के सिरहाने की तरफ़ झुक जाती थीं जैसे कोई झिर्री, कोई दराड़ ढूँढने की कोशिश में हो फिर तुम टूट कर रो देती थीं और तिलावत (क़ुरान का पाठ) को रोक कर हौले-हौले जैसे खुद को समझाती थीं... मज़ार शरीफ़ ज़रूर खुलेगा। पवित्र हाथ ज़रूर निकलेगा, फ़ैसला ज़रूर होगा, इंसाफ़ ज़रूर होगा। फिर तुम आँखें बन्द कर लेती थीं और तिलावत में मसरूफ़ हो जाती थीं।

एक बार हम साईं हज़रत शाह की खिदमत में भी हाज़िर हुए थे और अर्ज़ किया था कि जिन्न-भूत कलामे पाक (पवित्र क़ुरान) पढ़ने वालों के पास भी नहीं फटकते। दूर से बैठे हँसते रहते हैं और झूमते रहते हैं और अगर हमारी हीरा बेटी पर ऐसे नापाक जिन्न आ गये हैं जो क़ुरान शरीफ़ की तिलावत का भी लिहाज़ नहीं करते, तो ये आपकी दरगाह शरीफ़ ही के जिन्न हैं। आपके हुक्म से उतर जायेंगे। खुदा के नाम पर, रसूले पाक के नाम पर, पीर दस्तगीर के नाम पर, साईं दुल्हे शाह जी के नाम पर हमारे साथ मज़ारे शरीफ़ पर चलिए और ये जिन्न उतारिए और साईं हज़रत शाह ने फ़रमाया था कि हम जिन्न तो उतार देते मगर तुमने ठीक कहा, यह

कोई बड़ा पापी जिन्न है और पापी जिन्न हमारे क़ब्ज़े में नहीं हैं। हम यहाँ दुआ कर रहे हैं, तुम घर जाकर दुआ करो। हमारा वज़ीफ़ा जारी रहेगा।

जब हम टूटे-फूटे वापस आ रहे थे तो बीबियों की एक बूढ़ी सेविका ने मुझे एक तरफ़ ले जाकर बताया था कि उर्स के तीसरे दिन साईं हज़रत शाह मज़ार की तरफ़ आये थे तो तुम्हारी बदनसीब बेटी ने मज़ार शरीफ़ पर से गोल-गोल लहरिये पत्थर उठा कर झोली में भर लिये थे और चीख़-चीख़ कर कहा था कि साईं! मज़ारे शरीफ़ से पवित्र हाथ तो जब निकलेगा, निकलेगा अगर तुम एक क़दम भी आगे बढ़े तो मैं साईं दुल्हे शाह जी के दिये हुए इन पत्थरों से तुम्हारा नाश कर दूँगी। ख़ादिम तुम्हारी बेटी को पकड़ कर मारने-पीटने के लिए आगे बढ़े थे तो साईं जी ने उन्हें रोक कर कहा था कि नादानो! यह लड़की नहीं बोल रही है इसके अन्दर का पापी जिन्न बोल रहा है। जब तक यह मज़ारे शरीफ़ पर काबिज़ है हमें और हमारे ख़ानदान के किसी मर्द औरत को इधर नहीं आना चाहिए वर्ना क्या ख़बर ये जिन्न क्या कर बैठे।

फिर रात दरगाह शरीफ़ का एक ख़ादिम आया कि तुम्हारी बेटी तुम्हें बुला रही है। पर रातों-रात गिरते-पड़ते वहाँ पहुँचे तो तुम मज़ार शरीफ़ के पायताने लेटी हुई थी। चिराग की रोशनी में हमने देखा कि तुम्हारी नज़र टिक गयी थीं और तुम्हारे होठ ज़रा-से हिल रहे थे। ज़ाहिर है तुम उस वक्त भी तिलावत ही कर रही थीं। फिर जब मैंने तुम्हारा सर अपनी गोद में रखा और तुम्हारे बाबा ने तुम्हारा हाथ अपने हाथों में लेकर रोना शुरू कर दिया तो बहुत ही कमज़ोर आवाज़ में तुमने कहा था, "मेरी अम्मा, मेरे अब्बा कौन जाने मज़ार शरीफ़ क्यों नहीं खुला। इंसाफ़ तो नहीं हुआ पर चलो फ़ैसला तो हो गया। चलो मैं ही गुनहगार सही। साईं दुल्हे शाह जी, आपने तो बड़ा इंतज़ार कराया। अब क़यामत के दिन जब हम सब ख़ुदा के सामने पेश होंगे... ख़ुदा के सामने...ख़ुदा...!" इसके बाद तुम चुप हो गयी थीं और तब से चुप हो।

फिर हम तुम्हें यहाँ घर में उठा लाये और जब अभी-अभी सवेरे साईं हज़रत शाह का ख़ास ख़ादिम साईं जी की तरफ़ से तुम्हारे लिए कफ़न लाया तो तुम पर से उतरा हुआ जिन्न जैसे तुम्हारे बाबा पर आ गया... उसने कफ़न हाथ में लिया और उसे उस चूल्हे में झोंक दिया जिस पर तुम्हें नहाने के लिए पानी गर्म किया जा रहा था।

अब मेरे जिगर की टुकड़ी, मेरी नेक और पाक, मेरी साफ़ और सुथरी रानो बेटी! आओ मैं तुम्हारे माथे के बुझे हुए चाँद को चूम लूँ। देखो कि बकाइन के ऊदे-ऊदे फूल महक रहे हैं और बेरियों पर गिलहरियाँ तने से चोटी तक भागी फिर रही हैं। और ऐसी हवा चल रही है जैसे सदियों के सूखे किवाड़ों से भी कोंपलें फूट निकलेंगी और चारों तरफ तुम्हारी तिलावत की गूँज है और साईं हज़रत शाह के भेजे हुए कफ़न के जलने की बू अब तक सारे में फैल रही है और मेरे अन्दर इतना बहुत सा दर्द जमा हो गया है जैसे तुम्हें जन्म देते वक्त जमा हुआ था!

रईसख़ाना

मटमैले रंग के पत्थरों की इस इमारत को बड़े लोग मुसाफ़िरख़ाना और छोटे लोग रईसख़ाना कहते थे। शायद इसलिए कि बड़े लोगों के लिए डाकबँगला मौजूद था और छोटे लोग सराय में ठहरते थे। जहाँ सुबह व शाम को वह भटियारे के पास तन्दूर के आसपास बैठ कर मोटी-मोटी रोटियों पर दिल की ढेरियाँ लगा कर खाते। रईसख़ाने के चौकीदार की बीवी मरियां और डाकबँगले के माली की बहन बहिश्तो के हुस्न का मुक़ाबला करते और चटखारे भरते और लगे हाथों एक नज़र भटियारे की बीवी पर भी दौड़ा लेते जिसके बारे में मशहूर था कि वह किसी राज्य की रानी है और भेष बदल कर भटियारन बनी फिरती है। और उधर रईसख़ाने का यह आलम था कि वहाँ रईस आते ही नहीं थे। ले-दे कर कभी-कभार शिकारी नौजवानों की कोई टोली हिरनों की तलाश में यहाँ आ निकलती तो रईसख़ाने में रुक जाती। उस रोज़ फ़ज़लू चौकीदार बड़ी उम्मीदों से छत के जाले उतारता। बरामदे के कोनों में पड़े हुए पत्तों को बाहर फेंकता और इकलौते गुलदान के बदबूदार पानी और जले हुए फूलों को गिराकर डाकबँगले के माली से नये फूल माँग लाता। और जब शिकारी रुख़सत हो जाते तो फ़ज़लू को दूसरी इमारतों के सब चौकीदार पहले दर्जे के झूठे और मक्कार नज़र आने लगते जो उसे बड़ी-बड़ी '*बख्शीशों*' के क़िस्से सुनाते और बताते कि जितने रोज़ वह साहब उनके यहाँ रुके हैं, उन्होंने पुलाव-फ़िरनी और क़ोरमे के सिवा और कोई चीज़ चखी हो तो उनकी ज़बान पर फोड़ा निकले। फ़ज़लू मरियां से उन चौकीदारों की लाफों का ज़िक्र करता तो वह कहती, ''ठीक ही कहते हैं। उनकी बीवियों-बेटियों को कभी देखा है तुमने? ऐसा रेशम पहनती हैं कि बिलकुल पटियाले की रानियाँ मालूम होती हैं। फ़ातिमा चौकीदारन आज चश्मे पर कपड़े धोने आयी थी, मैंने कहा, फ़ातिमा, शर्म नहीं आती, नंगे सर चश्मे पर चली आयीं। पहले तो वह ज़ोर से हँसी फिर मुझे पास बुला कर बोली, 'और तुम्हें शर्म नहीं आती कि मैंने सौ रुपये का दुपट्टा ओढ़ रखा है और तुम मुझे नंगे सर देख रही हो। और मैंने ग़ौर से देखा तो फ़ज़लू उसने ऐसा महीन दुपट्टा ओढ़ रखा था कि मकड़ी का जाला क्या चीज़ है। वह बिच्छू की सी मूँछों वाला एक साहब आया था ना, जिसकी बीवी बच्चों की जगह कुत्ते पालती थी, वही दिलवा गया अपनी बीवी से। और यहाँ हमारे साहब रईसख़ाने की साबुनदानी ही चुरा ले

गये और वह शिकारी रईस शेरू को एक चवन्नी दे गये थे, कटे हुए किनारे वाली, हरामज़ादे।''

''सुअर के बच्चे!'' फ़ज़लू, मरियां का समर्थन करता।

यह रईसख़ाना नमक के पहाड़ की सबसे ऊँची चोटी सकेसर पर था। सर्दियों में यह पहाड़ बादलों और धुन्ध में लिपटा पड़ा रहता। दूर से यूँ नज़र आता जैसे कोई बुड्ढा महीनों से नहीं नहाया। यहाँ की चोटियों और खाइयों में बिखरे हुए बँगलों की चिमनियों पर उल्लू बोलते और मुंडेरों पर बिल्लियाँ लड़तीं। बँगलों की पहलू की कोठरियों में चौकीदार और उनके बीवी-बच्चे दोपहर तक खाटों-खटोलों पर पड़े सुकड़ा करते और फिर धूप की ढंढियाँ पड़ी रहतीं लेकिन जैसे ही बहार का पहला झोंका पेड़ों की सूखी हुई शाखों पर जगह-जगह हरे रंग के दाने से टाँक जाता और चट्टानों की दराड़ों तक नर्म-नर्म घास फूट पड़ती, जब नीचे वादी से हरियाली की महक बुलंदी पर आती और बुलंदी की हरियाली की महक नथुनों में उतरती और वादी में फैल जाती, और नये सूरज का सोना सकेसर के क़दमों में लेटी हुई झील की सतह पर आग लगा देता और पहाड़ी ढलानों से चिमटे हुए खेत दूर-दूर तक लहलहा उठते तो बँगलों की सफाई शुरू हो जाती। चौकीदारों की बीवियाँ और बच्चे जाले उतारते और शीशे धोते, माली बाग़ीचों में से पतझड़ का मलबा उठाते और भाँति-भाँति की पनेरी लगाते। दुकानदार मैदानों को छोड़ कर ख़च्चरों पर दुकानों का सामान लादे ऊपर आ जाते। शाम होते ही बँगलों के पहलू में दुबकी हुई कोठरियों की खिड़कियाँ जाग उठतीं और हर तरफ़ ईद रात की सी गहमागहमी फैल जाती।

और फिर बड़े-बड़े आदमियों के बड़े-बड़े ख़ानदान लम्बी-लम्बी मोटरों में भरे हुए सकेसर की चकराती हुई सड़कों पर तैरते हुए आते। चौकीदारों और मालियों के बच्चे मोटरों के शीशों में से अमीर लोगों के गोरे-गोरे बच्चों को देखते तो उनके पीछे भागते और जब मोटर किसी बँगले में चली जाती तो वह गेट से लग कर मुँह खोले खड़े हो जाते और जब अमीर बच्चे कारों से उतरते और संयोग से उनकी दृष्टि गेट की तरफ़ उठ जाती तो कुछ ढीठ क़िस्म के ग़रीब बच्चे तुरन्त सलाम करते, उधर से सलाम का जवाब मिल जाता तो वह शर्मीले और कायर बच्चों की तरफ़ गर्व से देखते और कहते, ''देखा, हमें सलाम का जवाब मिला है। अब हमें बल्ले और गेंदें और पुराने बूट मिलेंगे इनाम में, और तुम बैठे देखा करना। सुअर बड़े आदमियों को झुक कर सलाम करना चाहिए, बड़ा सवाब मिलता है।''

अफ़सरों के बाद डाकबँगले में भाँति-भाँति के साहब आते। कुछ दिन के लिए रुकते और फिर चौकीदार और माली में *बख्शीशें* बाँटते मैदानों में उतर जाते। कुछ लोग आली जनाब साहब डिप्टी कमिश्नर बहादुर को सलाम करने का गौरव प्राप्त करने आते। कुछ अपनी जागीरों के मुकद्दमाते के सम्बन्ध में, कुछ घी के कनस्तर, अण्डों की टोकरियाँ और बटेरों के पिंजरें डाली के रूप में पेश करने के सम्बन्ध में।

उनमें से बहुत कम संख्या ऐसे साहबों की होती जो मात्र सकेसर को देखने आते। कभी-कभी जोगियों की टोलियाँ जड़ी-बूटियों की तलाश में सकेसर की घाटियों में रेंगती हुई ऊपर आतीं तो रात सराय में ठहर कर सुबह को पहाड़ की दूसरी तरफ़ जातीं, या नौजवान शिकारी हिरनों की तलाश में भटकते हुए सकेसर के पास पहुँचते तो दूर से चमकते हुए बँगलों और चिमनियों से निकलती हुई नीले धुएँ की धारियाँ देख कर ऊपर आ जाते। यहाँ वे रात रईसख़ाने में गुज़ारते और चौकीदार की आँख बचा कर मुँहअँधेरे ही नीचे उतर जाते।

"सुअर के बच्चे!" फ़ज़लू उन साहबों के बारे में अपनी प्रतिक्रिया व्यक्त करता।

"हरामज़ादे!" मरियां उनके बारे में राय व्यक्त करती।

ऐसे ही शिकारियों में से किसी ने चुपके से खिसकते वक्त रईसख़ाने की साबुनदानी को भी अपने थैले में रख लेना मुनासिब समझा। इसीलिए फ़ज़लू बेतहाशा, हुक्का पीता, मरियां उसके पास बैठी, 'अबाबेली' पर सूत चढ़ाती या शेरू के सर से जुँएँ चुनती और हर जूँ पर उसे 'हरामज़ादा' कहती।

सकेसर के पूर्व में फैली हुई वादी को सोन कहते हैं। यहाँ के देहात में यह कहावत मशहूर थी कि सावन हर साल सकेसर की चोटी पर जन्म लेता है और फिर वहाँ से उतर कर सोन की हरियाली पर बरसता है। सोन वालों की नज़रें बारिश के इंतज़ार में बजाय आसमान के सकेसर की तरफ़ उठतीं। छुट्टी पर आये हुए फौजी जवान दूरबीनें लगाते, चमकते हुए सफेद बँगले के पास आ जाते। घने पेड़ों की झुरमुटों में कभी-कभी कोई कार रेंगती दिखाई दे जाती। लेकिन उन्हें तो चोटी के आसपास कुहरे की उस धज्जी की तलाश होती जो साधारणतः रात की रात फैल कर बादल बन जाती थी और फिर सकेसर की बुलंदियों को धोकर पहाड़ी ढलानों से चिमटे हुए देहात का रुख़ करती थी जो सकेसर से कुछ यूँ नज़र आते थे जैसे ज़रा सी ठोकर से सारा गाँव ढलान पर से फिसलता हुआ मैदान में आ रहेगा।

लेकिन अबके सावन ने सकेसर की चोटी के बजाय सोन के एक गाँव पर जन्म लिया। सकेसर वाले नीले वादी में और पहाड़ियों के क्षितिज तक फैलते हुए विस्तृत क्रम पर पानी बरसता देखते रहे और सकेसर के हिस्से में सिर्फ़ नम हवाएँ आयीं। दक्षिण और पश्चिम में खुशाब और मियाँवाली के चटियल मैदानों से लू के तूफान उठते, उधर उत्तर और पूरब में पखड़ और सोन की धुली हुई घाटियों में से हल्की ठण्डक लपकती और सकेसर के बँगलों के परों को एक संदिग्ध हवा छेड़ती जो कभी गर्म होती, कभी ठण्डी और कभी मात्र नम। और बड़े लोग ऊँचाइयों पर दूरबीनें लगाये नीचे वादियों पर बदलियों की दौड़ें देखते। वादी के हाशिये की पहाड़ियों का पानी चाँदनी की चादरें बन कर झील की तरफ़ बढ़ता। टेनिस के मैदान में बड़े लोग खेल बन्द करके सिगरेट फूँकते और जम्हाइ लेते और जब वादी से कोई तेज़ झोंका भीगी हुई

धरती की भीनी-भीनी खुशबू को ऊपर सकेसर की तरफ उछाल देता तो वह अँगड़ाइयाँ ले-ले कर खाइयों की तरफ़ अजीब बेबसी से देखते जैसे सावन क़ानून की जकड़ में आ सकता तो उसी वक्त अदालत के कटघरे में खड़ा नज़र आता।

उन दिनों सकेसर के डाकबँगले में एक व्यक्ति ठहरा हुआ था। न वह किसी अफ़सर को डाली देने आया था और न उसका कोई मुकद्दमा था। वह सकेसर पर सावन गुज़ारने आया था और सावन की इस शरारत से बहुत उदास था कि सोन में नदियाँ बह रही हैं और सकेसर के चश्मे तक सूख चुके हैं। वर्षो से सावन हर साल सकेसर की चोटी पर जन्म लेता था। इसलिए वह सावन शुरू होने से कुछ रोज़ पहले डाकबँगले में आ गया। और अब सावन का सातवाँ दिन था लेकिन बारिशें नीचे नौशहरा, अंगह और ओछाली के देहात में हो रही थी और यहाँ सकेसर के पेड़ों पर हल्की-हल्की गर्द जम रही थी और यहाँ के रहने वालों की आँखों में प्यास की वीरानी बस गयी थी। वह व्यक्ति दिन भर डाकबँगले के बरामदे में बैठा किताबें पढ़ता और और सिगरेट पीता और शाम को टेनिस के मैदान के पास से गुज़रता हुआ खिलाड़ियों से बिलकुल बेपरवाह आगे बढ़ जाता। रईसख़ाने की बगल वाली सड़क से होता हुआ नीचे उतरता, कुछ देर के बाद वापस आता और फिर डाकबँगले की एक खिड़की और दो रोशनदान बहुत रात तक चमकते रहते।

फ़ज़लू को डाकबँगले के माली की ज़बानी मालूम हुआ कि यह साहब पिछले साल भी यहाँ सावन बिताने आया था। फिर एक दिन उसने डाकबँगले की इमारत की बहुत आलोचना की और कहा कि रईसख़ाने की इमारत का जवाब सारे सकेसर में नहीं। ऐसा मनमोहक स्थान तीनों डिप्टी कमिश्नरों की कोठियों को भी मयस्सर नहीं आया और माली ने साहब को बड़ी हैरानी से देखा था क्योंकि रईसख़ाने की इमारत डरावनी हद तक बेरौनक़ थी। उसके पीछे जो पहाड़ी थी उसने पश्चिम का सारा दृश्य छुपा रखा था और उसके छोटे से लॉन के किनारे पर पेड़ इतने घने थे कि नीचे वादी में झील भी झुकी हुई शाखाओं में से बहुत से सितारे बन कर ही झलक पाती थी। दो साल से यह बात भी मशहूर हो चली थी कि रईसख़ाने में भूत बसने लगे हैं। माली को साहब की बदमज़ाक़ी पर बहुत अफ़सोस हुआ था।

"फिर वह चला गया।" माली ने कहा।

"सावन गुज़ार कर या पहले ही," फ़ज़लू इसमें रुचि ले रहा था क्योंकि एक मुद्दत के बाद किसी साहब के सिलसिले में उसे रईसख़ाने का नाम सुनाई दे रहा था।

"माली बोला, यह तो याद नहीं, बस वही दिन थे जब तुम सास की मौत पर मरियां को साथ लिये नीचे वादी में उतरे थे। एक दिन तुम गये दूसरे दिन साहब ने पूरी कार किराये पर ली और चला गया और मुझे सौ रुपये *बख़्शीशें* दे गया।"

"सौ रुपये।" फ़ज़लू की हालत ग़ैर होने लगी, "पर ये है कौन?"

"कोई भी हो," माली ने बेपरवाई से कहा, "हमें इससे क्या, मतलब *बख़्शीश*

से है, सो वह मिली, सोचो तो, एक सौ रुपये, मामूली रक़म नहीं, मुँह में समाती है, हाथ में एक ही बार नहीं उठायी जाती।''

फ़ज़लू की भवें जुड़ गयीं और माथे पर एक शिकन उभर आयी, ''एक सौ।'' उसने कहा, ''होश में तो हो?''

''अरे भई हाँ... हज़ार बार हाँ... पूरे एक सौ... पाँच बीसियाँ... चार पचीसियाँ... और फिर इतना गर्म और नर्म कम्बल कि हाथ लगाओ तो जानो ताज़ा हलवा छू रहे हो। यह कम्बल उसने बहिश्तो को दे दिया और बहिश्तो का काम ये था कि दो-तीन दिन उसके कमरे के गुलदान सजा दिये और एक बार तौलिया धो दिया... बस... कोई अल्लाह वाला है।''

फ़ज़लू *बख़्शीशों* का ज़िक्र सुन कर चिढ़ जाने का आदी हो चुका था। मगर जब माली ने पहले क़ुरान मजीद की और फिर अपनी बेवा बहन बहिश्तो की क़सम खाई तो वह कोई अदृश्य सा गोला निगल कर वापस अपनी कोठरी में आ गया और मरियां को उस घटना का वर्णन यूँ सुनाया जैसे माली ने उसके हाथ मरियां ही के लिए सारा विवरण भिजवाया है। मरियां ने लस्सी के प्याले में नमक की चुटकी घोलते हुए कहा, ''मैं तुमसे पूछती हूँ फ़ज़लू कि जब रईसख़ाने की चौकीदारी में हमें उड़ती धूल भी नहीं मिलती तो यहाँ सकेसर पर क्यों टँगे पड़े रहें, क्यों न नीचे सोन में जाकर पुराने भाड़ झोंकें। इतने ज़मींदार पड़े हैं किसी की ड्योढ़ी तो मिल ही जायेगी। महीने में बीस छिलकों में से दो-एक भी बच रहते तो दवा-दारू के लिए उठा रखती। पर यहाँ तो शेरू की एड़ी में कंकर उतर जाये तो अस्पताल के सामने घण्टों टिंचर के लिए बैठना पड़ता है और तब जाकर हरामज़ादा कम्पाउंडर जरा सा टिंचर लगाता है। हरामज़ादे ने मुझे मोहताज पाकर ही तो आँख मार दी थी पिछले साल।''

फ़ज़लू पहले ही भरा बैठा था। मरियां ने कम्पाउंडर की याद दिलाई तो आपे से बाहर हो गया। लपक कर कोने में से कुल्हाड़ा उठाया और बोला, ''पिछले साल भी तुमने मुझे शेरे का वास्ता देकर रोक दिया था, मगर आज मैं नहीं मानूँगा। ऐसे सुअर के बच्चों को जवाब न दिया जाये तो आज आँख मारी है, कल हाथ डाल देंगे... जाने दे मुझे...''

फ़ज़लू की गरज के जवाब में मरियां मुस्कराती हुई आगे बढ़ी। उसने कुल्हाड़े वाले हाथ पर अपना हाथ रख दिया और बोली, ''मैं भी तो चुप नहीं रही थी, मैंने कहा था कि बाबू, ज़रा अपनी माँ को भी आँख मार ली होती, ज़रा अपनी बहन को भी टटोल लिया होता। हरामज़ादे मुझे आँख मारता है, मुझे, मैं तो तुझ जैसे बीसियों को ख़रीद कर क़ीमा कर डालूँ... मैं बकती-झकती रही और वह मेरे सामने हाथ जोड़े खड़ा रहा और कहता रहा, आहिस्ता बहन, ज़रा आहिस्ता गाली दो, डॉक्टर सुन लेगा। मुझे तो हँसी आ गयी थी उस पर।''

फ़ज़लू ने कुल्हाड़ा तो छोड़ दिया मगर कम्पाउंडर को, फिर सब बँगले के

चौकीदारों को और माली और फिर बहिश्तो तक को गालियाँ देता रहा और जब मरियां ने बहिश्तो को गाली देने पर एतराज़ किया तो उसने मरियां को भी गाली दे दी और गुस्से में भरा हुआ बाहर आ गया... और बाहर रईसख़ाने के सहन में डाक-बँगले वाला साहब खड़ा सिगरेट पी रहा था।

"सलाम!" फ़ज़लू का हाथ एकदम माथे की तरफ़ उठ गया। उसके तने हुए स्नायुओं में अचानक शान्ति आ गयी और अपने चेहरे पर वर्षों की विनम्रता लाते हुए वह साहब के पास जाकर बोला, "क्या हुक्म है हज़ूर!"

साहब की कनपटियों पर दो-चार बाल सफेद हो चले थे मगर चेहरे की रंगत में लालिमा स्थापित थी, आँखों में भीगी-भीगी चमक थी और माथे के उभार के पीछे चिराग़ सा जलता हुआ महसूस होता था, ऐसा लगता था जैसे जवानी साहब के रूप में परिपक्व हो गयी है, और जैसे अभी उसके रोम छिद्रों से ख़ून की नन्ही-नन्ही बूँदों के रूप में रिसने लगेगी। उसने सिगरेट को अँगुली पर चढ़ा कर फ़ज़लू की कोठरी की तरफ़ इस तेज़ी से उछाला कि खिड़की में से झाँकती हुई मरियां उसे तेज़ी से अपनी तरफ़ आता देखकर एक तरफ़ हट गयी और साहब ने निहायत नर्मी से पूछा, "तुम्हारा ही नाम फ़ज़लदीन है।"

"जी!" वह साहब की गूँजती आवाज़ से प्रभावित होकर बोला, "मुझे ही फ़ज़लू चौकीदार कहते हैं हज़ूर!"

"फ़ज़लदीन या फ़ज़लू चौकीदार?" साहब मुस्कराया।

"जी, बस फ़ज़लू चौकीदार!" वह विनम्रता से बोला।

"कुँआरे हो अभी?" साहब ने पूछा।

"कुँआरा?" फ़ज़लू बड़े अदब से हँसा, "मैं कुँआरा कैसे हो सकता हूँ हज़ूर, मेरा तो एक बेटा भी है चार बरस का।"

"और बीवी?"

"जी हाँ, बीवी भी है।"

"और माँ-बाप, बहन-भाई?"

"वो सब लद चुके हज़ूर।"

"अफ़सोस है।"

फ़ज़लू ने खामोश रहना मुनासिब समझा।

साहब कुछ देर तक रईसख़ाने की इमारत का निरीक्षण करता रहा, फिर बगल में लटकते हुए बैग में से दूरबीन निकाली और सोन की वादी की तरफ देखने लगा। दूरबीन के अक्षों को बदलते हुए जब साहब ने हाशिये के पेड़ों से उधर फ़ज़लू की कोठरी की तरफ़ मुड़ा तो अचानक त्योरा सा गया, फिर दूरबीन को थैले में डालते हुए हँस कर बोला, "लाहौल विला क़ुवत, ऐसा लगा जैसे तुम्हारा क्वार्टर मेरे ऊपर चढ़ दौड़ा है।"

और क्वार्टर की खिड़की में मरियां और शेरू फ्रेम में सजी हुई तस्वीर की तरह खड़े थे, और साहब के फेंके हुए सिगरेट का धुआँ नीली लहराती धारी बन कर उनके चेहरों पर से गुज़र रहा था।

"फ़ज़लू!"

"जी।"

"अगर हम डाकबँगले से यहाँ तुम्हारे रईसख़ाने में उठ आयें तो कैसा रहे?" फ़ज़लू की बाहर की साँस बाहर और अन्दर की साँस अन्दर रह गयी। उसे साहब भी अपने सहित सर के बल खड़ा नज़र आया। रईसख़ाना भी फिरकी की तरह घूम गया। बड़ी मुश्किल से उसके हवास ठिकाने पर आये और वह बोला, "मेरे ऐसे नसीब कहाँ?"

"वाह!" साहब बोला, "यह भी कोई बात है, और मुझे तो यह इमारत डाकबँगले से कहीं ज़्यादा पसन्द है। मैं आज ही यहाँ उठ आता हूँ, अन्दर कुछ सामान है?"

"जी सामान?" वह साबुनदानी की चोरी का राज़ साहब को बता कर उसे रईसख़ाने से विमुख नहीं करना चाहता था।

"हाँ, कोई पलंग?"

"जी हैं, दो।"

"और मेज़?"

"जी है, और कुर्सियाँ भी हैं। एक गुलदान भी है, एक लालटेन है, गुसलख़ाने की बाल्टी भी है और..."

साहब मुस्कराया और नया सिगरेट जलाते हुए बोला, "अच्छा तो मैं अभी आया।" कुछ देर तक फ़ज़लू वहीं खड़ा रहा, जैसे उसके पाँव धरती में धँस कर रह गये हैं। फिर वह दौड़ कर रईसख़ाने के बरामदे में आ गया। मगर वहाँ से उल्टे पाँव कोठरी की तरफ़ भागा, खिड़की में से आधा लटक गया और पुकारा, "मरियां..." फिर वह खिड़की से हट कर अन्दर लपका, मरियां दरवाज़ा रोके खड़ी थी। वह गम्भीर थी। उसके होठ सख़्ती से जुड़े हुए थे, "तुम अन्दर नहीं जा सकते," वह आदेशपूर्ण ढंग से बोली।

"अन्दर नहीं जा सकता?" फ़ज़लू ने हाँफते और हैरान होते हुए पूछा, "क्यों?"

वह उसी लहजे में बोली, "पहले मैं तुम्हारी गाली का जवाब दूँगी।"

"गाली का जवाब दोगी?" फ़ज़लू साहब की रामकहानी सुनाने के लिए अन्दर ही अन्दर उबल रहा था।

"हाँ।" मरियां बोली, "तुमने मुझे गाली क्यों दी थी?"

फ़ज़लू टालते हुए बोला, "बस, दे दी, क्या हुआ?"

"क्या हुआ?" मरियां ने फ़ज़लू का हाथ पकड़ लिया, "यानी कुछ हुआ ही नहीं। मैंने आज तक किसी की गाली नहीं सही, सुना?" और वह कुछ क्षण बाद

बोली, ''सुना हरामज़ादे?''

फ़ज़लू हैरान रह गया और फिर एकदम ज़ोर-ज़ोर से हँसता हुआ मरियां से लिपट गया। उसे उठा कर अन्दर खाट पर फेंक दिया और उसके पास बैठते हुए बोला, ''तू मुझे ऊँट की बच्ची मालूम होती है, ऐसी कपट है तुझ में।''

''तू होगा ऊँट का बच्चा।'' मरियां ने जवाब दिया, मगर नागवारी से नहीं। अब वह मुस्करा रही थी और तहमद के उल्टे हुए पल्लू से अपनी पिंडली ढाँप रही थी। फिर वह दोनों और ज़ोर से हँसने लगे और उन ठहाकों के बीच फ़ज़लू यूँ अचानक उठ खड़ा हुआ जैसे उसे भड़ ने काट लिया है, ''मरियां सुनो, साहब रईसख़ाने में आ रहा है।''

मरियां के ठहाके भी रुक गये।

''साहब हमारे यहाँ आ रहा है, सुनती हो?''

मरियां हैरान-परेशान सी नज़र आ रही थी, कुछ क्षणों के बाद बोली, ''सच?''

''हाँ, हाँ, अल्लाह की क़सम, वह अपना सामान लेने गया है।''

मरियां उदास हो गयी, ''लेकिन फ़ज़लू वह हरामज़ादे शिकारी छोकरे हमारी साबुनदानी तक उठा कर ले गये। यहाँ धरा ही क्या है, उल्लू बोल रहे हैं। दोनों कमरों में यह साहब रईसख़ाने में इधर आयेगा, उधर भाग निकलेगा। मैं तो कहती हूँ, अब यहाँ जिन्न भी बसने लगे हैं। उस दिन रात को गुसलखाने में बाल्टी बज रही थी।''

लेकिन फ़ज़लू ने उस वक्त यह बताने की ज़रूरत ही न समझी कि कुछ दिन हुए उसने बाल्टी में से एक मरी हुई चुहिया निकाल कर बाहर फेंकी थी। उसने मरियां को समझाया कि साहब को बस एक पलंग चाहिए और बस... फिर रईसख़ाने का सारा सामान ढोकर बरामदे में ले गये। कमरे झाड़े, पलंग रखे, कपड़े टाँगने वाली कीलों पर से मकड़ी के जाले उतारे और गुलदान धोया जा चुका तो मरियां डाकबँगले के माली की बहन बहिश्तो के यहाँ ताज़ा फूल माँगने चली। रास्ते में उसने देखा कि माली और इंजीनियरों के बँगले का चौकीदार सामान उठाये आ रहे हैं। कुछ फ़ासले पर साहब भी सिगरेट पीता आ रहा था, लेकिन उसकी नज़रें नीचे पगडंडी पर ही थीं और मरियां उसके पास से गुज़री तो जब भी उसने ऊपर न देखा। फिर जब मरियां बहिश्तो से फूल लेकर आयी तो वह बरामदे में कुर्सी पर बैठा किताब पढ़ रहा था और फ़ज़लू सहन में छिड़काव कर रहा था। मरियां ने कोठरी में जाकर खिड़की में से फ़ज़लू को पुकारा और फूल उसके हवाले किये। फ़ज़लू ने अन्दर रईसख़ाने में जाकर उन्हें गुलदान में सजाया, बाहर आया और गुलदान साहब के सामने मेज़ पर रख दिया। साहब चौंका, ''कौन लाया है यह फूल?''

फ़ज़लू बोला, ''जी, बीवी लायी है।''

''डाकबँगले के मालूम होते हैं?''

''जी हैं तो डाकबँगले के वहीं से माँग लायी है।''

"फिर वही मनहूस डाकबँगले के फूल," साहब ने किताब के पृष्ठ पलटते हुए कहा।

"आज तो ख़ैर मरियां फूल ले आयी है, लेकिन कल से फूल नहीं पत्ते सजा दिया करो। यही रईसख़ाने के पेड़ों के पत्ते, समझे।"

फ़ज़लू हैरान हो रहा था कि आख़िर साहब को उसकी बीवी का नाम कैसे मालूम हुआ। कुछ कहना चाहता था कि साहब बोला, "तुम्हारी बीवी का नाम मुझे माली की बहन ने बताया था अभी-अभी। मरियां ही है ना?"

"जी, मरियां ही है!" फ़ज़लू ने जवाब दिया।

"मरियम होगा, तुम लोगों ने मरियां बना लिया।"

"मरियां ही था साहब।"

साहब कुछ देर खामोश रहा। फिर किताब ठप्प से बन्द करके बोला, "मेरी मरहूमा बीवी का नाम मरियम था।"

फ़ज़लू को खामोश और उदास देख कर बोला, "बिजली का पंखा बन्द कर रही थी कि किसी तार-वार को हाथ छू गया और वहीं ख़त्म हो गयी... शुक्र है यहाँ सकेसर पर अभी बिजली नहीं आयी।"

"जी शुक्र है।" फ़ज़लू ने कुछ समझे बिना साहब की हाँ में हाँ मिलाई और साहब फिर से किताब खोल कर पृष्ठ पलटने लगा।

चार रोज़ तक पुलाव और मुर्ग़े पकाते-पकाते मरियां की बुरी हालत हो गयी। जब देखो चूल्हे के सामने बैठी है। जम्पर की आस्तीन कन्धों तक चढ़ा रखी हैं, चेहरा सुर्ख हो रहा है, बाल बिखर रहे हैं और उन पर राख के कण जम रहे हैं। हाथ सने हुए हैं। शेरा रो रहा है। फ़ज़लू बौखला रहा है, लेकिन जब रात को सारे कामों से निपट कर वह खाटों पर आते तो उनके पेट भरे होते और दिलों में सकून होता। शेरे को दो दिन बदहज़मी की शिकायत रही लेकिन अब वह तैलीय भोजन का आदी हो गया था। साहब ने उसे एक नर्म और गर्म मफ़लर भी दिया था जिसे वह रात को भी गले में लपेटे रखता और जब वह गहरी नींद सो जाता तो फ़ज़लू धीरे से उसका मफ़लर खींचते हुए कहता, "हमें भी छू लेने दे, सुअर के बच्चे।" दोनों खूब-खूब हँसते। साहब की ज़रा-ज़रा सी हरकतों को बड़े सम्मान से याद करते। मरियां बारिश की दुआएँ माँगती क्योंकि साहब बारिश के लिए बहुत उदास था। हर वक्त आसमान की तरफ़ देखता और जब नीचे वादी में बादल गरजते और नमी से लदे हुए झोंके रईसख़ाने के पेड़ों से लिपटे हुए आते और उसकी किताब के पन्ने उलट देते, गुलदान में सजे हुए पत्तों को इधर-उधर बिखेर देते और उसके बालों को माथे पर गिरा देते तो वह बड़े दुख से कहता—"फ़ज़लू, भई यहाँ आसपास कोई पीर-वीर हो तो उससे बारिश का तावीज़ लिखवा लाओ। यह भी आख़िर क्या सावन हुआ कि सोन के नदियों की गूँज रात को यहाँ सुनाई दे जाती है और सकेसर लुटे हुए रंडुवे की तरह

बेबस खड़ा है और मज़े की बात ये है कि बादलों की सारी फौजें यहीं से गुज़रती हैं। पिछले साल तो फुहार किसी वक्त रुकने ही में नहीं आती थी, मगर वह सावन बड़ा बेमज़ा कटा। डाकबँगले में मेह का क्या मज़ा। छत पर बूँदों के गिरने की आवाज़ नहीं। खिड़कियों पर लिहाफ़ों जैसे पर्दे लटक रहे हैं। डाकबँगले में रहना या किसी खोह में पड़े रहना बराबर है। भई फ़ज़लू, तुम तो अर्से से यहाँ हो। अब के सावन यहाँ कब आयेगा?'' और वह दूरबीन लगा कर नीचे वादी में झाँकने लगा।

वह फ़ज़लू से इतना घुलमिल गया था कि उसे अपने घर की सारी बातें बता दी थीं। उसकी स्वर्गीय पत्नी का नाम मरियम और उसका नाम यूसुफ़ था। मरियम मर चुकी थी। शादी को अभी एक ही महीना हुआ था कि मरियम को बिजली खा गयी और वह घबरा कर ख़ामख़्वाह लम्बी-लम्बी यात्रा करने लगा। मरियम सावन में मरी थी। उस वक्त उसकी कोठी की छत पर बूँदें गा रही थीं ओर रोशनदानों के शीशों में से बिजली के फव्वारे अन्दर लपक-लपक कर मरियम की नींद से भरी आँखों को चुँधिया जाते थे। देर से बिजली का पंखा चल रहा था मगर सावन की झड़ी ने ठण्डक पैदा कर दी थी। इसलिए यूसुफ़ ने मरियम से पंखा बन्द करने को कहा और यूँ अपनी नयी-नयी बसती हुई दुनिया उजाड़ बैठा। वह रात भर मरियम की लाश से चिमटा रहा और जब दूसरे दिन रिश्तेदार मय्यत को क़ब्रिस्तान ले जाने लगे तो वह नैनीताल चला गया, वहाँ से रंगून पहुँचा। रंगून से मद्रास और बम्बई का चक्कर लगाता वह कराची और फिर क्वेटा आया और कुछ रोज़ वहाँ के जले हुए पहाड़ों में घूम कर वहाँ से अपने वतन... हुस्न और मुहब्बत की इस धरती पंजाब में उपस्थित हुआ और मरी जाने के बजाय सकेसर आ निकला और सकेसर के डाकबँगले के बागीचे में खड़े होकर उससे पहले रोज़ दृश्यों से आनन्दित होने के लिए दूरबीन लगाई तो कुछ ऐसा प्रभावित हुआ कि अब की बार यहीं आ निकला।

''सकेसर पंजाब का दिल है,'' यूसुफ़ ने कहा।

फ़ज़लू ने चार दिनों में पहली बार यूसुफ़ का विरोध किया, ''नहीं साहब, ये आप क्या कह रहे हैं, पंजाब का दिल तो लाहौर है, इसे पंजाब का दिल न कहिए। यहाँ पत्थरों और झाड़-झंखाड़ के सिवा और धरा ही क्या है। एक वह झील है, सो भादों की दुपहरों में ऐसी गन्दी बास उड़ाती है कि मालूम होता है कई दिनों का मरा हुआ गधा पड़ा सड़ रहा है। और फिर यहाँ के लोग, तौबा कीजिए हुज़ूर, किसी से ज़रा सी अनबन हुई तो ये नहीं कि घूँसे-तमाचे से गुस्सा निकाल लिया। बात-बात पर बर्छे पसलियों को काटते हुए निकल रहे हैं और तबर कुल्हाड़ियाँ गर्दन की नसें काटती हुई जा रही हैं, तौबा कीजिए साहब।''

लेकिन साहब का आग्रह था कि पंजाब का कोई और हिस्सा पंजाब का दिल कहलाने का अधिकारी नहीं। दूसरे दिन यही बहस छेड़ते हुए उसने फ़ज़लू से कहा, ''सकेसर की खुशगवार हवा और वादी के दृश्य को तो रख दो एक तरफ़। मुझे ये

बताओ फ़ज़लू कि यहाँ की औरतों की ख़ूबसूरती का पंजाब भर में कहीं जवाब मिल सकेगा तुम्हें? घूम आओ पिंडी, मुल्तान और मियाँवाली से दिल्ली तक। मजाल है जो तुम्हें ऐसी काफ़िर आँखें, ऐसी घनी और लम्बी पलकें, ऐसे क़द और ऐसे जिस्म, ऐसा रंग और ऐसी चाल मिल जाये। मेरे ख़याल में यूनान के बादशाह सिकंदर ने जब पंजाब पर हमला किया तो इस वादी में से उसकी फौज का कोई दस्ता हमेशा के लिए रुक गया, वर्ना यहाँ सौ में से पंचानवे चेहरों का कट यूनानी देवी-देवताओं का सा क्यों है? मैं तो जिसे भी देखता हूँ तो ऐसा लगता है जैसे होमर पढ़ रहा हूँ। औरतें हैं सो वेनिस हैं, मर्द हैं सो अपालो हैं। ऐसी मदमस्त कर देने वाली ख़ूबसूरती तो वेलेन्टेनों को भी नहीं मिली थी।''

फ़ज़लू इस वक्त कुछ ऐसे मुँह खोले बैठा था जैसे उसका जबड़ा पैदाइशी खुला है और अब तक जुड़ने नहीं पाया। उसकी पुतलियों तक में कोई हरकत नहीं थी और वह यूसुफ के होठों पर नज़रें जमाये बुत बना बैठा था। यूसुफ़ के ख़ामोश होने के काफी देर बात तक वह यूँ ही बैठा रहा। फिर जब यूसुफ़ ने उसे पुकारा तो वह जैसे नींद से चौंका, ''जी'', उसके सारे शरीर में झुरझुरी दौड़ गयी, ''जी!'' वह बोला ''जी हाँ, आप सच कह रहे हैं। ख़ूबसूरती तो यहाँ बला की है। ऐसी-ऐसी बेटी पैदा की हैं यहाँ की माँ ने कि सुब्हान अल्लाह! आपने ठीक कहा, अगर आप ख़ूबसूरती को लेते हैं तो सचमुच यही है पंजाब का दिल।''

यूसुफ़ ने सिगरेट जलाया। बिजली अचानक बहुत ज़ोर से चमकी और बादल इतनी तेज़ गरजा कि पहाड़ियाँ देर तक ताँबे की थालियों की तरह बजती रहीं। यूसुफ़ भाग कर बाहर सहन में आ गया। फिर तुरन्त अन्दर लपका, एकदम बादल जैसे फूट पड़ा। सहन में थोड़ी सी धूल उड़ी और बैठ गयी। परनालों के दहाने से पत्ते और तिनके बौखला कर बाहर आ गिरे और आन की आन में सकेसर पर जवानी आ गयी। यूसुफ़ अभी अपने होठों पर मुस्कराहट समेटने नहीं पाया था कि फ़ज़लू की कोठरी की खिड़की में से मरियां चिल्लाई, ''ऐ फ़ज़लू! ऐ लपक के आ, सब कुछ भीग गया चूल्हे के पास!''

फ़ज़लू तहमद को घुटनों तक उठा कर बाहर भागने को था कि यूसुफ़ ने कहा, ''यह मरियां थी शायद!''

''जी हाँ, मरियां ही थी।'' उसने जवाब दिया।

''आज पहली बार उसकी आवाज़ सुनी है शायद पर्दा करती है।'' यूसुफ़ ने यूँ ही कहा।

फ़ज़लू ने तहमद को फिर घुटनों तक उठाते हुए कहा, ''जी, पर्दा तो नहीं करती, बस ज़रा...''

खिड़की से आवाज़ आयी, ''कान कुत्ते तो नहीं ले गये।''

फ़ज़लू ने घबराकर यूसुफ़ की तरफ देखा, ''गालियाँ बकने लगी सुअर की

बच्ची...''

''जाओ... जाओ... भागो...'' यूसुफ़ ने हँसते हुए कहा, ''कहीं मुझ पर भी न बरस पड़े।''

और फ़ज़लू जो सहन में पहुँच चुका था, मुसलाधार बारिश से बेपरवा होकर रुक गया और पलट कर बोला, ''मजाल है उसकी ज़बान काट कर अंगारों पर न रख दूँ...'' और लपक कर कोठरी में घुस गया।

फिर जब वह कुछ देर के बाद वापस आया तो साहब कुर्सी पर बैठा टाँगे मेज़ पर रखे नीचे लटके हुए हाथ में बेकार जलता हुआ सिगरेट पकड़े गुनगुना रहा था।

बरसात की इस रात में ऐ दोस्त तेरी याद
इक तेज़ छुरी है जो उतरती चली जाये

उस रोज़ कोठरी से रईसख़ाने तक खाना लाने में साहब की बरसाती ने बड़ा काम दिया। फ़ज़लू और मरियां उसे अपने सरों पर तान लेते और फिर दोनों थाल थामे हौले-हौले रईसख़ाने में आते, मरियां बरामदे में रुक जाती, फ़ज़लू थाल अन्दर ले जाता, बाहर आकर वह फिर से बरसाती को सरों पर तान कर कोठरी से खाने की दूसरी क़िस्त लेने जाते। एक बार जब मरियां बरामदे के एक खम्भे का सहारा लिये बरसाती पर से पानी झटक रही थी तो अन्दर से आवाज़ आयी, ''बाहर कौन है?''

''मरियां है साहब,'' फ़ज़लू बोला।

''बाहर खड़ी क्या कर रही है?'' यूसुफ़ की आवाज़ आयी, ''ठण्ड हो रही है, उससे कहो अन्दर आ जाये या कोठरी में चली जाये।''

''जी, कोठरी में चली जायेगी।'' फ़ज़लू ने कहा।

क्षण भर रुक कर यूसुफ़ बोला, ''बहुत अच्छा खाना पकाती है तुम्हारी बीवी।''

फ़ज़लू ने तुरन्त कहा, ''जी, वह क्या पकाती है, घी के खेल हैं सारे।''

और मरियां बाहर से बोली, ''तेरे बाप के खेल हैं,'' उसकी आवाज़ ऊँची हो गयी, ''ज़रा किसी रोज़ सुबह से शाम तक चूल्हे के पास बैठो तो, नानी याद आ जाये, हरामज़ादे को...'' और वह भीगती हुई कोठरी की तरफ चली गयी।

यूसुफ़ को इस ज़ोर की हँसी छूटी कि उसकी आँखें भीग गयीं और चेहरा लाल हो गया। उसने ठहाके लगाते हुए फ़ज़लू से पूछा, ''मिज़ाज कैसे हैं तुम्हारे?''

फ़ज़लू दाँत पीसते हुए बोला, ''सुअर की बच्ची।''

यूसुफ़ को एक बार फिर हँसी का दौरा पड़ गया। कुछ देर के बाद फ़ज़लू के होठों पर भी मुस्कराहट आयी और वह बोला, ''खाना ठण्डा हो जायेगा हुज़ूर!''

''तुम्हारा गुस्सा तो ठण्डा हो ले,'' वह बोला, ''खाना तो पेट में जाकर गर्म हो जायेगा। घबराते क्यों हो फ़ज़लू, तुम्हें ईंट का जवाब ईंट से ही मिला है, पत्थर से नहीं मिला।''

फ़ज़लू का गुस्सा शायद अभी नहीं उतरा था, ''उस सुअर की बच्ची से तो वह

भी दूर नहीं हुज़ूर कि सचमुच पत्थर उठा कर दे मारती। घरों में हर मियाँ-बीवी की कभी न कभी ठन ही जाती है पर हुज़ूर के सामने बक देने की आदत बहुत बुरी है।''

''लेकिन हुज़ूर को लुत्फ़ आ गया,'' यूसुफ़ ने कहा और फ़ज़्लू की शर्मिन्दगी किसी हद तक दूर हो गयी।

मेंह कुछ देर थम कर फिर बरसने लगा और फुहार में बदल गया। यूसुफ़ ने दोनों तरफ़ की खिड़कियाँ खोल दीं और छत, पेड़ के पत्तों और पत्थरों और चट्टानों पर फुहार की गुनगुनाहटें सुनने लगा। फ़ज़्लू सोने से पहले नियमानुसार, ''कोई और काम'' पूछने आया तो यूसुफ़ ने कहा, ''हाँ, एक काम है तो सही,'' फ़ज़्लू हाथ बाँधे इंतज़ार में खड़ा रहा। यूसुफ सिगरेट जला कर तीन-चार कश लगा कर बोला, ''इधर आओ।''

फ़ज़्लू कुछ कदम आगे बढ़ा।

''और आगे आओ, यहाँ बैठ जाओ पलंग पर।'' यूसुफ़ ने बिस्तर के एक हिस्से को थपक कर कहा।

''पलंग पर हुज़ूर?'' फ़ज़्लू हैरान रह गया, ''पलंग पर कैसे साहब?''

यूसुफ़ ने उसे हाथ से पकड़ कर खींचा और अपने पास बिठा कर बोला, ''ऐसे!'' फ़ज़्लू कुछ ऐसे ढंग से बैठा जैसे वह नर्म-नर्म गद्दे के बजाय तपते तवे पर बैठा है। ''हुज़ूर!'' उसने हैरानी से कहा और युसुफ़ की तरफ फटी-फटी आँखों से देखने लगा।

युसुफ़ आज कुछ खोया-खोया सा था। लालटेन की रोशनी में उसके चेहरे का आधा हिस्सा रौशन था। फ़ज़्लू को भ्रम सा हुआ कि उसकी आँख भीग रही है और गाल पर पानी की एक बूँद चमक रही है। बाहर फुहार की निरन्तर गुनगुनाहट से वातावरण रहस्यमयी हो रहा था। फुहार ने वातावरण में खुनकी के अलावा काजल भी घोल दिया था। खुली खिड़की में से दूर किसी बँगले के रोशनदान ज़रा से रौशन थे। मेज़ पर रखे हुए गुलदान में पेड़ों के पत्ते इधर-उधर बिखर रहे थे। लालटेन की बत्ती हर तेज़ झोंके के साथ चुल्लू भर धुआँ ऊपर उछाल देती थी। भाँति-भाँति के पतिंगों की भीड़ ने लालटेन की शीशी पर हल्ला बोल रखा था। इन पतिंगों में एक भिड़ भी थी जिसके पंखों की भिनभिनाहट दूसरे पतिंगों पर छायी हुई थी। फ़ज़्लू ने एक बार फिर यूसुफ़ की तरफ़ डरते-डरते देखा। अब गाल पर चमकती हुई बूँद ठोढ़ी की तरफ़ बह आयी थी और आँख के कोने में एक नयी बूँद ढलक जाने को तैयार थी।

''क्या देख रहे हो फ़ज़्लू,'' यूसुफ़ ने पूछा।

फ़ज़्लू ने झिझकते हुए हाथ उठाया और उँगली से उसके गाल की तरफ इशारा करते हुए बस इतना कह सका, ''ये हुज़ूर, ये...'' और उसने उँगली को मुट्ठी में मिला कर हाथ खींच लिया।

''ये आँसू हैं।'' यूसुफ़ फ़ज़्लू के कन्धे पर हाथ रखते हुए बोला, ''आँसू बहाना मेरी आदत है, इसीलिए तो मुझे सावन का इन्तज़ार था, मरियम इन्हीं दिनों मुझ से

छिनी थी ना। इसीलिए सावन की रातें मैंने हमेशा रोते गुज़ारी हैं। रोना बुज़दिली नहीं। एक आँसू बहाने के लिए इतना बहुत सा लहू जलाना पड़ता है और मैं रात-रात भर रोता हूँ। मैं बहुत दुखी हूँ फ़ज़लू, मेरे पास रुपया है, जागीरें हैं, ज़मीनें हैं, कोठियाँ हैं, लेकिन मैं कितना ग़रीब हूँ, मरियम के बिना मैं कितना ग़रीब हूँ।'' उसने एक तरफ़ से रूमाल उठा कर आँखें पोंछी और फ़ज़लू के पास खिसक कर बोला ''मैं तो ऐसा लुटा हूँ फ़ज़लू कि अब आबाद नहीं हो सकूँगा।''

''क्यों नहीं आबाद होंगे हुज़ूर... ज़रूर होंगे।'' फ़ज़लू ने कुछ बोलना अपना फ़र्ज़ समझा।

''मगर कैसे?'' यूसुफ़ ने पूछा।

फ़ज़लू ख़ामोश रहा, वह सिर्फ़ तसल्ली देना चाहता था। उसके पास आबादी का कोई प्रस्ताव न था।

''वैसे फ़ज़लू...'' यूसुफ़ ने बड़े रहस्यपूर्ण ढंग से कहा, ''अगर तुम मेरी मदद करो तो ठूँठ में कोपलें फूट सकती हैं।''

''मैं हुज़ूर?'' फ़ज़लू हैरान हो रहा था।

''हाँ तुम... तुम अपने आप को इतना छोटा क्यों समझते हो। फ़ज़लू तुम कोई मामूली आदमी नहीं हो। दुनिया का कोई इंसान मामूली नहीं और तुम चाहो तो मेरे लिए सब कुछ कर सकते हो... कर सकोगे?''

''करूँगा हुज़ूर...'' उसने कहा, ''कर सका तो ज़रूर करूँगा, पर मैं कर ही क्या सकता हूँ।''

''फिर वही बात। देखो फ़ज़लू बात ये है कि मैं यहाँ रईसख़ाने में अकेले पड़ा रातें गुज़ार रहा हूँ तो सच कहता हूँ, अकेले रहना कोई नेमत नहीं मजबूरी है और...''

''तो हुज़ूर...'' फ़ज़लू के ज़ेहन में एक विचार आया, ''मैं सो जाया करूँ आपके कमरे में...''

''नहीं भई...'' यूसुफ़ ज़रा मुस्कराया, ''तुम मुझे आबाद करने के लिए मरियां को बर्बाद कर दोगे। ऐसी बात नहीं, बस तुम मुझे ये बताओ कि... ख़ैर, रहने दो, तुम बुरा मान जाओगे।''

''बुरा क्यों मानने लगा साहब, आप हुक्म तो दीजिए।''

''बात ये है कि तुम मेरी मदद कर सकते हो। लेकिन उसके लिए तुम्हें बहुत दिलेर बनना पड़ेगा। देखो, क्या इस सकेसर पर... या नीचे इस वादी में....'' वह ख़ामोश हो गया, उठा और एक खिड़की बन्द करके और लालटेन को ज़रा सा धीमा करके फिर फ़ज़लू के पास आ बैठा। फ़ज़लू चुपचाप बैठा था।

और फिर यूसुफ़ तेज़ी से बोलने लगा, ''देखो फ़ज़लू दोस्त, क्या इस सकेसर पहाड़ी पर कोई एक भी औरत ऐसी नहीं होगी जो मेरी रातें आबाद कर सके, कोई

ऐसी लड़की नहीं होगी जो मुझसे एक सौ रुपये लेकर रात भर मेरे ज़िन्दगी की जली शाख़ पर फूल बन कर महके और सुबह को चली जाये। क्या ख़ुदा के एक दुखी बन्दे की दुनिया को कुछ घड़ियों के लिए आबाद करके तुम्हारा दिल ख़ुश नहीं होगा? फ़ज़लू तुम घबरा क्यों रहे हो? तुम तो हाँफ और काँप रहे हो। मैं तुम्हें हर रात के दस रुपये दूँगा। मैं मुफ़्तख़ोर नहीं हूँ। मुझ पर जवानी का भूत सवार होता तो मैं लाहौर वापस जा कर हीरामण्डी में डेरे डाल लेता। लेकिन मुझे काग़ज़ी फूल नहीं चाहिए। इसीलिए तो मैं रंगून से क्वेटे तक भटकता फिरा। मुझे सचमुच की एक औरत चाहिए, सचमुच की एक औरत..."

यूसुफ़ क्षणभर के लिए रुका। फ़ज़लू यूँ हाँफ रहा था जैसे कोई बहुत ऊँचा पहाड़ तय करके आ रहा है। यूसुफ़ की ख़ामोशी के दौरान में उसकी साँसें और तेज़ हो गयीं, उसके पपोटे ऊपर उठ गये, वह एकदम खड़ा हो गया और बोला, "नहीं साहब, मैं ग़रीब हूँ, कमीना नहीं हूँ, मुझसे ऐसा काम नहीं होगा, मैंने ऐसा काम कभी नहीं किया।"

"फ़ज़लू..." यूसुफ़ ने उसका हाथ पकड़ लिया, उसकी आवाज़ बच्चों की तरह भर्रा गयी और आँखों से आँसुओं की झड़ी बहने लगी, "नहीं फ़ज़लू, तुम मेरे लिए ज़रूर ऐसा करोगे, मेरा दिल इतनी मुद्दत से वीरान पड़ा है, तुम चाहो तो इसे आबाद कर सकते हो और यह बड़ा नेकी का काम है। एक प्यासे कुत्ते पर तरस खा कर उसे पानी पिला देने से लोग जन्नत में जगह पाते हैं तो एक इंसान की भूखी आत्मा को तृप्त करने से तुम्हें कितना सवाब मिलेगा इसका अन्दाज़ा..."

फ़ज़लू अपना हाथ छुड़ा कर परे हट गया और कहीं रुके बिना दरवाज़े में से निकलते हुए बोला, "नहीं साहब, मैं किसान का बेटा हूँ, कंजर नहीं हूँ..."

फ़ज़लू गुस्से में बरामदा और सहन तय करके अपनी कोठरी के दरवाज़े तक अन्दर आ गया तो अन्दर मिट्टी के चिराग़ की जिन्नाती रोशनी देखते ही उसे अपनी और मरियां की झड़प याद आ गयी। खाना खाने के मध्य भी वह उससे नहीं बोली थी। फिर जब वह साहब से रात के लिए रुख़सत होने जा रहा था तो उसने धम्म से खाट पर गिर कर चादर तान ली और फिर अब तक उसने चिराग़ नहीं बुझाया था। फ़ज़लू दरवाज़े पर यूँ ठिठक गया जैसे साहब ने उसे नंगा कर दिया है। वह सोच तक नहीं सकता था कि कोई शख़्स कभी उससे औरतों की दलाली की ख़िदमत भी लेगा और ख़ास तौर से यह साहब।

वह अन्दर आ गया, पगड़ी उतारी और चिराग़ बुझाए बिना खाट पर सीधा लेट गया और नंगी छत में से कहीं दूर देखने लगा। फुहार रुक गयी थी। एक मेंढक कहीं पास के गड्ढे में टर्रा रहा था। चिराग़ की लौ का धुआँ बर्मे की तरह छत में सीधा घुसा जा रहा था। शेरू नींद में बड़बड़ाया, "इतना थोड़ा सा तो पुलाव दिया है माँ... और भी दो ना... वह सी बोटी दे दो ना..." फ़ज़लू ने सर उठा कर शेरू

की तरफ़ देखा। वह पुराने खेस में कुछ ऐसा सिमटा हुआ था जैसे उससे ज़्यादा सिमटेगा तो पसलियाँ तोड़ बैठेगा। मरियां भी गठरी बनी पड़ी थी। खुद उसका बिस्तर भी ठण्डा हो रहा था। अचानक उसे सर्दी महसूस होने लगी। उसने चादर ओढ़ ली और आँखें बन्द कर लीं। कहीं से सर्दी की एक धार अन्दर आ रही थी। दरवाज़े की झिर्रियों में सर्दियों ही में उसने गारा थोप दिया था। तो फिर यह सर्दी खिड़की में से आ रही होगी। वह उठ कर खिड़की के पास गया। उसका एक पट ज़रा सा खुला था। उसे बन्द करने लगा तो उसे रईसख़ाने की खिड़की नज़र आ गयी। पहले तो उसे यूँ मालूम हुआ जैसे गहरे पीले रंग की एक चादर रईसख़ाने की दीवार में जड़ दी गयी है, मगर फिर उसे चादर के निचले हाशिये पर कुछ गड़बड़ सी महसूस हुई... तो यह साहब का सर था... तो वह अभी तक उसी तरह बैठा था? बैठा रहे... उसने सोचा... देखता रहे औरतों के ख़्वाब... उसने खिड़की का पट धक्क से बन्द कर दिया। मरियां ने चौंक कर चादर में से सर निकाला और थोड़ी देर के बाद फिर चादर में छुप गयी।

"जाग रही हो?" फ़ज़्लू ने पूछा, मगर वह ख़ामोश रही और कहीं अन्दर से वह दुआ माँग रहा था कि वह ख़ामोश रहे, सब ख़ामोश रहें और इस सन्नाटे में वह अपने दिमाग़ में भड़कते हुए अलाव को बुझाने के लिए हाथ-पैर मारता हुआ सो जाये। वह फिर से खाट पर लेट गया।

"चिराग़ बुझा दो।" चादर के अन्दर से मरियां की आवाज़ आयी।

"बुझा दूँगा," उसने खिन्नता से कहा, "जाग रही हो?"

मरियां ख़ामोश रही।

फ़ज़्लू ने मरियां को एक गन्दी सी गाली देना चाही मगर उससे सन्नाटा भंग हो जाने का डर था जो इस वक़्त फ़ज़्लू के लिए हवा की तरह ज़रूरी था।

देर तक उसे अपने आप से शर्म आती रही। एक बार तो उसका जी चाहा कि रो दे। आँसू उसकी पुतलियों के पीछे मचल रहे थे और गले में कुछ अटक सा गया था, और सारा ख़ून दिमाग़ में जमा हो रहा था, फिर अचानक खौलते हुए ख़ून में कोई चीज़ झिनझिनाई और फ़ज़्लू ने तेज़ी से करवट बदल ली। एक और झंकार हुई और वह तड़प कर दूसरी करवट पर आ गया। ये झंकारें और छनाके अब उसकी रगों में दौड़ने लगे। उसके घुटने तक बज रहे थे, उसके कानों की लवें तक तप रही थीं। वह उठ बैठा, चिराग़ बुझा दिया और फिर देर तक वहीं खड़ा बुझे हुए चिराग़ की लौ का बदबूदार धुआँ पीता रहा। दरवाज़ा खोल कर बाहर झाँका। कोई भीगा हुआ परिन्दा चूल्हे के पास आ गिरा, फिर उड़ा और दीवार पर खिलौने की तरह जा बैठा, वह शायद सो गया था।

सारी दुनिया सो गयी थी, सिर्फ़ साहब जाग रहा था या फ़ज़्लू। साहब की जेब में रुपये थे और आँखों में आँसू थे। फ़ज़्लू की जेब खाली थी और आँखों में जलन

थी और अन्दर शेरू मारे सर्दी के अब बेचैन हो-हो कर करवटें बदल रहा था और कराह रहा था। अन्दर जाकर उसने दरवाज़ा बन्द कर लिया। चिराग़ जलाया। ख़ाली सन्दूक के ऊपर पड़ा हुआ एक लिहाफ़ उठा कर शेरू को ओढ़ा दिया, चिराग़ बुझाया और फिर खाट पर आ रहा।

देर तक उसने सो जाने की कोशिश की। आयतलकुर्सी (क़ुरान का एक पाठ) तीन बार के बजाय सौ बार पढ़ डाली। अपने बालों की एक लट को इतनी देर तक मरोड़ता रहा कि बालों की जड़ें दुखने लगीं। ठोड़ी के एक तरफ नन्हे से मुहासे को इतनी देर तक खुरचा कि वह जख़्म बन गया। उठ बैठा और दीवार का सहारा ले लिया। फिर जब पीठ दुखने लगी तो खाट पर पेट के बल लेट गया। पसलियों में छुरियाँ चुभने लगीं तो फिर उठ बैठा, और दिमाग़ में धमाके के साथ एक छनाका हुआ... दस रुपये रोज़... बीस दिनों में दो सौ रुपये... दस महीनों की तनख्वाह ... और फिर सब सो रहे हैं, सब सो जाते हैं, और उसे रुपया चाहिए। औरतों को भी रुपया चाहिए.... माँओं-बच्चों को भी रुपया चाहिए। मौलवी हलीम ने दो लड़कियों को ख़राब किया। पकड़ा गया, क़ैद हुआ, छूट कर आया, लानत-मलामत हुई और फिर दुनिया भूल गयी और वह फिर से मस्जिद का इमाम हो गया। दुनिया भूल जाती है, दुनिया सो जाती है, चौकीदार तक सो जाते हैं और अँधेरा इतना गहरा है कि लोगों को औरत तो क्या हाथ को हाथ सुझाई न दे, और बहिश्तो के कानों में सोने के काँटे हैं, और सर पर आबी दुपट्टा है... और मरियां के कानों की कौओं के छेद उदास हैं। और इतने लम्बे-लम्बे बालों पर ऐसे मोटे खद्दर की चादर है जो लोहे के चादर पर रगड़ी जाये तो उसे भी घिसा कर काग़ज़ बना दे। और साहब आधी रात को इसी तरह बैठा है। वह रो रहा है। वह मर्द होकर औरत की तरह रो रहा है। उसकी आवाज़ में ललकार की जगह पुकार है। वह इतना बड़ा आदमी है, इतना बड़ा ज़मींदार है और इतना ग़रीब है, इतना मोहताज है कि एक चौकीदार से एक औरत की भीख माँग रहा है और लुत्फ़ की बात ये है कि वह इस भीख की क़ीमत भी अदा करेगा।

"मरियां, जाग रही हो?"

"क्या है?" गुस्से से भरी हुई मरियां की आवाज़ आयी।

"अरे, तुम जाग रही हो?" वह यूँ घबरा कर बोला जैसे मरियां के सामने अचानक नंगा हो गया हो।

वह देर तक चित लेटा रहा। उसकी साँसें तक बेआवाज़ थीं। उसे अपना बाप याद आ गया जिसके एक हाथ में हल की हत्थी और एक में तस्बीह होती थी और जिसके बारे में मशहूर था कि जिस रोज़ उसकी कोई नमाज़ कज़ा (छूटी) हुई उसी रोज़ क़यामत आयेगी और वह जेल में मरा, क्योंकि महाजन ने क़र्ज़े की वापसी से मायूस होकर शिकायत कर दी और वह बुखार की हालत में अन्दर भेज दिया गया, और मर गया। फ़ज़लू की अँगुलियों की पोरों में झुरझुरी सी होने लगी, जैसे कोई कीड़ा

चमड़ी के अन्दर घुस कर पोरों के घेरे में घूम रहा है... रुपया है तो इज़्ज़त है, नेकनामी है, सेहत है। रुपया नहीं तो उजड़े हुए रईसख़ाने की चौकीदारी है और मरियां की गालियाँ हैं और शेरू की कराहें हैं। रुपया न हो तो आदमी ख़ुदा तक की राह में कुछ नहीं कर सकता, मस्जिद में तेल तक नहीं दे सकता। जुमेरात को मौलवी के लिए एक रोटी तक नहीं पकवा सकता। सिर झुका कर चलता है, हाथ जोड़ता है, मन्नत करता है, मुँह में भर आने वाला पानी थूकता है... और फिर यहाँ हूरें तो नहीं बसतीं, औरतें बसती हैं, और यह औरतें वह परियाँ नहीं कि छू लो तो तोते बन जायें। बहिश्तो ही को लो, उसकी आँखों में वह बावलापन है जैसे ज़रा सा इशारा कर दो तो भाग कर आयेगी और गोद में बैठ जायेगी। मरियां जैसी औरतें ज़रा कम ही मिलती हैं यहाँ, जो पर्दा नहीं करतीं, मगर फिर भी ऐसा पर्दा करती हैं कि कोई देख ले तो खुद ही पानी-पानी हो जाये। और वह सराय के भठियारे की रानी, सुन्दर ऐसी कि लट्ठे के थान की मूरत, और ढीठ ऐसी कि अठन्नी दिखाओ तो भूखी कुतिया की तरह भाग आयेगी और फिर ये मुसाफ़िर औरतें जो सिरों पर पोटलियाँ रखे सड़क पर से गुज़रती हैं, और ये कुँआरियाँ जिनकी मुद्दत तक शादियाँ नहीं हो सकतीं मारे ग़रीबी के, और ये ब्याही औरतें जिनके शौहर हांगकांग पुलिस में हैं और पाँच साल के बाद ही तीन महीने के लिए गाँव का चक्कर लगा पाते हैं, जब कि उनकी बीवियाँ गाँव की बूढ़ी दाया को चार बार इनाम दे चुकी होती हैं, लाहौल... आदमी ऐसा बुज़दिल भी न हो कि औरत का नाम सुना और घड़ों पानी पड़ गया।

वह एकदम उठा और खिड़की खोल कर बाहर देखने लगा। रईसख़ाने की खिड़की उसी तरह रौशन थी और साहब इधर से उधर टहल रहा था। फ़ज़लू ने खिड़की को खुला छोड़ कर दरवाज़ा खोला और तेज़ी से आँगन को पार करके बरामदे में आ गया। दरवाज़े पर जाते ही लोहे की लाठ की तरह जम गया। जीवन के सारे अवशेष उसके वजूद से ग़ायब हो गये। और अगर तुरन्त यूसुफ़ की आवाज़ उसे न चौंकाती तो शायद वह क़यामत तक यूँ ही जमा खड़ा रहता।

"रुक क्यों गये फ़ज़लू?" यूसुफ़ बोला।

और फ़ज़लू के पाँव तले जैसे एक स्प्रिंग ने उसे उछाल कर अन्दर फेंक दिया।

"बैठो!" यूसुफ़ ने पलंग पर बैठते हुए कहा।

फ़ज़लू ने दरवाज़े की तरफ़ देखा, फिर छत पर एक नजर यूँ दौड़ाई जैसे, वहाँ भी कोई दरवाज़ा खुला है। फिर सामने दीवार पर नज़रें गाड़ दीं और हाथों को मलते हुए रुक-रुक कर बोला, "जी, मैं करूँगा... कल से करूँगा।"

और उसके बाद जैसे उसी स्प्रिंग ने उसे उछाल कर फिर से दरवाज़े पर फेंक दिया, मगर यूसुफ़ ने उसे बढ़ कर थाम लिया और दूसरे हाथ से अपनी जेब में से दस रुपये का एक नोट निकाल कर उसे फ़ज़लू की अँगुलियों की पोरों से छुआते हुए बोला, "तुम इतने शरीफ़, इतने नेक और इतने अच्छे आदमी हो कि मैं तुम्हारी

झिझक पर हैरान हो रहा था। यह तुम्हारे वादे का इनाम है।''

फ़ज़लू की पोरों की चुल अब दुखन में बदल गयी। उसने नोट को पोरों में जकड़ लिया और उसी हाथ को माथे तक ले जाते हुए 'सलाम' कहा और चला गया। कोठरी के पास पहुँच कर उसने पलट कर देखा, लालटेन बुझ गयी थी और रईसख़ाना उसकी कोठरी की तरह अँधेरे में डूब गया था। फ़ज़लू को ऐसा महसूस हुआ जैसे उसने कई दिनों के भूखे को पेट भर खाना खिलाया है। वह अन्दर खाट पर लेट गया। कुछ देर अँधेरे में आँखें खोले पड़ा रहा। फिर नोट को जेब से निकाल कर तकिये के नीचे रखा और इत्मीनान से सो गया।

सुबह वह देर तक सोया रहा। मरियां ने चाय तैयार करने के बाद उसका कन्धा हिलाया और वह भड़क कर उठ बैठा। उसने अपने सामने मरियां को देखा। फिर बाहर नन्ही-नन्ही फुआर की झालर के पार्टीन की छत के नीचे चूल्हे के पास शेरू को बैठे देखा जो मिट्टी के प्याले में चाय को फूँकें मार रहा था और फिर उसने आसमान के एक टुकड़े को देखा, ''अभी तो सूरज भी नहीं उभरा,'' उसने अँगड़ाई लेते हुए कहा।

''सूरज नहीं उभरा!'' मरियां ने व्यंग्य किया। रात का गुस्सा शायद अभी तक बाकी था, ''सूरज बादलों-बादलों में न जाने कहाँ से कहाँ जा पहुंचा है और उसके लिए अभी पौ भी नहीं फटी, रातभर क्या करते रहे हो? चूहे-बिल्लियों की तरह कभी लिहाफ़ घसीट रहे हो, कभी खिड़की के पट खड़का रहे हो, कभी दरवाज़ा खुल रहा है, कभी बाहर की सैरें हो रही हैं... बहुत तो नहीं खा गये थे।''

फ़ज़लू की नज़रें इस वक्त बन्द खिड़की पर जमी थीं। उसे आहिस्ता-आहिस्ता याद आ रहा था कि उसने खिड़की खोल कर रईसख़ाने की तरफ देखा था और फिर खिड़की बन्द किये बिना बाहर चला गया था। ''यह खिड़की किसने बन्द की?'' उसने झिझकते हुए कहा।

''मैंने।'' मरियां बोली।

''कब?'' उसने पूछना चाहा मगर न पूछ सका। उसकी आँखें झुक गयीं। कोठरी के साफ़-सुथरे फ़र्श में उसे जगह-जगह गड्ढे नज़र आने लगे। मरियां से उसे डर लगने लगा, 'मरियां' उसने कहा, ''बात ये है कि तुम्हारे रुठ जाने की वजह से मैं रातभर उदास रहा, नींद नहीं आती थी।''

''हरामज़ादा!'' मरियां ने कहा, मगर इस ढंग से कि फ़ज़लू ने इस गाली का जवाब देना कुछ ज़रूरी न समझा, ''मैं रूठी थी तो तुम भी तो रूठे थे। तुम नहीं सोये तो मेरी आँख कब लगी, ज़रा इधर देखो।''

तो वह रात भर जागती रही है। तो इसको सब कुछ मालूम है।

''इधर देखो,'' मरियां ने दोबारा कहा।

उसने मरियां की तरफ़ देखा। उसकी आँखें सुर्ख हो रही थीं और सूज रही थीं

और थकी हुई थीं लेकिन उनमें दुख या गुस्सा नहीं, प्यार की रोशनी थी, "आओ, मान जायें," वह बोली, "दायाँ हाथ इधर लाओ।"

फ़ज़लू इत्मीनान से मुस्कराया, अपना दाहिना हाथ उसके हाथ पर रख दिया और मरियां चीख़ उठी, "अरे यह तो दस रुपये का नोट है। यह इतने बहुत से रुपये कहाँ से लाये हो तुम? तनख़्वाह तो अभी परसों ही मिली थी।"

"साहब ने *बख़्शीश* दी।" उसने कहा, "वह हमारी ख़िदमत से बहुत खुश है।"

"*बख़्शीश!*" मरियां जैसे नशे में बोली, "जीता रहे, फले-फूले, खुशियाँ देखे... और फ़ज़लू आज बड़ा ग़ज़ब हो गया। साहब के लिए मक्खन कहीं से नहीं मिला। सब कहते हैं रात अचानक सर्दी पड़ी इसलिए दही नहीं जमा, बिलौने की नौबत ही नहीं आयी, बड़ी शर्म आ रही है।"

"कोई बात नहीं, हमारा साहब क़लन्दर आदमी है। और सुअर की बच्ची सुलह भी हो चुकी और अभी एक प्यार तक की तौफ़ीक़ नहीं हुई तुझे। कुछ शर्म हो तो डूब मरो चाय की केतली में।"

मरियां हँस दी। उसने भी फ़ज़लू की गाली का जवाब देना कुछ ज़रूरी न समझा। वह झुकी, उसके एक गाल को चूमा और फिर अपना गाल आगे कर दिया। फ़ज़लू ने पहले तो उसे एक हल्का सा तमाचा मारा, फिर जब वह संजीदा सी बन कर पलटने लगी तो फ़ज़लू ने उसे जकड़ लिया और इतने प्यार किये कि बाहर शेरू चाय पीना तक भूल गया।

चाय की थाल लेकर वह रईसख़ाने को चला। बरामदे में पहुँचकर उस पर घबराहट तारी हो गयी। बड़ी मुश्किल से सँभला और अन्दर कुछ यूँ झेंपा-झेंपा सा गया जैसे अपने चेहरे से रात की कालिख धोना भूल गया है। लेकिन यूसुफ़ ने रात की कोई बात न की। अच्छे मौसम के बारे में चर्चा की और उससे कहा, "ज़रा यह दूरबीन लेकर सकेसर और सोन के नज़ारे देखो। ऐसा मालूम होता है जैसे दुनिया की बड़ी-बड़ी लैण्डस्केप पेंटिंग्स बिखेर दी गयी हैं हर तरफ़... अर्थात् बड़े अच्छे दृश्य हैं।" फ़ज़लू दूरबीन लेकर बाहर सहन में आ गया। नीचे वादी में झील के किनारे के पेड़ों के दृश्य देखता रहा। और देहात के दक्षिण में बिखरी हुई हरियाली में जगह लुभावने दृश्य देखता रहा। वहाँ से वह सोन के केन्द्रीय क़स्बे नौशहरा की तरफ़ घूमा, शहर से ज़्यादा अस्पताल और स्कूल की इमारतों पर जाकर रुका। फिर थाने पर आया, काली भुजंग इमारत एक पुराने क़ब्रिस्तान के सिरे पर शायद पुरानी क़ब्रों में ही अपनी बुनियादें गाड़े खड़ी थी। फिर वह सभरवाल कुफ़री और कोढ़ी पर से होता हुआ उछाली पहुँचा। यह गाँव झील के दक्षिण-पश्चिम किनारे पर आबाद था। गाँव के आसपास कुँओं के पास तूतों के छतनारों तले बहुत से ख़ेमे तने हुए थे। उन ख़ेमों में ऐसे मैदानी रईस बसते थे जो सकेसर की ऊँचाइयों पर आना बर्दाश्त नहीं कर सकते थे, क्योंकि सकेसर पर मुर्गी का एक अण्डा चार आने में और गुलाब का एक

फूल आठ आने में मिलता था और डाकबँगले के माली की ग़ैरहाज़िरी में तो उसकी बहन बहिश्तो ने कई लोगों से एक फूल का एक रुपया तक वसूल किया था। फ़ज़्लू तुरन्त पलटा और दूरबीन को सकेसर के बँगलों पर घुमाया। सहन से डाकबँगला बहुत साफ़-साफ़ नज़र आता था मगर दूरबीन की वजह से वह अभी डाकबँगले तक नहीं पहुँचने पाया था। पेड़ नहा कर निखर गये थे। नन्ही-नन्ही फुहार ने पत्तों पर मोती टाँक दिये थे और रईसख़ाने के पेड़ों के पत्ते तो फ़ज़्लू को साहब के बटुवे के बराबर बड़े नज़र आ रहे थे। फिर एकदम घूमती हुई दूरबीन डाकबँगले पर जाकर रुक गयी। बाग़ीचे में बहिश्तो फूल तोड़ रही थी। वह उसे इतने क़रीब महसूस हुई कि उसका जी चाहा, उससे बात करे। उसका लिबास इलाक़े की दूसरी औरतों की तरह ढीला-ढाला था, मगर फुहार की वजह से वह जगह-जगह से उसके जिस्म से चिपक गया था और भरी-भरी आपे से बाहर जवानी के बड़े काफ़िर दायरे और ज़ालिम कटाव स्पष्ट थे। उसके होठ हिल रहे थे, शायद वह कुछ गुनगुना रही थी और एक पेड़ पर बैठे हुए लाल चोंच वाले हरे तोते यूँ गर्दनें झुकाए बैठे थे जैसे बहिश्तो को देख रहे हैं और देख नहीं रहे तो सुन ज़रूर रहे हैं।

"भई, तुम तो दूरबीन के ही हो रहे।" अन्दर से आवाज़ आयी और वह चौंका। चाय के बर्तन वापस पहुँचा कर और खुद जल्दी-जल्दी चाय पहुँचा कर वह बाहर सड़क पर आ गया। रोज़ाना इस वक्त बाहर जाना उसका नियम था। मुर्गियाँ खरीदता था, उन्हें टटोलता था, उन्हें हाथ पर तौलता था, उनके दाम चुकाता था और फिर उन्हें घर लाकर ज़बह करके उनकी चमड़ी उधेड़ता था। लेकिन आज वह कुछ और खरीदने निकला था। ज़िन्दगी में यह उसका पहला अनुभव न सही पहला व्यावहारिक अनुभव ज़रूर था। शादी से पहले उसने मन ही मन गाँव की हर सुन्दर लड़की से इश्क़ किया। चौराहों पर बैठा अलग़ोज़े बजाये, हीर गायी लेकिन उसके आज तक किसी लड़की का पल्लू नहीं खींचा था। किसी को कंकरी नहीं मारी थी, किसी के पास से गुज़रते हुए आह नहीं भरी थी, बस, सबको आँख भर कर देखा था और बहुत दिनों तक सबके लिए तरस-तरस कर जिया था और फिर उसे मरियां मिल गयी। जिसे देख कर वह सारी दुनिया का हुस्न भूल गया था। उसे तेली की उस लड़की का हुस्न भूल गया था जिसके बारे में सोचते-सोचते उसने ख्वाबों में उसके कोल्हू चलाये थे और नम्बरदार के घर से सरसों और तारा मीरा की बोरियाँ चोरी-चोरी उसके यहाँ ढो लाया था। मरियां सबसे अलग थी, बड़ी-बड़ी आँखों के पपोटों पर काजल की धुँधली सी लकीर आज पाँच-छः साल से बार-बार धोए जाने के बावजूद नहीं धुली थी। उसके चेहरे की लाली और गालों की आभा को सूखे टुकड़े तक नहीं छीन सके थे और उसके बालों की लहरें लकड़ी के बेरहम कंघियों में सैकड़ों बार कसे जाने के बावजूद नहीं मिटने पायी थीं। मरियां के बारे में उसने हमेशा यही सोचा था कि अगर वह बात-बात पर गाली न बकती तो उसकी टक्कर की औरत किसी नवाब

को भी नसीब न होगी। वह पाँच-छः वर्ष तक मरियां से आगे सोच ही नहीं सकता था और आज वह बहिश्तो के पास जा रहा था... और अगर बहिश्तो ने अपने भाई से कह दिया... उसके भाई ने किसी अफ़सर से कह दिया... और फिर किसी ने अगर मरियां से कह दिया... तो? तो क्या! बहिश्तो उसे तो नहीं चाहिए थी और... लेकिन सामने खड़ी हुई बहिश्तो की आवाज़ ने उसके डोलते हुए इरादे को सँभाल दिया, ''कहाँ चले फ़ज़लू भाई, मुर्गियों की तलाश में होगे। यह साहब सकेसर पर मुर्गियों की नस्ल ख़त्म करके ही दम लेगा।'' वह ज़ोर से हँसी, उस हँसी में घण्टी की सी टनटनाहट थी। ऐसी हँसी जो स्वस्थ खून के खौलने से ही पैदा हो सकती है।

''फूल चाहिए?'' उसने पूछा, ''अरे हैरान क्यों खड़े हो? मैंने कभी तुमसे क़ीमत ली है जो आज लूँगी, मरियां अपनी सहेली है।''

हेर फेर से बात करने के अनगिनत उपाय फ़ज़लू के मस्तिष्क में गड्डमड्ड हो गये। उसका रंग बुझ गया, होठ अचानक सूख गये, आँखों से पुतलियाँ जैसे ग़ायब हो गयीं और वह पागलों की तरह भोलेपन से बोला, ''बहिश्तो।''

''कहो।''

''रात साहब के पास गुज़ारोगी? सौ रुपये मिलेंगे।'' और वह मन ही मन धरती के अन्दर धँसने लगा। उसकी समझ में न आया कि वह सकेसर की चोटी पर खड़ा है या झील की तह में बैठा है और आकाश से फुहार गिर रही है या कंकरियाँ बरस रही हैं।

बहिश्तो ने उसके हाथ को इस तेज़ी से जकड़ा कि अँगुलियों की टीस ने उसकी समस्त इन्द्रियों को चौकन्ना कर दिया। वह धीरे से बोली, ''किस वक्त?''

अरे! फ़ज़लू झील की तह से उठ कर डाकबँगले के बग़ीचे में आ गया।

''ईशा की नमाज़ के बाद।'' वह बोला।

''कहाँ मिलोगे?''

''सड़क से इधर पुराने कुएँ के पास।''

''सौ ही मिलेंगे ना?''

''हाँ, हाँ पूरे सौ।''

''भय्या को ख़बर न हो।''

''मुझे क्या पड़ी है।'

''आहिस्ता बोलो।''

''तुम भी ज़रा आहिस्ता बोलो।''

कुछ देर रुक कर वह मुस्कराई और बोली, ''साहब आज पाँच-छः दिन से तुम्हारे यहाँ है।''

''हाँ!''

''मरियां ने कितने सौ कमाये हैं?''

एकदम जैसे आसमान टूट पड़ा और सकेसर बैठ गया, ''सुअर की बच्ची।'' उसने बहिश्तो को गाली दी और मुट्ठियाँ भींच कर और निचले होठ का एक हिस्सा दाँतों तले दबा कर भागा।

''फ़ज़लू भाई।'' बहिश्तो की आवाज़ आयी।

मगर वह भागा चला गया। रईसख़ाने के पास से गुज़रते हुए उसकी गति और तेज़ हो गयी और फिर बहुत नीचे सड़क के बड़े मोड़ पर चिमटे हुए बादलों में उतर गया। वह काफ़ी देर के बाद वापस आया। बहुत ज़ोर की बारिश हो रही थी और हवा ने अच्छी-खासी ठण्डक पैदा कर दी थी। नीचे वादी का एक हिस्सा धूप के कारण सुनहरा हो रहा था, मगर सरूज का कहीं निशान नहीं था। फ़ज़लू ठिठुरा और भीगा हुआ कोठरी में आया। साहब को खाना खिलाने के बाद फिर कोठरी में आ घुसा और खाट पर लेट रहा। मरियां वक़्त से पहले उसके लिए चाय बना लायी, ''आज तुम कुछ सुस्त से लग रहे हो, मौसम एकदम बदला है ना... चादर ओढ़ कर बाहर जाया करो, सकेसर का सावन तो सोन के असवन के बराबर होता है, लो चाय पियो, उठो।''

वह चुपचाप चाय पीने लगा। फिर चादर ओढ़ कर साहब को चाय पिलाने गया और वापस आकर खाट पर पड़ा रहा। उसने साहब से कोई बात न की और साहब ने भी उसकी संजीदगी को न तोड़ा। जैसे उसे मालूम था कि इस संजीदगी की तह में कुछ है। सकेसर के मस्जिद में ईशा की नमाज़ पढ़ कर जब नमाज़ी बातें करते हुए रईसख़ाने के पास सड़क पर से गुज़रे तो फ़ज़लू चौंका मगर फिर चादर से मुँह तक छुपा लिया। अन्दर उसकी आँखें खुली थीं और खादी की चादर में से उसे चिराग़ की रौशनी बहुत डरावनी मालूम हो रही थी। मरियां और शेरू आज निश्चिन्त सो रहे थे। मरियां ने देर तक उसका सिर दबाया था और फिर उसके खाट पर से यूँ दबे-पाँव उतरी थी जैसे वह सो गया है। मरियां पर उसे बहुत प्यार आने लगा। फिर अचानक उसके मन में आया कि वह कोठरी से निकल कर सीधा डाकबँगले में पहुँचे और वहाँ बाग़ीचे में खड़े होकर बहिश्तो को ऐसी-ऐसी गालियाँ दे जो आज तक किसी ने न सुनी न सोचीं। वह चादर लपेटे चुपके से बाहर आ गया।

रईसख़ाने की खिड़की रौशन थी। रौशनी से कतरा कर सड़क की तरफ़ जाने लगा कि पुराने पेड़ के पास कुछ हिला और आवाज आयी, ''फ़ज़लू भाई।''

वह गड़ गया, उसके दिमाग़ में पटाखे छूटने लगे। गालियाँ उसके दिमाग़ से निकल कर उसके गले में एक-दूसरे पर सवार होकर बैठ गयीं और उसकी ज़बान की नोक तप गयी।

बहिश्तो उसके क़रीब आ गयी, ''मैं तो भीग गयी फ़ज़लू। इतनी देर से तो बैठी हूँ, नमाज़ तो कब की हो चुकी।''

फ़ज़लू वहीं जमा रहा।

''और फ़ज़लू मुझे बख़्श दो। मुझे क्या ख़बर थी कि मेरे ज़रा से मज़ाक़ पर तुम्हें

इतना ताव आ जायेगा। मैं तो सिर्फ़ मज़ाक़ कर रही थी, और...''

फ़ज़लू ने उसका ठण्डा और भीगा हाथ पकड़ा और चुपचाप रईसख़ाने की तरफ़ चला। बरामदे में क़दम रखने से पहले उसने पलट कर कोठरी की खिड़की की तरफ़ देखा। एक झिर्री नज़र आ रही थी। वह चिराग़ बुझाना भूल गया था और यह झिर्री जैसे उस पर हँस रही थी। फिर वह एक छुरी बन गयी, फिर सिमट कर मरियां के गुस्से और दुख से भरी हुई आँख बन गयी और जब फजलू ने अपनी आँखें मलीं तो वह फिर से झिर्री बन गयी। उसने बहिश्तो को हाथ से घसीट कर तेज़ी से अन्दर जाना चाहा, मगर बहिश्तो अपना हाथ खींच कर आहिस्ते से बोली, ''पूरे सौ ही मिलेंगे ना?''

''पूरे सौ!'' फ़ज़लू पहली बार बोला और उसे अन्दर ले गया।

यूसुफ़ घुटनों के इर्द-गिर्द बाँहें लपेटे, सर को घुटनों पर रखे बैठा था। आवाज़ सुन कर चौंका। उसके होठों पर मुस्कराहट आयी, जो उसके चेहरे पर और उसकी आँखों तक में फैल गयी। वह तेज़ी से उठा, खिड़की बन्द कर दी। फ़ज़लू को बाहर बरामदे में ले गया और उसकी पीठ थपथपा कर बोला, ''तुम बहुत अच्छे आदमी हो फ़ज़लू, मैं जीते जी तो तुम्हारे एहसान का बदला शायद ही उतार सकूँ, यह लो एक सौ का नोट, यह बहिश्तो के लिए और दस रुपये... ये तुम्हारे हैं। कल नया हिसाब चलेगा... मैं बुरा आदमी नहीं हूँ फ़ज़लू... यह दुनिया बुरी है, यह सावन बुरा है... समझे? ख़ुदा हाफ़िज़!''

फ़ज़लू की पोरों में सुबह वाली सनसनी जाग उठी। उसने दोनों नोट अपनी मुट्ठी में छुपाये और अपनी कोठरी में आ गया।

वह सारी रात जागता रहा। दिया बुझाने के बावजूद उसे नींद न आयी। मरियां की साँसों तक की आवाज़ से उसे डर लग रहा था। शेरू के खटोले की एक ज़रा सी आवाज़ से वह काँप उठता था। उसकी आँखें दुखने लगीं। ज़बान जड़ तक सूख गयी, साँस तक मुश्किल से आने लगी, हाथ और पाँव ठण्डे हो गये।

आहिस्ते से दरवाज़ा खोल कर वह बाहर निकला, सुबह होने वाली थी। वह रईसख़ाने की तरफ़ लपका। अन्दर लालटेन जल रही थी और यूसुफ़ सो रहा था। साथ वाले कमरे में गया, वहाँ टिन का एक दिया जल रहा था और बहिश्तो पलंग पर पाँव लटकाये बैठी थी। फ़ज़लू के अन्दर जाते ही वह भड़क उठी और उसका हाथ पकड़ लिया। वह बोली, ''यह कैसा साहब है फ़ज़लू, ये तो कुछ अनोखा साहब है। मैंने तो ये रात काँटों पर गुज़ारी है। ऐसा लगता था जैसे हाथ-पैर काट कर घूरे पर डाल दी गयी हूँ। सौ रुपये का सौदा और हुआ ये कि तुम्हारे जाने के बाद उसने बड़े प्यार से मेरे लिए यह बिस्तर बनाया, फिर मुझे यहाँ बैठ जाने को कहा। लालटेन वह सामने रख दी और मुझे पागलों की तरह टुकुर-टुकुर भूखी नज़रों से देखने लगा। मैंने घबरा कर रुख़ बदलना चाहा तो बोला, ''नहीं, यूँ ही बैठी रहो। मैं तुम्हें देखूँगा।

मैं सिर्फ़ देखूँगा तुम्हें। तुम्हें नींद आने लगे तो सो जाना, मैं तुम्हें सोता देखूँगा। तुम रोना चाहो तो रो देना, मैं तुम्हारी भीगी-भीगी आँखें देखूँगा। बस मैं तो सिर्फ़ देखूँगा तुम्हें, और वह फ़ज़लू, वह मुझे इसी तरह देखता रहा। मैं थक कर लेट गयी जब भी वह मुझे देखता रहा। इसके बाद मुझे नींद नहीं आयी। बस मैं आँखें बन्द किये पड़ी रही और वह सामने बैठा रहा और टकटकी बाँधे देखता रहा। फिर जब पहले मुर्गे की बाँग सुनाई दी तो लालटेन उठा कर उधर कमरे में चला गया और मैं जबसे नहीं सो पायी। जानती थी कि अभी सुबह हो जायेगी। मेरा तो जोड़-जोड़ दुख रहा है। ऐसा लगता है जैसे किसी ने मुझे घुटनों तले दबा कर खूब-खूब पीटा है और उसने मुझे छुआ तक नहीं फ़ज़लू।''

फ़ज़लू की हैरानी का कोई ठिकाना न था। साहब उसकी नज़रों में अचानक उन वलियों तुल्य हो गया जो लड़कों-लड़कियों से मुहब्बत करके ख़ुदा की मुहब्बत तक पहुँचे। गाँव का मौलवी हलीम भी उसे बिल्कुल बेगुनाह नज़र आने लगा। मुमकिन है वह भी ख़ुदा तक पहुँचने का कोई रास्ता ढूँढ़ रहा हो... और यह साहब...

उसने एक सौ का नोट बहिश्तो की गोद में रख दिया।

''सौ का है ना?'' उसने दीये की तरफ झुक कर नोट को उलटा पलटा।

''पूरे सौ का है।'' वह बोला, ''जाओ पौ फटने ही वाली है।''

''तुम्हारा हिस्सा?'' बहिश्तो ने शायद अनुभव के आधार पर पूछा।

''जाओ!'' फ़ज़लू घबरा कर बोला।

बहिश्तो उठी और कराही, फिर एक लम्बी अँगड़ाई ली। उठते हुए हाथ तेज़ी से नीचे गिराये और जाँघों पर चटाख से मारे। उलटे हाथों से आँखें मल कर उसने दुपट्टा ऐसे सावधानी से लपेटा जैसे नमाज़ पढ़ने चली है, वह बोली, ''तुम कल वाली बात से ख़फ़ा तो नहीं?''

फ़ज़लू ने नहीं में सिर हिला देना काफी समझा।

''मैं तो नौकर हूँ तुम्हारी, जब चाहो बुला लेना।'' वह कमरे से बाहर निकल गयी। फ़ज़लू बिलकुल हल्का-फुल्का होकर वहाँ से निकला। उसने कोई गुनाह नहीं किया था। उसने तो सिर्फ़ बहिश्तो को देखा था और औरत को देखता कौन नहीं। ख़ुद फ़ज़लू ने बहिश्तो को कई बार देखा था। देखने में क्या बुराई है... वह कोठरी में वापस आकर बड़ी गहरी नींद सो गया।

सुबह उसे मरियां ने जगाया, ''यह देर तक सोने की क्या आदत डाल रहे हो? चौकीदार को यह शोभा नहीं देता।'' उसने बड़े प्यार से फ़ज़लू को समझाया।

फिर जब वह फ़ज़लू के पास चाय ले गया तो वह बैठा-बैठा किताब पढ़ रहा था और कुछ गुनगुना रहा था। आज उसके चेहरे पर बहुत रौनक़ थी, और यद्यपि आँखें थकी-थकी थीं मगर उस थकन में भी एक कैफ़ियत थी। फ़ज़लू ने उसे बड़ी श्रद्धा से देखा, दोनों मुस्कराए और साहब बोला, ''मालूम होता है आज धूप निकलेगी,

बादल भागे फिर रहे हैं।"

"जी हाँ!" फ़ज़लू ने इससे ज़्यादा कुछ कहना मुनासिब न समझा। श्रद्धा के कारण उसका गला भरा आ रहा था।

चाय पीकर वह फिर किसी नयी औरत की तलाश में निकल गया और बड़ी आसानी से सराय के भठियारे की बीवी से मामला तय कर लिया। वह ख़ूबसूरत तो नहीं थी मगर उसका व्यक्तित्व इतना ज़ोरदार था कि बड़ी-बड़ी हसीन औरतों के मजमे में भी सब पर छायी रहती थी और उसके होठों में पके फलों जैसा आमन्त्रण था। फ़ज़लू ने दिन भर इत्मीनान से दूसरे काम किये, रात को वह पुराने कुएँ के पास आ निकली। उसे रईसख़ाने तक पहुँचाया। कोठरी में आकर सो रहा। ठीक समय पर आँख खुली। दबे पाँव रईसख़ाने तक पहुँचा। लालटेन जल रही थी और यूसुफ़ सो रहा था। साथ के कमरे में दीया जल रहा था और जवान भठियारन पलंग पर पाँव लटकाये बैठी थी। फ़ज़लू को देखते ही वह रोने लगी।

"क्या बात है?" फ़ज़लू ने उसे तसल्ली देने का इरादा किया।

"बात तो कोई नहीं फ़ज़लू।" वह आँसू पोंछते हुए बोली, "और दुख की बात यही है कि कोई बात है ही नहीं। साहब ने तो रात भर मुझे हाथ तक नहीं लगाया, बस बैठा देखता रहा देर तक। कहने लगा, बस मैं तुम्हें देखूँगा। मैंने सिर्फ़ देखते रहने के लिए तुम्हें बुलाया है, सोना चाहो तो सो जाओ, मुझे तो बस देखना है।"

"तो इसमें रोने की क्या बात है?" फ़ज़लू ने पूछा।

वह और ज़ोर से रोते हुए बोली, "रुपये जो नहीं मिलेंगे, सिर्फ़ देखने के कौन देता है सौ रुपये।"

फ़ज़लू ने सौ रुपये का नोट भठियारन को थमा दिया। वह पहले तो मुँह खोले सौ रुपये के नोट को देखती रही, फिर आँसू पोंछे और चुपके से बाहर चली गयी।

फ़ज़लू देर तक वहीं खड़ा रहा, फिर उसने दीया बुझाया और यूसुफ़ के कमरे में आया। वह सो रहा था। फ़ज़लू को उसके चेहरे के आसपास एक घेरा नज़र आने लगा। उसके माथे में से लालटेन की सी रोशनी निकल रही थी, "कितना अच्छा है मेरा साहब, कितना प्यारा है, कितना नेक है... अल्लाह, यह सावन कभी ख़त्म न हो... अल्लाह यह झड़ी कभी न रुके... अल्लाह, साहब यहाँ से कभी न जाये," वह चुपचाप बाहर आ गया।

आज वह नयी औरत के लिए बाहर सड़क पर आया ही था कि एक दम बादल फट पड़ा, और सड़क पर जाती हुई एक औरत घबरा कर पुराने कुएँ के पास आ गयी। वह कोठरी की तरफ़ भागना चाहता था मगर उस औरत को देख कर उसने भाग्य आज़माने की सोची। पतली-दुबली सी थी, मगर नाक-नक्श ऐसा कि मालूम होता था चीनी की गुड़िया में जान पड़ गयी है। वह उसके पास गया, "कहाँ जाना है बहन?"

"मियाँवाली जाना है।" वह पोटली को दामन के नीचे छिपाते हुए बोली, "वहाँ मेरा घर वाला जेल में है, मुलाकात के लिए जा रही हूँ।"

"आज रात यहीं रह जाओ।" फ़ज़लू ने कुछ सोचे-समझे बिना कहा।

"क्या?" औरत ने आश्चर्य से पूछा।

"मैं कह रहा हूँ, रात ही की तो बात है। यहीं मेरे पास रह जाओ। एक साहब आया हुआ है, रात के सौ रुपये देता है।"

औरत तन कर खड़ी हो गयी। पोटली नीचे गिर कर एक तरफ़ से खुल गयी और उसमें से देहाती बिस्कुट और भी कुछ झाँकने लगे। उसने चिल्ला-चिल्ला कर फ़ज़लू को इतनी बहुत सी गालियाँ दी कि वह वहाँ से घबरा कर भागा, "अपनी माँ को ले आ... अपनी बहन को बुला ला... अपनी बीवी से कह..." दूर तक उसकी आवाज़ सुनाई देती रही। वह सड़क पर से बड़ी पगडंडी और बड़ी पगडंडी पर से छोटी पगडंडी पर भागता चला गया। मालूम होता था औरत की आवाज़ और बादल की गरज और मूसलाधार बारिश उसका पीछा कर रहे हैं। उसके कपड़े उसके शरीर से चिपक गये। मारे ठण्ड के दाँत बजने लगे। हाथ-पाँव सुन्न हो गये और वह भागता चला गया। उसे डर था कि अगर मुसाफ़िर औरत की आवाज़ को मरियां ने सुन लिया और मरियां ने उसे भागता देख लिया तो क्या होगा।

आख़िर वह एक बँगले के बग़ल वाली कोठरियों में एक कोठरी का दरवाज़ा खुला देखकर उस तरफ़ भागा। अन्दर एक नौजवान औरत बैठी मुट्ठी भर दाल को थाल में फैलाये उसमें से कंकरियाँ चुन रही थी। फ़ज़लू को देखते ही बोली, "फँस गये बारिश में?"

"हाँ।" उसने कहा और चोले व चादर को निचोड़ने लगा।

"बैठ जाओ।" औरत बोली।

वह बैठने की जगह का चुनाव करने के लिए इधर-उधर देखने लगा।

"उधर चूल्हे में कुछ आग होगी।" वह बोली।

फ़ज़लू चूल्हे के पास जाकर बैठ गया। बारिश उसी गति से हो रही थी। लड़की का चेहरा साधारण सा था, मगर उसके होठों के किनारे बड़े प्यारे थे। भरे-भरे गालों में फँसे हुए और गहरे। बात करती थी तो उसके एक गाल पर दो गड्ढे बनते और मिटते रहते थे। वह बोली, "तुम रईसख़ाने के चौकीदार हो ना।"

"हाँ", उसने आश्चर्य से कहा और फिर सोचा, ये तो बहुत बुरी बात हुई। ये तो मुझे पहचानती है।

"तुम यहाँ क्या करती हो?" फ़ज़लू ने पूछा।

"नौकरानी हूँ। बेगमों के जिस्म दाबती हूँ रात को... दस रुपये और रोटी... कट रही है।"

"अकेली?"

"हाँ, कोई है ही नहीं। सब एक-एक करके मरते चले गये। माँ यहीं पिछले जुमे को मरी है। कफ़न बेगम ने दिया था..." उसकी आँखें भीग गयीं और वह दाल में से कंकरियाँ चुनने के बजाय चेहरे पर से आँसू समेटने लगी।

फ़ज़लू को यह औरत बहिश्तो और भठियारन से कुछ अलग सी मालूम हो रही थी। वह उससे कुछ कहने की हिम्मत न कर सका। उसने मन ही मन अपने आप को बहुत कोसा कि ख़ामख़्वाह मौलवी बना फिरता रहा और उसे आज तक यह भी न मालूम हुआ कि सकेसर पर वह कौन सी औरतें हैं जो आसानी से खरीदी जा सकती हैं। मुसाफ़िर औरत की गालियाँ अभी तक उसके दिमाग़ में सुइयों की तरह चुभी हुई थीं। वह देर तक लकड़ी के एक टुकड़े से चूल्हे में बुझे हुए अंगारों को उलटता-पलटता रहा, फिर जब काफी देर के बाद बारिश थमी तो वह उठा।

"जाते हो?" औरत ने पूछा।

"हाँ, अब चलें।" उसने कहा और बाहर आ गया।

बाहर आते ही उसने अपने आप को बड़ा कायर महसूस किया। अगर वह यहाँ से कुछ कहे बिना पलट गया तो फिर और कौन है सकेसर भर में। क्या वह मरियां से जाकर कहेगा? उसने भय से अपने बालों की एक लट यूँ खींची जैसे उसे जड़ से उखाड़ लेगा। तो क्या वह यहाँ से नाकाम पलट जायेगा, और उसके साहब की रातें उजड़ जायेंगी और उसके रोज़ के दस रुपये, महीने के तीन सौ रुपये, अलग मारे जायेंगे... वह घूम कर फिर दरवाज़े पर आ गया।

"कुछ भूल गये हो?" औरत ने पूछा।

"हाँ।"

"क्या?"

"एक बात कहना भूल गया।"

"क्या बात?"

"एक बात है।"

"क्या बात है?"

"ज़रा सी बात है", वह डरते-डरते बोला, "सौ रुपये मिलेंगे।"

"सौ रुपये!" औरत ने हैरान होकर कहा, "मगर किस बात के?"

"बस, एक रात की बात है।" फ़ज़लू ने बड़ी हिम्मत से कहा।

औरत ने उसकी तरफ देखा और फिर देखती रह गयी। देखते-देखते उसकी आँखों में बहुत से आँसू भर गये। और जब उसने पलकें झपकीं तो इकट्ठे बहुत से आँसू एक-दूसरे के पीछे थाल में गिरने लगे और वह जैसे कंकरियों के बजाय आँसू चुनने लगी। फिर वह थाल को एक तरफ़ रख कर फूट-फूट कर रो दी।

फ़ज़लू शर्मिन्दा होकर वापस चला आया। उस रोज़ सकेसर के बँगलों के चक्कर पर चक्कर लगाता रहा। बहुत सी नौकरानियाँ, चौकीदारिनियाँ, सब्ज़ी बेचने वालियाँ

और मुसाफ़िर औरतें उसे दिखाई दीं, मगर वह किसी से कुछ भी न कह सका। वह साहब के सामने भी न गया। शेरू ने बड़ी मुश्किल से एक-एक करके बर्तन साहब तक पहुँचाए और फिर शाम को उसने निश्चय कर लिया कि वह किसी न किसी औरत से ज़रूर बात करेगा, आख़िर ऐसी कायरता भी क्या? वह यह निर्णय करके सड़क पर आया तो उसे एक तरफ़ बँगले वाली नौकरानी दिखाई दी। वह उसके पास आयी, वह उसी तरह रो रही थी। उसके हाथ कँपकँपा रहे थे, होठ नीले हो रहे थे और होठों के कोनों में कम्पन था। उसने फ़ज़लू की ओर देखे बिना रुकते-रुकते कहा, ''आऊँगी!''

फ़ज़लू का उछलने को जी चाहा, फुसफुसाते हुए कहा, ''तो फिर ईशा की नमाज़ के बाद बेगमों के जिस्म दाब कर वहाँ उस कुएँ के पास आ जाना। आओगी ना।''

''आऊँगी!'' वह बोली। आँसू उसकी आँखों से टप-टप गिरे जा रहे थे।

ईशा के नमाज़ के बाद वह सचमुच कुएँ के पास आ गयी। वह उस वक़्त भी रो रही थी। और जब वह उसे साहब के कमरे में छोड़ कर बरामदे में आया और पलट कर देखा तो वह तब भी रो रही थी।

मुँहअँधेरे उसकी आँख खुली। वह रईसख़ाने में गया। यूसुफ़ लालटेन जलाये सो रहा था। दूसरे कमरे में दीया जल रहा था और वह बिस्तर पर मज़े से सो रही थी। फ़ज़लू मुस्कराया। उसने औरत के पाँव का अँगूठा आहिस्ता हिलाया। वह जाग उठी। पहले चौंक कर इधर-उधर देखा। फिर एक निश्चिन्त सी अँगड़ाई ली और मुस्करा कर बोली, ''मैं तो ऐसी डर रही थी, ऐसी डर रही थी... ख़ामख़्वाह डरती रही। उसने तो मुझे कुछ भी नहीं कहा, बस देखता रहा, और देखने में क्या पड़ा है।''

मुस्कराते हुए उसने चादर ओढ़ी, मुस्कराते हुए उसने सौ का नोट लिया, मुस्कराते हुए बाहर चली गयी। और फ़ज़लू को महसूस हुआ जैसे उसने तीन सौ रुपये चूल्हे में झोंक दिये हैं, तीन सौ रुपये... पन्द्रह बीसियाँ... जिनसे वादी में एक कच्चा घरौंदा बन सकता है और अगर तीन सौ और मिल जायें तो हल और बैल खरीदे जा सकते हैं। या दाल गुड़ की एक दुकान खुल सकती है... और फिर वह कुछ कहता तो है ही नहीं किसी से। बस देखता है, जाने क्या देखता है, अपनी मरियम की सूरत देखता है या अल्लाह की क़ुदरत देखता है, बस सिर्फ़ देखता ही है ना। कुछ छीन तो नहीं लेता, कोई खराबी तो नहीं करता।

वह दूसरे कमरे में आ गया। साहब सो रहा था। वह उसे कुछ देर तक देखता रहा। फिर अपनी कोठरी की तरफ आहिस्ता-आहिस्ता आया और जब दरवाज़ा खोला तो सामने मरियां खड़ी थी। वह त्योरा कर पीछे हटा। उसे बड़े ज़ोर का चक्कर आ गया। जिस्म का सारा ख़ून सिर में जमा होकर खौलने लगा।

''कहाँ गये थे?'' मरियां ने तल्ख़ी से पूछा।

''साहब के पास!'' उसके दिमाग़ में भाँति-भाँति के बहानों ने आफ़त मचा दी।

"इस वक्त क्यों गये थे?" उसने उसी तल्ख़ी से पूछा।

"उसके सिर में दर्द था।" एक बहाना उसकी ज़बान पर आ गया।

"क्या रोज़ इसी वक्त उसके सिर में दर्द होता है?" मरियां ने सख़्ती से कहा, "तुम आज तीन-चार दिनों से जा रहे हो।"

फ़ज़लू ने दरवाज़े का सहारा ले लिया। उसे एक ओर बड़े ज़ोर का चक्कर आ गया था। घबराहट पर मुश्किल से क़ाबू पाते हुए बोला, "हाँ, कुछ ऐसा ही दर्द है। इसी वक्त होता है।"

"और यह रईसख़ाने में से अभी-अभी निकल कर कौन गया है?" मरियां के लहजे में छुरियाँ थीं, "तुम कहोगे, यह साहब के सिर का दर्द था।"

फ़ज़लू ने महसूस किया जैसे उसका दिल पसलियों को तोड़ कर बाहर गिर पड़ेगा और उसका भेजा तालू को फाड़ कर ऊपर उड़ जायेगा। लेकिन उसने एकदम बड़े ज़ोर का खिसियाना ठहाका लगाया और बोला, "चलो, तुम्हें सारी बात बता ही दूँ। तुम से क्या पर्दा, बिलकुल ज़रा सी बात है, कोई ऐसी-वैसी बात नहीं, रास्ता दो।"

वह अन्दर खाट पर बैठ गया, शेरू सो रहा था। चिराग़ की लौ बेतहाशा बढ़ी हुई थी और खिड़की का एक पट ज़रा सा खुला था। मरियां अपनी खाट पर बैठने लगी तो फ़ज़लू ने उसे हाथ से पकड़ कर अपने घसीट लिया, "इधर मेरे पास बैठो। तीन दिन से सुअर की बच्ची ने एक चुम्मी भी नहीं दी।"

"हरामज़ादे गाली बकता है," वह बोली, "अब बता, क्या भेद है रातों को उठ-उठ कर जाने में। तुम समझते हो मैं सोती रहती हूँ। आज भी तुम्हें बाहर जाते देखा तो कहा लाओ ज़रा देखूँ तो ये जाता कहाँ है और जो देखा तो एक औरत अन्दर से निकली और सड़क की तरफ़ चली गयी। शोर मचा देती पर तुम्हारी बदनामी का डर था। साहब ने क्या समझ रखा है हमें? क्या हम कंजर हैं? और तुम्हारा क्या हाथ है इसमें?

"तुम नहीं जानतीं," वह बोला। अन्दर से घबरा रहा था, उसकी नसें तनी हुई थीं और आँखें वीरान हो रही थीं। उसकी कनपटियों की नसें साफ़ तड़पती हुई नज़र आ रही थीं। मगर झूठ-मूठ के सन्तोष से उसने अपनी आवाज़ जरूर सँभाले रखी। उसने अपनी एक भुजा मरियां की पीठ पर फैला कर उसका कन्धा पकड़ लिया और बोला, "यह साहब तो मुझे बड़ा अल्लाह वाला मालूम होता है मरियां। यह तो कोई पहुँचा हुआ बुज़ुर्ग है। सोचो तो, एक जवान औरत रात भर उसके पास बैठी रहती है। वह जो चाहे उससे सलूक करे, पर वह है कि बैठा देख रहा है। औरत को छूता तक नहीं, सिर्फ़ देख रहा है, और सुबह से पहले एक सौ रुपये देकर उसे चलता करता है, सुन रही हो? एक सौ रुपये.. पाँच बीसियाँ... और वह सिर्फ़ देखता है।"

फ़ज़लू ने महसूस किया कि मरियां का सारा खून उसके चेहरे पर जमा हो रहा है।

"सुन रही हो मरियां?" उसने दोबारा पूछा।

"और यह औरतें लाता कौन है?" मरियां ने उसकी तरफ़ देखे बिना पूछा।

फ़ज़लू ने हेरफेर की कोशिश की, "भई इसमें बुरी बात ही कौन-सी है। अब तुम कितनी बार चश्मे से पानी लेने गयी हो? कितनों ने तुम्हें देखा है, तो क्या मैं सबकी आँखें निकाल लूँ? देखने में क्या रखा है, और साहब औरतों को सिर्फ़ देखता है..." उसने तीस रुपये निकाल कर मरियां की गोद में रख दिये।

मरियां ने नोटों को नफ़रत से नीचे गिराते हुए कहा, "पर लाता कौन है औरतें?"

"भई, कोई भी लाये, वह कुछ कहता तो है नहीं, तकता है और सौ रुपये निकाल देता है।" एक क्षण रुकने के बाद वह आहिस्ते से बोला, "मैं ही लाता हूँ।"

मरियां ने फ़ज़लू का हाथ अपने कन्धे पर से झटक दिया और एकदम रोने लगी। फ़ज़लू मरियां से लिपट गया। उसकी पीठ और गर्दन और बालों को चूमा और बोलता चला गया, "मुझे ख़ुदा की क़सम मरियां, क़ुरान की क़सम... मरियां मुझे तुम्हारी क़सम, आज तक तीन औरतें लाया हूँ और तीनों पाक-साफ़ वापस गयी हैं। एक बहिश्तो है, एक सराय वाली भठियारिन है, एक उधर दखिनी बँगले की नौकरानी है। तीनों तीन सौ रुपये ले गयीं और वह उन्हें देखता रहा... बस देखता रहा, सुन रही हो? उसने उन्हें छुआ भी हो तो शेरू मरे, मैं मरूँ, तुम मर जाओ।"

मरियां ने आँसू पोंछे और बोली, "पता है, तू किसका बेटा है?"

फ़ज़लू हँसा, "तो कौन कहता है कि मैं अच्छी बात कर रहा हूं और यह भी कौन कहता है कि मैं कोई बुरी बात कर रहा हूं।"

"बुरी बात तो है ही," मरियां ने कहा, मगर अब उसका ढंग इतना कठोर न था। "कैसे बुरी है?" उसने मरियां को अपनी तरफ खींच कर मजबूर कर दिया कि वह उसके सीने का सहारा लेकर बैठे और वह बैठ गयी। "एक औरत को सामने बिठा कर कुछ देर देखता है और उसे सौ रुपये देकर अपने कमरे में आकर सो रहता है। बताओ, इसमें कौन सी बुरी बात है?"

मरियां खामोश रही।

"मैं तो कहता हूँ कि बहिश्तो की जगह पहले दिन से तुम्हीं को वहाँ बिठा देता तो कुछ ऐसी ख़राब बात न थी।"

मरियां उसकी पकड़ से छूट भड़क कर क़दम उठाती शेरू के पास गयी। उसके मुँह पर से खेस नोच लिया और बोली, "इसे देख रहे हो?"

शेरू हड़बड़ा कर उठ बैठा और रोने लगा। फ़ज़लू ने लपक कर उसे लिटाया, थपका और फिर मरियां से पूछा, "मुझे तुमने ऐसा ही कमीना समझ लिया है? मेरे छः साल तुम्हारे सामने हैं। मैं अपनी मरियां को किसी दूसरे के हवाले करूँगा? चोटी पर से नीचे चट्टानों पर न कूद जाऊँगा इसके बदले। सुअर की बच्ची, यक़ीन ही

नहीं करती। मुफ्त में रोज़ एक सौ रुपया मिल रहा हो तो हमारा बिगड़ेगा कुछ नहीं और बनेगा बहुत कुछ। और अभी सावन के दस-बारह दिन बाकी हैं। हम आसानी से एक हज़ार कमा कर नीचे वादी में जा सकते हैं और इज़्ज़त से जी सकते हैं। वह तुम्हें सिर्फ़ देखेगा, तुम उसे देखती रहना, क़िस्सा ख़त्म।''

लेकिन मरियां पर तो एक भय सवार था। वह वहीं फ़र्श पर बैठ कर रोने लगी, फिर ज़ोर-ज़ोर से पाँव पटकने लगी, ''बेशर्म, बेहया,'' वह चीख़ती रही और दरवाज़े में बहुत सी झिर्रियाँ उग आयीं। बाहर पेड़ों पर चिड़ियाँ और कौवे बोलने लगे थे। और बादल कहीं बहुत दूर गरज रहा था। वह फूट-फूट कर रोती रही और कहती रही, ''बैठे-बैठे कंजरपने पर उतर आया, कमीना कहीं का, हरामज़ादा, शर्म नहीं आती, जूतों समेत घुसा आ रहा है आँखों में, आग जलाता है और ऊपर से तेल गिराता है और कहता है कि आग बुझ रही है। कहता है ये आग नहीं जल रही, यह तो चाँद चमक रहा है। और मुझसे कह रहा है उसके पास रातभर रहने को... मुझसे...'' वह सीना पीट-पीट कर ज़ोर-ज़ोर से रोने लगी।

फ़ज़लू शेरू की खाट से उठ कर उसके पास बैठ गया, उससे लिपट जाना चाहा, मगर वह छूट कर परे जा गिरी। फ़ज़लू ने उठ कर उसके बालों पर सस्नेह हाथ फेरा। मरियां ने उसकी तरफ़ उम्मीद से देखा।

वह बोला, ''अरे, वह कुछ भी नहीं कहता।''

मरियां फिर फूट-फूट कर रोने लगी।

फ़ज़लू बोलता रहा, ''सुअर की बच्ची, तुम्हारी क़सम खा कर कह चुका हूँ कि वह तो छूता तक नहीं, बस देखता है और सौ रुपये देकर सो रहता है। तू मानती ही नहीं।''

अचानक मरियां तन कर खड़ी हो गयी और बोली, ''अगर तुम ऐसे ही बेग़ैरत हो गये हो तो एक शर्त है।''

''बताओ।'' फ़ज़लू भी खड़ा हो गया।

''मेरे सर पर हाथ रखकर कहो कि उस पर अड़े रहोगे।''

''पहले शर्त बताओ।'' उसने झिझकते हुए कहा।

''मैं रात साहब के पास जाऊँगी। अगर उसने मुझे छू लिया तो फिर मैं तुम्हारी नहीं रहूँगी, फिर मैं जहाँ चाहूँगी चली जाऊँगी।'' उसकी आवाज़ में कोई उतार-चढ़ाव न था।

फ़ज़लू ने बिना किसी झिझक के उसके सर पर हाथ रख दिया। ''मान ली शर्त। पगली तू समझती है कि तीनों की तीनों झूठ बोलती हैं। तू समझती है मैं ऐसा ही ज़लील हो गया हूँ?''

''खुदा की क़सम खाओ।'' मरियां ने कहा।

''खुदा की क़सम भी खाता हूँ,'' वह हँस कर बोला, ''अरे, वह तो सिर्फ़ देखता

है... अच्छा मेरी भी एक शर्त है।''

''कहो।''

''अगर वह तुम्हें छुए तक नहीं तो जब तक वह यहाँ है तुम उसके पास जाती रहोगी।''

मरियां ने उसके सिर पर हाथ रख कर कहा, ''क़बूल है।''

वह बाहर जाकर चाय का सामान करने लगी।

''और उसने तुम्हें देखा तक नहीं मरियां,'' उसने बाहर जाकर कहा, ''उसे तो यह भी पता नहीं चलेगा कि तुम कौन हो?''

वह खामोश रही। वह दिन भर खामोश रही और जब शाम का खाना भी हो चुका और शेरू सो गया तो वह पहली बार बोली, ''ले चलो।''

उसकी आवाज़ में इतने बहुत से काँटे थे जो फ़ज़लू के कानों के पर्दों में ठुँस गये, मगर वह उठा और कोठरी से बाहर आ गया। वह उसके पीछे-पीछे थी। फिर जब वे सहन में पहुँचे तो मरियां ने कहा, ''फ़ज़लू!''

फ़ज़लू रुक गया, ''हाँ।''

वह बोली, ''शर्त याद है ना?''

''याद है,'' फ़ज़लू बोला, ''बेफ़िक्र रहो।''

और जब वह मरियां को साहब के कमरे में छोड़ कर और एक सौ दस रुपये लेकर बाहर सहन में आया तो पलट कर देखा। खिड़की और दरवाज़ा दोनों बन्द हो चुके थे। ये रोज़ ही तो बन्द हो जाते थे इस वक्त। वह कोठरी में आया, वहाँ जैसे भूत कोनों में दुबके बैठे थे और चिराग़ की लौ में एक चुड़ैल नाच रही थी। वह शेरू की खाट पर बैठ गया। फिर उसी के पास लेट गया। शेरू कच्ची नींद में था, बोला, ''क्या है? कौन है?''

''मैं हूँ।'' फ़ज़लू ने प्यार से कहा, ''आज मैं अपने बेटे के पास सोऊँगा।''

शेरू मारे खुशी के उससे लिपट गया और फिर अपनी पकड़ को ढीला करके सो गया। फ़ज़लू देर तक उसी तरह अकड़ा पड़ा रहा। और जब कमर दुखने लगी तो उठ कर कमरे में टहलने लगा। कितनी देर तक वह टहलता रहा, फिर चिराग़ बुझा कर सोने की कोशिश की। मगर भड़क कर उठा। चिराग़ जलाया और उसे मरियां के खाट के पाये पर रख कर बैठ गया। वह उसकी लौ को देर तक देखता रहा। बाहर शायद बादल खुल गये थे, क्योंकि सफेद चाँदनी ने झिर्रियों में जान डाल दी थी। वह दरवाज़ा खोल कर बाहर आया मगर रईसख़ाने की तरफ़ नज़र उठते ही वह भाग कर अन्दर गया। दरवाज़े बन्द करके वह उससे कुछ यूँ लग कर खड़ा हो गया जैसे अब वह दुनिया की किसी ताक़त को अपनी कोठरी में नहीं घुसने देगा। वह देर तक उसी तरह खड़ा रहा यहाँ तक कि पहले मुर्गे ने कहीं दूर बांग दी। उसके दिल की धड़कन इतनी तेज़ हो गयी कि उसके लिए खड़ा रहना मुश्किल हो गया। वह खाट पर लेट गया, फिर बैठ गया, फिर खड़ा हो गया और धम्म से दरवाज़ा खोल कर

रईसख़ाने की तरफ़ भागा।

एक मोटर रईसख़ाने के बग़ल से निकल कर सड़क पर आ गयी और नागिन की तरह तेज़ी से वादी की तरफ़ तैर गयी। फ़ज़लू पागलों की तरह सरपट भागा। रईसख़ाने का दरवाज़ा बन्द था। उसने दरवाज़े को घूँसों से कूट डाला, ''मरियां।'' वह चिल्लाया और मरियां के नाम के अक्षर बहुत सी नीची-ऊँची चीख़ें बन कर पहाड़ों में बजने लगे। दूर मोड़ काटती हुई मोटर की रोशनी उसके हताश चेहरे पर से होती हुई गुज़र गयी। उसने मोटर का पीछा करने के लिए नीचे घाटियों की तरफ़ कूद जाने की सोची। और फिर आहिस्ते से दरवाज़ा खुला। लालटेन की रोशनी बाहर बरामदे में से गुज़रती हुई सहन के एक हिस्से तक बहती चली गयी, दरवाज़ा मरियां ने खोला था।

''आ पहुँचे?'' मरियां ने कहा, ''तुम शर्त हार गये हो हरामज़ादे।'' उसकी आवाज़ भर्रा गयी... फिर वह फूट-फूट कर रोने लगी, ''कमीने, ज़लील, वह मुझे लूट ले गया। उसने मुझे भंभोड़ डाला। रातभर वह मुझ से चिमटा रहा। उसने मुझे नोचा, खसोटा, उसने मेरे गाल चाट डाले, उसने...''

मगर फ़ज़लू वहाँ न था। वह सर झुकाए कोठरी की तरफ़ जा रहा था। एक बदली ने चाँद को छुपा लिया था। हल्की-हल्की फुहार पड़ने लगी थी और शेरू रोने लगा था। मरियां उसके पीछे-पीछे हो ली। और रोती-बिलखती हुई भर्राई आवाज़ में बोलती चली गयी, ''तुमने कहा था कि वह मुझे छुएगा ही नहीं, और उसने तो मुझे काट-काट लिया है। वह तो पिछले सावन में भी मेरे ही लिए यहाँ रुका रहा। उसने तो पहले ही दिन यहाँ सहन में मुझे दूरबीन से देख लिया था। वह तो अबके भी मेरे ही लिए आया था, सुन रहे हो? सुन रहे हो हरामज़ादे? भागे कहाँ जा रहे हो?''

फ़ज़लू अब बहुत तेज़-तेज़ चल रहा था और मरियां उसके पीछे भागने लगी थी, वह बोलती गयी, ''तुम शर्त हार गये, लेकिन वह सौ रुपये तुम अपने पास रखो। कहीं से इज़्ज़त-आबरू बिकाऊ मिले तो चुटकी भर खरीद कर रख लेना, क्योंकि आज से तुम परले दर्ज़े के बदज़ात, कमीने और कंजर हो गये हो? समझे? और अब मैं जा रही हूँ। मैं जहाँ कहीं भी जा रही हूँ तुम्हें इससे कोई वास्ता नहीं। मैं अब किसी की नहीं रही। तुमने मेरा मान तोड़ दिया है, तुमने मेरा सब कुछ लुटवा दिया है हरामज़ादे।''

फ़ज़लू अपनी कोठरी की दीवार से टकरा गया। फिर दीवार को टटोल-टटोल कर दरवाज़े की तरफ रेंगा। अन्दर शेरू ज़ोर-ज़ोर से रो रहा था और मरियां चीख़े जा रही थी... ''वह दो महीने इस एक घड़ी के लिए सकेसर पर पड़ा रहा, और वह मरियम, मरियम की रट लगाने और रोने के बाद मुझ पर यूँ झपटा जैसे कुत्ता कच्चे गोश्त पर झपटता है। किराये की मोटर का उसने रात ही में इन्तज़ाम कर लिया था और वह अभी-अभी मुझे आखिरी बार भंभोड़ कर मोटर में बैठ कर लाहौर चला गया है और तुम्हें *बख़्शीश* दे गया है सौ रुपये की, और एक ऐसी मरियां की जो अब

इस कोठरी में नहीं घुसेगी। वह नीचे वादी में उतर जायेगी। वह उधर मैदानों में चली जायेगी और जब भूख के मारे उसका पेट ज़ख़्म बन जायेगा तो कपड़े उतार कर रास्ते में बैठ जायेगी। नंगे मर्दों को लोग पत्थर मारते हैं पर नंगी औरतों को बिस्तर देते हैं और रोटी खिलाते हैं। तुमने मुझे समझ क्या रखा है?''

आसपास के बँगलों में कुत्ते मरियां की चीखें सुन कर भौंकने लगे थे और सकेसर की पहाड़ियाँ झील की तरफ़ उतरती हुई मोटर की गुर्राहट को दुहराए जा रही थीं और मरियां की बावेला को दुहराये जा रही थीं और कुत्तों की आवाज़ों को दुहराए जा रही थीं।

फिर एकदम जैसे मरियां पर वहशत सवार हो गयी। लपक कर उसने लड़खड़ाते हुए फ़ज़लू के मुंह पर ज़ोर का तमाचा मारा। फ़ज़लू सर और घुटनों के बल धप्प से ज़मीन पर गिर पड़ा और बेजान हो गया।

वह पलटी और कोठरी की पिछली तरफ़ पुराने कुएँ के नीचे से गुज़रती हुई सड़क पर आ गयी। सर पर हाथ रखे वह रोये जा रही थी और नीचे वादी की तरफ़ भागी जा रही थी, और चाँद बदली की ओट से निकल आया था।

एक मोड़ पर जाकर वह थम गयी, शेरू की चीख़ें उसका पीछा कर रही थीं, ''इस दूसरे हरामज़ादे को एक आखिरी बार देख लूँ।'' उसने फ़ैसला किया और वापस रईसख़ाने की तरफ़ भागी।

फ़ज़लू उसी दरवाज़े के पास सर और घुटनों के बल बेजान औंधा पड़ा था और शेरू का गला चीखते-चीखते बैठ गया था। मरियां ने दरवाज़ा खोल कर अन्दर जाना चाहा मगर फिर जैसे बिजली की सी तेज़ी से फ़ज़लू के पास आ गयी। एक क्षण बुत की तरह जमी रही, फिर झुक कर उसे बिठाना चाहा तो वह एक तरफ़ लुढ़क गया। कीचड़ और लहू ने उसके चेहरे को भयानक बना दिया था और ऊपर बदलियों में दौड़ते हुए चाँद ने इस घिनौनेपन को चमका दिया था।

''मेरा फ़ज़लू!'' उसने फ़रियाद की।

फिर अन्दर कोठरी में जाकर चिराग़ उठाया। शेरू भाग कर आया और उसकी टाँगों से लिपट गया। वह चिराग़ उठाये बाहर आयी तो शेरू भी उसका पल्लू थामे बाहर चला आया। वह चिराग़ को फ़ज़लू के चेहरे के क़रीब लाकर और उसके पपोटे उठा कर उसकी पुतलियों में ज़िन्दगी के लक्षण ढूँढने लगी।

''मेरा फ़ज़लू, मेरा मालिक, मेरा साईं।'' उसका विलाप चारों तरफ गूँज उठा और अचानक थम गया। फ़ज़लू की आँखें ज़रा सी खुलीं, उसका एक हाथ आहिस्ता-आहिस्ता उठा, मुट्ठी खुली और उसने मुट्ठी में दबे हुए सौ रुपये के नोट को चिराग़ की लौ से जलाते हुए कहा, ''मैं तुम्हें नहीं जाने दूँगा, तुम मुझे छोड़ कर न जाओ, तुम मुझे छोड़ कर नहीं जा सकती!''

शेरू अपने हाथ में अपना चेहरा थामे अपनी माँ की तरफ़ देखने लगा।

''मुझे मेरी ग़रीबी धोखा दे गयी मरियां,'' फ़ज़लू ने रुकते-रुकते कहा।

नोट की राख सिकुड़ कर गिरी और रईसख़ाने की तरफ उड़ गयी।
''मरियां!'' फ़ज़लू ने इल्तिजा की।
''तुम मरोगे तो नहीं?'' मरियां ने सिसकियों में पूछा।
''नहीं।'' फ़ज़लू ने बड़े विश्वास से कहा।
''हरामज़ादे।'' वह बिलख-बिलख कर रोती हुई उससे लिपट गयी।
''सुअर की बच्ची।'' वह उसके बालों को रक्तरंजित होठों से चूमने लगा।
मोटर नीचे झील के किनारे-किनारे तैरती जा रही थी!!